JOCHEN
RAUSCH
RACHE

JOCHEN
RAUSCH
RACHE
STORYS

BERLIN VERLAG

Inhalt

DEINE ANTONIA

(Duisburg)

Antje Nuber, geb. Rettkowski, Tochter

Papa war ganz schön streng. Streng und trotzdem lieb. In einem Moment konnte er furchtbar böse werden, und im nächsten war ich schon wieder sein Engelchen. Ja, so hat er mich genannt, Engelchen. Und Matti war sein Bengelchen. Engelchen und Bengelchen. Matti war mein Zwillingsbruder. In Wirklichkeit hieß er Mathias.

Matti und ich wussten vorher nie, ob Papa gerade seine strenge oder seine liebe Phase hatte. Da wohnten halt zwei Seelen in seiner Brust. Er wurde noch im Zweiten Weltkrieg geboren, in Breslau. Ich war da nie. Das heißt jetzt anders, Wrocław oder so ähnlich, und gehört zu Polen. Zu seinem Sechzigsten habe ich meinen Eltern eine Reise dahin geschenkt, weil ich dachte, vielleicht will er seine Heimat mal wiedersehen. »Lieb gemeint von dir«, hat er gesagt, »aber nach Polen kriegen mich keine zehn Pferde.« Seine Eltern wurden ausgebombt, und meine Oma musste mit ihrem Sohn auf dem Arm zu Fuß in den Westen flüchten. Meine Oma haben wir übrigens nie kennengelernt und unseren Opa auch nicht. Der war Soldat und wurde drei Tage vor Kriegsende in Berlin erschossen. Das wissen wir aber alles nur von unserer Mutter. Wenn wir Papa nach Oma und Opa fragten, dann hieß es: »Eure Großeltern sind oben im Himmel und sehen alles, was ihr tut.«

Papa hat nie viel geredet, schon gar nicht, wenn es um Trauriges ging. Vielleicht dachte er, wenn er nicht drüber redet, gibt es das Traurige gar nicht. Unsere Oma hat sich dann mit ihm bis nach Oberhausen durchgeschlagen. Sie hat genäht und gebügelt für die besseren Leute. »Vom Wirtschaftswunder haben wir nichts gemerkt«, hat Papa mal gesagt. Als sie starb, war Papa mit siebzehn mutterseelenallein auf der Welt. Wer weiß, wenn er all die schrecklichen Sachen nicht erlebt hätte, vielleicht wär dann ein ganz anderer Mensch aus ihm geworden. Und vielleicht wäre das alles nicht passiert.

Christine Schmidt, Nachbarin

Alle hier in der Kurt-Schumacher-Siedlung haben sich ihr Häuschen vom Mund abgespart. Hier wohnen keine Reichen, aber auch keine Asozialen. Die Häuser sind hundertzehn Quadratmeter groß, Keller und Dachboden nicht mitgerechnet. Ich weiß, es gibt Etagenwohnungen, die sind größer, aber wir wollten lieber ein eigenes Haus mit Garten. Mein Mann und ich haben zwei Kinder, genau wie die Rettkowskis. Als unsere beiden noch kleiner waren, haben die oft mit Antje und Matti gespielt. Und wir Erwachsenen haben uns auch gut verstanden, so gut sogar, dass wir den Zaun zwischen unseren Gärten weggemacht haben. Im Nachhinein glaube ich, dass Hubert das gar nicht so recht war mit dem Zaun. Unsere Männer waren ja grundverschieden. Mein Karl-Heinz ist Rheinländer. Einmal Kölner, immer Kölner, sagt er. Und Hubert kam ja aus dem tiefsten Osten, aus Schlesien. Der war ein Vertriebener. »Die gehen doch zum Lachen in den Keller«, hat Karl-Heinz gesagt. Na ja, man muss aber auch bedenken, was der Hubert alles durchgemacht hat. War doch klar, dass der das Leben nicht so leicht nahm. Vor allem wegen der

Sache mit Matti. Ganz früher, als noch alles gut war, haben wir jedes Jahr Karneval gefeiert, gleich hier im Wohnzimmer. Karl-Heinz hat doch sein Köln so vermisst. Aber den Hubert, bei dem konnten wir bitten und betteln, glauben Sie nicht, der hätte mal mitgefeiert. »Nee, das ist nichts für mich, so auf Kommando lustig sein«, hat er gesagt.

Antje Nuber, geb. Rettkowski, Tochter
Unsere Mutter hatte es nicht leicht mit Papa. Aber nie hat sie sich beklagt, nie war da ein böses Wort. Und dabei hatte sie doch denselben Kummer wegen Matti wie er. Wenn man Papa so sah, dachte man, was für ein netter knuffiger Mann, so klein mit Glatze und Bäuchlein, er sah ja irgendwie lustig aus. Ein bisschen wie das Michelin-Männchen aus der Werbung. Kennen Sie das? Aber das war nur Tarnung, meistens hatte er nämlich schlechte Laune. Und immer, wenn die Stimmung schlecht war, hat unsere Mutter vor sich hin gesummt. Sie musste ganz schön oft summen. Mal abgesehen von seinen Launen war das Schlimmste an Papa sein Geiz. Das kam natürlich auch von der Armut, die er erlebt hat. Wenn im Flur Licht brannte und Mutter, Matti und ich im Wohnzimmer vor dem Fernseher saßen, konnte Papa fuchsteufelswild werden. »Für wen brennt das Licht im Flur, für den Heiligen Geist, oder was?«, sagte er dann.
Noch schlimmer war das mit dem Pipimachen. Das glaubt mir keiner, wenn ich's erzähle, aber wir durften nach dem Pipimachen nicht abziehen. Das sei Wasserverschwendung. Mir war das furchtbar peinlich. Nie hab ich Kinder nach Hause eingeladen, weil ich nicht wollte, dass die auf dem Schulhof erzählten, dass man bei den Rettkowskis auf der Toilette nicht abziehen darf. Man weiß doch, wie gemein Kinder sein können. Als ich

dann in die Pubertät kam, habe ich morgens immer gewartet, bis er aus dem Haus war, bevor ich aufs Klo bin, nur damit ich abziehen konnte.

Christine Schmidt, Nachbarin

Das mit Matti ist in diesem Sommer genau dreiunddreißig Jahre her. Mein Leben hier in der Kurt-Schumacher-Siedlung teile ich immer noch in die Zeit vor und die Zeit nach Matti ein. Mein Gott, das war hart. Wir waren ja alle noch jung. Jeder hier hat mitgelitten mit den Rettkowskis. Jeder hatte doch Kinder, jeder wusste doch, wie sich das anfühlte.

Hubert hat nie wieder Mattis Namen erwähnt. Als hätte es den Sohn nie gegeben, als sei die Antje ein Einzelkind. Soviel wir wissen, war Hubert auch nicht ein einziges Mal auf dem Friedhof, während die Hilde fast jeden Tag dort war. Nun ja, jeder trauert auf seine Weise. Aber das Leben musste weitergehen. Das Hildchen war eine so tapfere Frau. Trotz des Kummers hat die nie ihren Lebensmut verloren. Wir Frauen haben uns übrigens besser verstanden als unsere Männer. Meine Güte, stundenlang haben das Hildchen und ich auf der Terrasse gesessen, mal bei den Rettkowskis, mal bei uns, und haben geredet über Gott und die Welt. Uns gingen die Themen nie aus. Natürlich hat das Hildchen auch schon mal dieses oder jenes von Hubert erzählt und auch schon mal ein paar Tränen vergossen, weil er so stur war und so sparsam. Aber ich hatte ja auch mein Päckchen zu tragen, das Leben mit einer Frohnatur wie Karl-Heinz ist auch nicht immer nur lustig. Ja, und dann stand vor drei Jahren Huberts Pensionierung an. Das Hildchen hatte richtig Bammel davor. »Christl, ich weiß nicht, ob hundertzehn Quadratmeter für Hubert und mich ausreichen«, hat sie gesagt. Wir haben noch herzlich gelacht darüber.

Wer konnte denn ahnen, dass sie da schon den Krebs in den Knochen hatte, sie wusste es ja selber nicht. Vier Monate später war sie tot. Das arme Mädchen. »Der Hilde war es zu eng mit dem Hubert, die wohnt jetzt im Himmel«, hab ich zu meinem Mann gesagt. Und dann haben wir beide geweint.

Reinhard Spinnler, Beamter im Ruhestand

Uns Beamten sagt man ja gerne was Pedantisches nach. Und wissen Sie was: Es stimmt. Man muss schon Spaß an der Ordnung haben, sonst kann man den Beruf gar nicht machen. Hubert Rettkowski war allerdings die Steigerung von pedantisch. Da hab sogar ich manchmal die Augenbrauen hochgezogen, wie Hubert die Leute rangenommen hat. Wir haben ja siebenundzwanzig Jahre lang Schreibtisch an Schreibtisch in der Zulassungsstelle gesessen. Einmal hat Hubert einen weggeschickt, das war so ein Hippie. Der sollte sich erst mal beim TÜV den Spoiler an seiner Karre genehmigen lassen, sonst würde er keine Zulassung kriegen. Kann man verlangen, muss man aber nicht. Und dann kam der Hippie fünf Minuten später rein und knallte Hubert den Spoiler auf den Schreibtisch. »Da hast du deinen Spoiler«, hat er gebrüllt. Ich muss wohl nicht erwähnen, dass Hubert den Typen wegen Beamtenbeleidigung und Sachbeschädigung angezeigt hat. »Von so einem lass ich mich doch nicht duzen und mir dann auch noch den Schreibtisch zerkratzen«, hat er gesagt.
Manchmal lag auch ein Geldschein zwischen den Papieren, den Gebrauchtwagenhändlern ging das oft nicht schnell genug bei uns. Und was machte Hubert Rettkowski? Zeigte die Händler wegen versuchter Beamtenbestechung an. Das Ende vom Lied: Keiner konnte den Herbert leiden, die Kollegen nicht und die Gebrauchtwagenhändler auch nicht. »Vor dem Gesetz sind alle

gleich«, hat Hubert gesagt. »Auch die Gebrauchtwagenhändler.« – »Amen«, hab ich nur gesagt. Trotz allem mochte ich ihn wirklich gern. Er war im Grunde ja ein lieber Mensch, der keiner Fliege was zuleide tat. Na ja, bis auf seinen Gerechtigkeitsfimmel eben. Und der ist ihm ja jetzt auch tatsächlich zum Verhängnis geworden.

Antje Nuber, geb. Rettkowski, Tochter

An Weihnachten vor seiner Pensionierung hat Papa zu Mutter gesagt: »Hilde, wenn ich pensioniert bin, fängt das schöne Leben an. Dann fahren wir nach Schweden und nach Sylt, wir pilgern nach Lourdes oder sehen uns mal im Tessin um.« Ich hab kein Wort davon geglaubt. Bloß gedacht, Herr im Himmel, was soll der Papa nur anfangen, wenn er nicht mehr aufs Amt darf? Er hatte doch keine Freunde und auch keine Hobbys. Und beim Fernsehen schlief er noch vor dem *heute journal* ein. Kein Wunder, dass Mutter Bammel davor hatte, ihn den ganzen Tag zu Hause zu haben. Ja, und dann? Dann war er vier Monate in Pension und Mutter tot. Vielleicht hätte das mit den Prozessen gar nicht angefangen, wäre Mutter nicht gestorben. Vielleicht hätten die beiden ja wirklich all die Reisen unternommen. Das wäre für alle besser gewesen.

Reinhard Spinnler, Beamter im Ruhestand

In den ersten Wochen nach der Pensionierung haben Hubert und ich immer um zehn telefoniert. Das war unsere Zeit, da hatten wir im Amt auch immer unsere Frühstückspause. Als Huberts Frau so sechs, acht Wochen tot war, hatte er plötzlich um zehn Uhr keine Zeit mehr, weil er da schon auf dem Gericht war. »Komm doch mal mit«, hat er gesagt, »du interessierst dich doch auch für die Gesetze, Reinhard.« – »Ich hab eigentlich genug von Gesetzen«, habe ich gesagt. Aber ich bin dann trotzdem mit. Vielleicht will Hubert sich mal aussprechen, so unter Männern, weil doch seine Frau tot ist, hab ich mir gesagt. Er hat aber gar nicht von seiner Frau geredet, sondern war eigentlich ganz munter. Er kannte sich auch schon bestens aus im Gericht. Vom Justizwachtmeister wurde er sogar mit Handschlag begrüßt. Wir waren bei einem Prozess gegen einen Zuhälter. Ein widerlicher Kerl. Hat einem bulgarischen Mädchen mit dem Bunsenbrenner Nase und Brustwarzen verbrannt. Hört sich aufregend an, aber es war dann doch eher langweilig, ständig wurde zwischen dem Verteidiger, dem Staatsanwalt und dem Richter palavert, wer jetzt was sagen darf, ob der und der Zeuge vereidigt wird oder nicht und so weiter. »Sei mir nicht böse, Hubert«, hab ich gesagt, »aber da bin ich lieber an der frischen Luft, als mir so was anzuhören.«

Jörg Dappke, Justizwachtmeister

Bei Prozessen ist es wie beim Fußball. Wenn Bayern München spielt, ist die Hütte voll, und bei Hamborn gegen Sterkrade eben nicht. Bei den kleinen Sachen sind manchmal gar keine Zuschauer da, höchstens Angehörige und Freunde von den Leuten. Ab Erpressung oder Rauschgifthandel kommt dann auch mal jemand von der Lokalzeitung. Bei Mord und Totschlag rennen sie einem die Bude ein, und da kommt dann auch das Fernsehen. Der größte Andrang ist bei der Urteilsverkündung. Die Zuschauer wollen sehen, ob der Angeklagte zuckt, wenn er »lebenslänglich« kriegt. Wir haben Zuschauer, die haben 'ne Jahreskarte. So nennen wir das, wenn einer jeden Tag kommt. Irgendwie versteh ich das nicht. Wenn ich mal Rentner bin, dann komm ich höchstens als Angeklagter zum Gericht, aber doch nicht freiwillig. Glauben Sie bloß nicht, so ein Prozess läuft wie im Fernsehen, da wird ja alles Langweilige rausgelöscht. Was meinen Sie, wie oft mir die Augen zuklappen, wenn ich den ganzen Tag da hocke. Aber ich bin stolz darauf, dass ich noch nie eingeschlafen bin. Nicht ein einziges Mal.

Herr Rettkowski hatte auch 'ne Jahreskarte. Erbstreitereien, Betrug, Fahrerflucht, Urkundenfälschung, der hat sich alles angehört. Ganz spitze Ohren hat er gekriegt, wenn's um Sexsachen ging, Vergewaltigung, Prostitution, Zuhälterei. Aber das ist bei allen Zuschauern so. Nehmen Sie zum Beispiel eine Vergewaltigung. Natürlich wollen die Leute hören, was da genau passiert ist, in allen Details. Die Leute werden richtig sauer, wenn es heißt, die Öffentlichkeit wird für die Dauer der Befragung der Zeugin ausgeschlossen. Das ist doch für die Leute so, als müssten sie im Kino bei den Sexszenen rausgehen. Herr Rettkowski war mir ganz sympathisch. Wir haben in den Pausen oft über die Zebras geredet, dass die auch mal besser waren, als da noch Manglitz und Pille Gecks kickten. Bei größeren Prozessen habe ich Herrn Rettkowski auch hin und wieder einen Platz auf der Zuschauerbank freigehalten. Ist eigentlich nicht erlaubt, aber ich fand es ungerecht, dass einer tagein, tagaus zum Gericht geht, und wenn dann mal was Spannendes kommt, nehmen ihm die Gaffer den Platz weg.

Christine Schmidt, Nachbarin

Als das Hildchen tot war, haben mein Mann und ich von Hubert nichts mehr gesehen. Ich glaube, der hat hinter der Tür gewartet, bis wir im Haus waren, damit wir uns ja nicht im Garten begegneten. Ich hab dann hin und wieder mal bei ihm geschellt, aber ich glaube, er wollte gar nicht, dass man fragte, wie es ihm so geht.

Ein paar Wochen später ging er wieder jeden Morgen um acht Uhr aus dem Haus, so wie früher, als er noch auf dem Amt war. Da bin ich eines Tages einfach mal raus auf die Straße und hab so getan, als müsste ich was in die Mülltonne werfen. »Gehst du eigentlich wieder arbeiten, Hubert?«, hab ich ihn gefragt. »Wie kommst du denn darauf?« – »Weil du doch jeden Morgen um acht losfährst.« – »Spionierst du mir etwa nach?« – »Hab's zufällig gesehen, ich mach ja um acht immer Kaffee.« – »Ich fahr nur so rum«, hat Hubert gesagt. Geglaubt hab ich ihm das nicht. Und es war ja auch nicht so.

Reinhard Spinnler, Beamter im Ruhestand

Um ein Haar wäre Hubert Rettkowski gar kein Beamter geworden. Er hatte nämlich einen Eintrag im Führungszeugnis – wegen Diebstahls. Jetzt sind Sie platt, was? Die Geschichte ist allerdings ein typischer Rettkowski. Hubert war noch ein junger Kerl von einundzwanzig Jahren und wollte sich mit seiner Hilde verloben. Nur hatte er aber keinen müden Groschen auf der Tasche, was macht er also? Lässt bei Hertie in der Schmuckabteilung einen Ring mitgehen. Keiner hat was gemerkt, und die Hilde hat ihm auch bald das Jawort gegeben. So weit, so gut. Jeder Normale hätte es dabei belassen. Hubert nicht. Der hatte so schlimme Gewissensbisse, dass er ihr den Ring wieder abgenommen und ihn zu Hertie zurückgebracht hat. Und was tun die? Zeigen ihn an. Das gab dann eine saftige Geldstrafe wegen Diebstahls und eben einen Eintrag ins polizeiliche Führungszeugnis. Damit können Sie den Staatsdienst eigentlich abhaken. Warum der unfehlbare Beamtengott dann doch noch ein Einsehen mit Hubert Rettkowski hatte, weiß ich auch nicht. Vielleicht, weil er dachte, so einer wie Hubert tut nie wieder im Leben etwas

Unrechtes. Und so war es auch. Na ja, jedenfalls bis zu dieser Sache hier.

Ute Kettler, Protokollführerin

Eigentlich bin ich gern Protokollführerin. Das ist schon interessant, in die menschlichen Abgründe zu blicken. Aber es gibt natürlich auch Sachen, die will man lieber nicht hören. Die kriechen einem noch nachts mit unter die Decke. Sachen mit Kindern und Folter und so was. Aber ich muss ja alles aufschreiben, was vor Gericht gesagt wird, das ist nun mal mein Job. Ich habe allerdings einen Trick: Wenn es ganz widerlich wird, höre ich zwar die Worte und schreibe sie hin, aber ihren Sinn lasse ich nicht in meinen Kopf. Bei der Strafsache Kondert war das auch so. Was der mit dem schönen Mädchen gemacht hat, die war doch ganz lieb und unschuldig. Ich hab Fotos von ihr in der Akte gesehen, meine Güte, war das ein hübsches Ding. Feine, lange dunkelbraune Haare und Mandelaugen. Sieht ja aus wie ein Model, hab ich gedacht, die könnte glatt im Fernsehen auftreten. Und die Mutter von dem Mädchen war genauso hübsch. Was hat die mir leidgetan, ich weiß gar nicht, wie eine Mutter das aushält, wenn sie hört, was einer wie der Kondert mit ihrer Tochter gemacht hat. Ich hab selber zwei Töchter. Sie glauben gar nicht, was ich schon geheult habe im Gerichtssaal, auch wenn mir das natürlich keiner anmerken darf. Ich kann tatsächlich weinen, ohne dass Tränen kommen. Seltsam, was ich mir in meinem Beruf so alles angewöhnt habe.

Simon Strehlhoff, Student der Rechtswissenschaften

Ich war in dem Prozess, weil ich bei Dr. Steinbach ein Seminar in Strafrecht belegt hatte. Und Dr. Steinbach war der Verteidiger des Beschuldigten. Das Interessante an dem Prozess war die Frage, ob der Selbstmord des Mädchens in einem kausalen Zusammenhang mit der Vergewaltigung stand. Ich denke übrigens: nein, kein Zusammenhang. Das Mädchen kann ja auch ganz andere Gründe für den Suizid gehabt haben, Liebeskummer zum Beispiel, so was kommt bei Sechzehnjährigen vor. Klar, dass Dr. Steinbach an diesem Punkt angesetzt hat: dass das Mädchen labil war, instabile Familienverhältnisse, mit zwölf an den Pulsadern rumgeschnitten. Dass sie vor ein paar Jahren mal bei Facebook geschrieben hat, dass das Leben sowieso keinen Sinn habe, sprach auch nicht gerade für sie. Für einen juristischen Laien ist das vielleicht schwer verständlich. Die Leute denken ja nicht mit dem Kopf, sondern mit dem Bauch. Was vor Gericht immer ein Fehler ist.

Ute Kettler, Protokollführerin

Was muss die Mutter von dem toten Mädchen denn noch alles durchmachen, hab ich gedacht, als Konderts Verteidiger anfing, der armen Frau auch noch die Schuld am Selbstmord ihrer Tochter in die Schuhe zu schieben. Dr. Steinbach galt bei allen als besonders ehrgeizig. Ich hab mich oft gefragt, wie der immer an die Fälle kam, die groß in der Zeitung standen. War ja beste Werbung für ihn. Und noch besser war es, wenn dann auch noch das Fernsehen kam. »Der Suizid des mutmaßlichen Opfers steht in keinem kausalen Zusammenhang zu dem hier in Rede stehenden Tatbestand.« Als der Steinbach das sagte, hat die Mutter geschluchzt, und auch ich hab meine unsichtbaren Tränen verdrückt. Was weiß denn einer wie der Steinbach, wie sich eine vergewaltigte Frau fühlt, hab ich gedacht. Der Anwalt der Mutter hat protestiert, aber der Richter hat den Steinbach einfach weiterreden lassen. Und dann kam das mit den Vorwürfen, dass die Frau Wirth nicht mal wisse, wer der Vater ihrer Tochter ist, dass sie wechselnde Partner habe, dass Antonia bei der Oma aufwuchs, dass sie schlecht in der Schule war und so weiter. Ich hab immer zum Richter rübergeguckt, dass er dem Steinbach endlich das Wort entzieht, aber der machte rein gar nichts. Ja, und dann ist die Frau Wirth plötzlich vom Stuhl gerutscht, einfach so, als hätte sie keinen einzigen Knochen mehr im Körper. Die Zuschauer haben *Aufhören* und *Pfui* gerufen, aber das hat der Richter sofort unterbunden, die Zuschauer dürfen ja nichts sagen in der Verhandlung. Der Steinbach hat dann zugesehen, wie Antonias Mutter aus dem Gerichtssaal getragen wurde. Dabei hat er auf den Zähnen rumgekaut, als bräuchte er dringend mal wieder was zu essen. Plötzlich dreht er sich zu mir und lächelt mich an. Ich hab ganz schnell woanders hingeschaut.

Jörg Dappke, Justizwachtmeister
Herr Rettkowski hat von dem Prozess gegen den Kondert nicht eine Sekunde versäumt. Sein Platz war vorne links in der ersten Reihe der Zuschauerbank. Dann kam der Kommissar als Zeuge dran, der sollte erzählen, was der Kondert mit dem Mädchen in der Autowerkstatt angestellt hat. Da hat der Richter die Öffentlichkeit ausgeschlossen. Sie können sich das Gemecker vorstellen. In der Pause kam Herr Rettkowski und fragte mich, was der Kommissar denn gesagt hat. »Darüber darf ich nicht sprechen«, hab ich gesagt. »Ach, kommen Sie, Herr Dappke«, hat Rettkowski gesagt, »ich behalte es auch für mich.« Und dann hab ich's ihm doch erzählt. War ein Fehler, ich weiß. Aber unsereiner ist doch auch froh, wenn er sich all den perversen Dreck mal von

der Seele reden kann. »Das ist ja widerlich, was Sie berichten, Herr Dappke«, hat er gesagt. »Sagen Sie bloß keinem, von wem Sie es haben«, hab ich gesagt.

Dieter Schütz, Kriminalhauptkommissar

Es war nicht schwer, den Kondert zu finden. Wir hatten ja eine DNA auf dem Rock der Antonia Wirth, und Kondert war in unserer Datei, weil er sich schon mal einem jungen Mädchen in unzüchtiger Weise genähert hatte. Mit der Antonia Wirth, das war mehr ein Zufall. Die war im Paradiso, und als ihr Freund da mit einer anderen geflirtet hat, ist sie weggelaufen. Ihr Pech, dass sie vor der Tür dem Kondert begegnet ist. Hat ihn erst gar nicht bemerkt, saß an der Bushaltestelle in der Mercatorstraße und weinte, als der Kondert von hinten ankam. Er hat sie mit einem Kabelbinder gefesselt und ihr eine Ledermaske über den Kopf gezogen. War ja ein kräftiger Kerl, das war kein Problem für den. Später hat er dann ausgesagt, er sei eigentlich auf dem Weg zur Vulkanstraße gewesen. Da kriegt man Mädchen ab dreißig Euro. Er wollte zu einer Griechin, die das Spielchen mit der Ledermaske und den Fesseln schon ein paarmal mit ihm gespielt hatte. Gegen Bezahlung versteht sich. Wir haben das überprüft, die Griechin gibt's wirklich. Aber dann habe er das Mädchen an der Bushaltestelle entdeckt und sei durchgedreht, er könne sich das auch nicht erklären. Antonia hat ihn übrigens gar nicht richtig gesehen. In seiner Garage hat Kondert sie dann ausgezogen, an die Hebebühne gekettet und mit Motoröl eingeschmiert. Ein Perverser eben, was sonst. Und dann hat er widerliches Zeug mit dem Mädchen gemacht. Ich kann das hier gar nicht in allen Einzelheiten wiedergeben. Als Polizist hört man eine Menge, aber das war schon hart, was die Antonia bei der Vernehmung alles ausgesagt hat. Das Martyrium dauerte zwei Tage. Dann hat Kondert sie nachts um drei Uhr an der Saarstraße wie einen Sack Müll aus dem Auto geworfen. »Ein Glück, dass er das Mädchen nicht umgebracht hat«, sagte ein Kollege, als wir den Fall auf dem Tisch hatten. Ob das für sie wirklich ein Glück war? Ich weiß nicht.

Antje Nuber, geborene Rettkowski, Tochter

Ich vermute, dass der Prozess gegen diesen Vergewaltiger Papa an die Verhandlung wegen Matti erinnert hat. Matti ist ja von einem Mercedesfahrer überfahren worden, der am Westweg wohnte. Mein Bruder war mit dem Rad unterwegs und wollte eine Abkürzung nehmen. Wäre er bis zum Zebrastreifen gefahren, wär wahrscheinlich nichts passiert. Der Mercedesfahrer ist damals freigesprochen worden. Angeblich konnte er nicht mehr bremsen, als Matti auf die Straße fuhr. Aber an der Straße ist kein Baum, nichts, was die Sicht verdeckt, so dass er ihn eigentlich schon lange vorher hätte sehen müssen. Papa hat versucht, das vor Gericht zu beweisen. Er hatte einen Gutachter und einen Rechtsanwalt, sie haben Fotos gemacht und Bremswege berechnet. Hat mir alles später Mutter erzählt. Als der Unfall passierte, war ich ja noch klein. Aber es hat nichts genützt. Der Mercedesfahrer wurde freigesprochen. Es war ihm nicht nachzuweisen. Und es hätte Matti ja auch nicht wieder lebendig gemacht.

Julia Elsener, Volontärin

Wenn größere Prozesse waren in Duisburg, hat der Chefredakteur mich hingeschickt. Mord und Totschlag interessiert die Leu-

te. Bei der Kondert-Sache ging es eigentlich nur um Vergewaltigung, so was haben wir normalerweise nicht gemacht. »Unser
Abonnent will keine Vergewaltigungen auf dem Frühstückstisch
haben«, hat der Chefredakteur gesagt. Aber das Mädchen hat sich
ja ein Vierteljahr nach der Tat umgebracht. Ist nach Oberhausen
gefahren und von der obersten Etage des Einkaufszentrums run-
tergesprungen. In dem Prozess ging es auch darum, ob der Selbstmord etwas mit der Vergewaltigung zu tun hatte. Kondert hatte
den besten Strafverteidiger der Stadt, Dr. Steinbach. Wie kann
ein Loser wie Kondert sich einen so teuren Anwalt leisten, hab
ich mich gefragt. Auch so ein Rätsel. Dr. Steinbach hatte eine
Frisur wie ein Fahrradhelm, war angezogen wie ein Dressman
und stank zehn Meter gegen den Wind nach Aftershave. Der
machte gerne den Lauten. Auf dem Flur hat der so martialisch
gelacht, dass sein aufgerissenes Maul aussah wie das von einem
Haifisch. Hoffentlich hört die Antonia das widerliche Gelächter
da oben im Himmel nicht, hab ich gedacht. Ich schrieb dann, die
meisten Leute im Gericht glaubten, dass Antonia sich aus Ver-
zweiflung über die Vergewaltigung umgebracht hatte. Am nächsten Morgen musste ich gleich zum Chefredakteur. »Ich glaube,
du hast da einen Fehler gemacht«, hat er gesagt. »Wüsste nicht,
wieso«, habe ich gesagt. »Bei Gericht geht's nicht um das, was
man glaubt, sondern um das, was sich beweisen lässt«, sagte er
und schickte mich dann zu Steinbach in die Kanzlei. Ich solle
doch mal ein Interview mit dem machen, damit unsere Leser
auch die Gegenseite hörten. Was sollte ich tun? Die Kanzlei sah
aus wie ein Designermöbelladen. Und jetzt raten Sie mal, was der
Herr Dr. Steinbach zu mir sagte. »Bei Gericht geht es nicht um
das, was man glaubt, sondern um das, was sich beweisen lässt.
Und grüßen Sie mir den Herrn Chefredakteur«, hat er noch gesagt und wieder sein Haifischlächeln aufgesetzt. Ich bin übrigens

21

nicht mehr bei der Zeitung. Ich schreibe jetzt Werbetexte. Da muss ich auch lügen. Aber nicht für Mörder, sondern für Antischuppen-Shampoo.

Antje Nuber, geb. Rettkowski, Tochter

Nachdem es passierte, hab ich Papas Sachen durchgesehen. Ich wollte einfach wissen, was da in seinem Kopf los war. Er hat ja nie was gesagt, immer nur so getan, als hätte ich nie einen Zwillingsbruder gehabt. Es gab auch kein einziges Foto mehr von Matti in unserem Haus, Mutter musste sich die Bilder heimlich ansehen. Papa hat zu jedem Prozess, bei dem er war, eine Akte angelegt. Auf dem Umschlag der Name des Angeklagten, Ort der Tat, Zeitpunkt der Verhandlung und eine Rubrik für das Urteil. Da hat er dann geschrieben *Gerecht* oder *Ungerecht*. Die dickste Akte war die zum Prozess wegen Antonia Wirth. Ich weiß, dass es nicht richtig ist, was Papa getan hat, aber als ich die Akte las, war ich trotzdem gerührt und sogar ein wenig stolz auf ihn. Ich wusste ja, dass er sich Prozesse ansah, aber ich konnte doch nicht ahnen, dass er sogar zu der Mutter von dem toten Mädchen gegangen ist. Er hat auch Fotos von dem Haus gemacht, wo sie wohnte. Ein ganz ärmliches graues Mietshaus war das, draußen in Ruhrort. Ich lese Ihnen mal vor, was er sich dazu aufgeschrieben hat: *Heute Frau Kerstin Wirth aufgesucht, wohnhaft Duisburg-Ruhrort, Homberger Straße 6. Das Gespräch fand im Hausflur statt, um 15 Uhr 43. Habe mich vorgestellt als pensionierter Beamter und freiberuflicher Prozessbeobachter. Habe ihr meine Anteilnahme und Verbundenheit ausgedrückt, indem ich kurz von Matti berichtete. Habe Frau Wirth meine Hilfe angeboten. Sie hat sich bedankt und gesagt, ihr könne niemand mehr helfen. Mit ihrer Tochter sei sie selber auch gestorben. Ende des Gesprächs: 15 Uhr 47.*«

Jörg Dappke, Justizwachtmeister

Natürlich haben wir Sicherheitsvorkehrungen, was denken Sie denn? Früher hätte man mit einer Maschinenpistole ins Gericht laufen können, aber seit die Mafia und irgendwelche anderen Irren das ein paarmal gemacht haben, gibt es im Justizhaus Kontrollen wie am Flughafen. Sogar die Handys muss man abgeben. Wie Rettkowski das geschafft hat mit der Knarre, versteh ich bis heute nicht. Jedenfalls hat er sie irgendwie ins Gericht gebracht und schon ein paar Tage vor der Urteilsverkündung auf der Besuchertoilette versteckt. Am letzten Prozesstag hab ich ihn noch vom Klo kommen sehen, bevor es losging im Saal. Wo ich Idiot ihm auch noch den Platz in der ersten Reihe der Besucherbank freigehalten habe. Dann kam das Gericht rein und gab Kondert sieben Jahre wegen Vergewaltigung und sexueller Nötigung. Genau so, wie es die Verteidigung wollte.

Sie haben mich degradiert. Für mich macht das netto hundertachtzig Euro weniger im Monat. Ist 'ne Menge Geld für einen kleinen Justizwachtmeister. Wegen der Knarre konnten sie mir nichts, aber weil ich dem Kondert etwas aus der nichtöffentlichen Sitzung erzählt habe, dafür konnten sie mir was. Der hat das ja alles in seine Akten reingeschrieben, der Verrückte. Woher sollte ich denn ahnen, dass der über die Prozesse Akten führt? Na ja, ich habe Einspruch eingelegt. Mal sehen, was das wird. Mein Rechtsanwalt meint, wir hätten gute Chancen, dass die Justizbehörde die Gehaltskürzung zurücknehmen muss.

Julia Elsener, Volontärin

Ich hatte noch nie einen Pistolenschuss gehört, trotzdem wusste ich sofort, was los war. Das war wahnsinnig laut und hatte so was Endgültiges. Wie ein zweites Urteil, hab ich gedacht. Komisch, was einem in einem solchen Moment alles durch den Kopf geht. Der Rettkowski stand ganz ruhig an der Barriere zu den Zuschauerbänken und hielt die Pistole mit beiden Händen, wie man es manchmal in den Fernsehkrimis sieht. Der erste Schuss fiel, als der Richter sagte, der Selbstmord der Antonia Wirth stünde nur möglicherweise, aber nicht nachweisbar im Zusammenhang mit der Vergewaltigung und könne deshalb bei der Bemessung der Strafe nicht berücksichtigt werden. Ich habe dann zu Rettkowski rübergesehen, während viele andere – Zuschauer, Staatsanwalt und Richter – in Deckung gingen. Und dann hab ich gesehen, wie Rettkowski die Arme ein wenig nach links drehte und sofort wieder schoss. Erst da wurde mir bewusst, dass Kondert schon quer über der Anklagebank lag. Von seinem Kopf war nicht mehr viel übrig. So fies sieht das im Fernsehen nicht aus. Und dann kippte auch der Steinbach um, das Haifischgrinsen noch im Gesicht. Ich weiß, das hört sich böse an, aber er ist mit diesem widerlichen Grinsen gestorben. Und dann hat es noch ein drittes Mal geknallt, da hat sich Rettkowski in den Mund geschossen. Kurz darauf schrien alle durcheinander und wollten raus, die Leute trampelten übereinander, und irgendwer rief in dem ganzen Gebrüll auch immer *Bravo, Bravo*, das weiß ich noch. Wie gesagt, der komplette Wahnsinn. Ich hatte da schon keine Angst mehr, weil ich gesehen hab, wie Rettkowski sich selber erschossen hatte. Ich hab dann zur Frau Wirth gesehen, die saß auf der Nebenklägerbank, als hätte sie die Schüsse gar nicht gehört, und guckte weiterhin nach vorn, wo gar keine Richter mehr waren. Ihr Anwalt hat sie gehalten, als sie anfing, sich zu schütteln wie eine Waschmaschine. Verzeihen sie bitte den etwas geschmacklosen Vergleich, aber genau daran hat es mich erinnert.

Ute Kettler, Protokollführerin

Als es knallte, bin ich sofort in Deckung gegangen. Wir sind geschult für solche Fälle. Obwohl es eigentlich unmöglich sein soll, eine Waffe in den Gerichtssaal zu schmuggeln, sind wir darauf vorbereitet, dass es doch mal einer schafft. Unter dem Tisch waren auch die drei Richter und die beiden Schöffen. Es knallte dann noch zweimal, und eine der Schöffinnen schrie hysterisch. Als sie aufstehen wollte, hat der Vorsitzende Richter sie festgehalten und ihr eine Ohrfeige verpasst. Später hat er gesagt, es sei zu ihrem eigenen Schutz gewesen. Dann war es vorbei mit den Schüssen, und es gab ein riesiges Geschrei, irgendjemand hat auch was gerufen, das wie *Bravo* klang. Wie nach einem besonders gelungenen Theaterstück. Irgendwann hab ich dann den Kopf wieder über die Tischplatte gehoben und da erst alles begriffen. Der Rettkowski war mir in dem Prozess gar nicht weiter aufgefallen, außer dass er immer vorne in der ersten Reihe saß. Den Platz hat ihm Wachtmeister Dappke freigehalten, die kannten sich doch. Und dann lag da der Beschuldigte in seinem Blut und gleich daneben Dr. Steinbach. Der Anblick war so grauenhaft, dass ich kurz darauf in Ohnmacht fiel. Erst in der Kantine bin ich wieder aufgewacht, wo ich auf dem Tisch lag und eine Infusion bekam. Na ja, war vielleicht doch ein bisschen viel. Ich mache momentan übrigens keine Strafgerichtsverfahren. Ich schaff das einfach nicht mehr. Ich mache jetzt nur noch Erbstreitigkeiten und Familienrecht. Aber glauben Sie nicht, dass das viel sicherer ist.

Julia Elsener, Volontärin

Wie gesagt, ich durfte dann gar nicht mehr über die Schießerei im Gericht schreiben. Dafür hatten wir ja unseren Polizeireporter. Ich hab aber trotzdem noch ein bisschen weiterrecherchiert und dabei ein interessantes Detail herausgefunden. Der Sohn von Herrn Rettkowski ist ja überfahren worden, und es gab damals einen Prozess wegen fahrlässiger Tötung. Der Autofahrer wurde freigesprochen, weil man ihm nicht nachweisen konnte, dass er Gas gegeben hat, obwohl er den Jungen schon lange an der Straße hätte sehen müssen. Und jetzt raten Sie mal, wer der Anwalt von dem Autofahrer war? Richtig: Steinbach. Dr. Alfons Steinbach. Der Vater von dem Dr. Steinbach. Der alte Steinbach lebt noch, in Düsseldorf-Oberbilk, ganz feine Gegend. Ist fünfundsiebzig. Vielleicht wollte Rettkowski, dass der alte Steinbach auch mal weiß, wie es sich anfühlt, den eigenen Sohn zu verlieren. Ich hab übrigens keinem was davon gesagt, wollte nicht, dass sie in der Zeitung schreiben, Rettkowski hätte Kondert und Steinbach gar nicht wegen der armen Antonia erschossen, sondern wegen des Sohnes von dem. Wahrscheinlich hat er es ja für beide getan.

Antje Nuber, geborene Rettkowski, Tochter

Nachdem es geschehen ist, habe ich ganz viel Post bekommen. Manche Leute schrieben, mein Vater sei ein Held, andere nannten ihn einen Verbrecher. Ich würde sagen, weder noch. Papa hat in seinem ganzen Leben nie Gefühle gezeigt. Ich weiß, das klingt makaber, und natürlich ist es falsch, was er getan hat, aber ich bin davon überzeugt, er hat an diesem letzten Tag im Gericht zum ersten Mal in seinem Leben seine wahren Gefühle gezeigt. Er hat es für Matti getan. Für Antonia. Und die Gerechtigkeit.

Christine Schmidt, Hausfrau

Was der Hubert getan hat, hat uns alle in der Siedlung wahnsinnig erschüttert. Woher hatte der überhaupt eine Pistole und wieso konnte er so gut schießen? »Da wohnt man sein ganzes Leben Tür an Tür und kennt sich trotzdem nicht«, hat mein Mann gesagt. Dieser Kondert hatte das ja irgendwie verdient, das muss ich schon sagen. Auch wenn es natürlich nicht rechtens ist. Aber wieso erschießt Hubert dann auch noch den Anwalt? Das war doch der Beruf von dem Anwalt, sich für Schwerverbrecher einzusetzen. Der hatte auch noch drei kleine Kinder. Das ist doch furchtbar. »Wie konnte der Hubert nur drei unschuldigen Kindern den Vater nehmen?«, hab ich zu meinem Mann gesagt.

Antje Nuber, geborene Rettkowski, Tochter

Wissen Sie, was ich Papa wünsche? Dass er von da oben aus dem Himmel den Kranz auf seinem Grab hat sehen können. Ein ganz besonderer Kranz, der hat bestimmt hundertfünfzig Euro gekostet. Da waren weiße Lilien gesteckt und kleine Stoffbärchen und rosafarbene Schleifen und eine Perlenkette. Der Kranz war von der Mutter des toten Mädchens. Wissen Sie, was auf der Schleife stand? *Danke für alles, Deine Antonia.*

GOTTESKRIEGER
(Wuppertal/Bossin, Stettiner Haff)

Was war das denn? Hören Sie das? Ich meine das Kratzen? Ich guck mal nach. Vielleicht sehe ich ja schon Gespenster. Oder es war nur ein Tier. Wir sind hier in der freien Natur. Am Strand streunen manchmal Hunde rum. Ein Fuchs? Ja, könnte auch sein. Also sehen kann ich nichts da draußen. Und jetzt ist's ja auch wieder ruhig.

Ich bin eigentlich gar nicht schreckhaft. Das glauben Sie jetzt nicht, oder? Als meine Frau und ich noch jung waren, sind wir mit meinem Simca nach Frankreich und haben da irgendwo im Wald oder am Strand gezeltet. Fertig. So was wie Angst kannten wir nicht.

Ah, sehen Sie, ich hab's doch geahnt. Es war ein Tier. Der Hund von unserem Verwalter, ein Schäferhund. Na, der ist ganz lieb. Da bin ich beruhigt. Ist ja auch gut, dass der Hund hier nachts rumläuft und aufpasst. Schließlich sind wir nicht mal 'ne Stunde weg von Polen. Jetzt gucken Sie komisch. Was glauben Sie, was hier geklaut wird. Die klauen sogar Autos, an denen noch die Wohnwagen hängen. Selbst wenn Leute drin schlafen, ist denen doch völlig egal.

Unser Wagen steht hier seit siebzehn Jahren. Sind zufällig hergekommen und gleich geblieben. Vier Sterne hat der Platz, Campingplatz Pommernland, jeder einzelne redlich verdient, alles eins a hier. Bis aufs Wetter natürlich. Das ist aber auch nicht immer so schlecht wie gerade. Gut, wir haben Oktober, da kann's hier schon mal zwei, drei Wochen am Stück durchschiffen. Aber Sie müssen mal im Sommer kommen. Da haben wir immer schön Schatten unter den Bäumen. Nach der Wende war hier natürlich noch alles sehr primitiv. Und glauben Sie bloß nicht, die Brüder und Schwestern im Osten hätten uns mit offenen Armen empfangen: Jetzt nehmen die Wessis uns auch noch die schönsten Stellplätze weg – haben wir mehr als einmal gehört. Das ist übrigens ein FKK-Campingplatz. Meine Frau und ich sind gar nicht so für FKK. Wenn wir hier im Wagen sind, haben wir eigentlich immer was an. Nur draußen und am Strand und so, da ziehen wir uns eben aus. Klingt blöd, ist auch blöd.

Ob ich Angst habe? Was denken Sie denn? Sonst säße ich doch nicht seit drei Wochen hier in diesem Pissregen. Wissen Sie, was das Schlimmste ist? Dass ich mich in meinem eigenen Land nicht mehr wie ein freier Mensch bewegen kann. Und dass ich mit niemandem drüber reden kann. Sie sind der Erste. Ich kann mich doch hundertprozentig drauf verlassen, dass keiner erfährt, wo ich gerade bin? Geben Sie mir die Hand drauf. Gut so. Na ja, wir sind doch Kollegen. Unter Kollegen wird ein Ehrenwort wohl noch was gelten.

Das ganze Übel begann mit dem neuen Chefredakteur. Der kommt aus Hamburg und war mal Volontär bei der BILD. Hans-Herbert Hösel. Der hieß bei uns schon am zweiten Tag Ganzherber-Schnösel. Noch keine vierzig, 'nen Schmiss auf der Wange und mindestens ein Kilo Gel im Haar.

»Wir brauchen exklusive Geschichten«, hat Hösel gesagt. »Große Reportagen, Mord und Totschlag, Skandale, Storys, die den Lesern ans Herz gehen.«

Klar, dass alle Redakteure um die Wette nickten. Uns steht doch das Wasser bis zum Hals. Dreißigtausend Abonnenten hat das *Tageblatt* in den letzten acht Jahren verloren. In der allergrößten Not lässt man sich auch vom Teufel den Rettungsring ins Wasser werfen, sag ich immer.

»Wer von Ihnen ist der Polizeireporter?«, fragte der Herr Schnösel.

»Das wäre ich dann wohl«, hab ich gesagt.

Hösel hat mich von oben bis unten gemustert und dabei so ein bisschen den Kopf geschüttelt. Als könnte einer mit hundertzehn Kilo, Glatze, Bluthochdruck und einem Kassengestell auf der Nase nicht Polizeireporter sein.

»Na, dann wünsche ich uns eine gute Zusammenarbeit, Herr Reiter«, hat Schnösel gesagt.

Brauchen Sie Zucker? Nein? Ich trinke den Kaffee auch lieber schwarz. Eigentlich sollte ich keinen Kaffee trinken, sagt mein Arzt, bei meinem Blutdruck. Zum Helden tauge ich auch nicht. Ich bin zwar Journalist, aber deswegen noch lange nicht lebensmüde. Sonst hätte ich ja Kriegsberichterstatter werden können, und Sie könnten mich in den *Tagesthemen* bewundern, wie ich in Syrien, Afghanistan oder im Kosovo vor der Kamera stehe, während es hinter mir Bomben regnet. Da bin ich doch lieber Lokalreporter. Okay, die großen Themen sind das nicht gerade. Zu wenig Parkplätze in der Nordstadt, Nachwuchsprobleme beim Philatelistenklub oder der Flüsterasphalt für die Autobahn, damit sich die Anlieger beim Grillen nicht mehr so anschreien müssen. Und wenn mal was Kriminelles in der Stadt passiert, Einbrüche, Überfälle, Ehedramen, ganz selten mal ein Mord, schreib ich auch drüber. Am besten gefiel mir an meinem Job immer, dass ich in der Stadt so viele Leute kannte. Und die Leute mich.

Ich war fast so was wie ein Promi, einunddreißig Jahre war mein Gesicht fast jeden Tag im Blatt.

Kenn ich Sie nicht aus der Zeitung? Was glauben Sie, wie oft ich das gefragt wurde. Ich ging ein und aus beim Bürgermeister, war gern gesehener Gast beim Sommerfest der Sparkasse oder beim Neujahrsempfang der Handelskammer. Zu allen möglichen Ausstellungseröffnungen und Theaterpremieren hat man mich eingeladen, und wenn ich mal im Dienst ein Knöllchen bekam, konnte ich das an die Pressestelle der Stadtverwaltung schicken und hörte nie wieder was davon. Was sollte ich denn da in Syrien oder in Bagdad? Tja, und dann kommt nach einunddreißig Jahren einer wie dieser Schnösel aus Hamburg, und plötzlich ist nichts mehr, wie es war.

Was halten Sie von einem schönen, kühlen Bierchen jetzt? Dafür muss ich an mein Geheimversteck. Ich hab ein Loch unter den Wagen gegraben, fast zwei Meter tief. Sind Bierkästen drin, ist besser als jeder Kühlschrank, selbst bei 35 Grad. Was ist das nur für ein widerlicher Regen da draußen. Na ja, ich will nicht jammern. Hauptsache, ich bin hier sicher. Meine Frau und ich kommen jedes Jahr im Frühling, im Sommer und im Winter her. Nur den Herbst meiden wir normalerweise, da sind wir auf Mallorca. Im Winter wird es hier manchmal so kalt, dass ich mich immer wundere, wieso die Ostsee nicht zufriert. Ja, dann Prost.

Der Hösel kannte ja nicht mal ein Guten Morgen. Der knallte zur Begrüßung nur seinen Kaffeebecher auf den Konferenztisch. Raten Sie mal, was auf dem Becher stand: *Hösel for Pulitzer-Price*. Wirklich. Geht's noch peinlicher?

»Hat schon mal jemand von Ihnen was von Waziristan gehört?«, fragte Hösel, als er drei Wochen da war. Großes Kopfschütteln allerseits. »Das ist zwischen Pakistan und Afghanistan. Da werden junge Männer zu Gotteskriegern ausgebildet.« Es war still am Tisch. Alle waren gespannt, was das mit unserer Stadt zu tun haben sollte. »Vor knapp fünf Wochen wurden zweiundzwanzig Terroristen in einem Camp durch eine amerikanische Drohne getötet. Drei der Islamisten kamen aus Deutschland. Und jetzt raten Sie mal, aus welcher Stadt einer von denen kam?«

»Wuppertal«, sagte Neusel von der Kulturseite, »hab ich irgendwo gehört.«

»Und warum stand es dann nicht im Blatt?«, sagte Hösel. »Unsere Leser hätten doch sicher gern erfahren, wieso ein Kind ihrer Stadt zum Terroristen wird.«

»Vielleicht hat der hier keine Lehrstelle gefunden«, sagte Asbeck und lachte selbst am lautesten. Asbeck ist Sportredakteur. Trinkt ein bisschen viel. Alle wieherten los, während Hösel das Blut ins Gesicht stieg.

»Wenn ich von Ihnen noch einmal eine derart idiotische Äußerung höre, Herr Asbeck«, sagte Hösel, »trete ich Sie durch die geschlossene Tür.« Danach war Schweigen. »Und unser Polizeireporter macht sich jetzt mal auf den Weg und kommt mit 'ner Reportage zurück, warum ein Junge aus Wuppertal zum Gotteskrieger wird«, sagte Hösel noch.

Unsere Stadt hat schöne und hässliche Ecken. Wie jede Stadt, oder? Wer es sich leisten kann, wohnt oben auf den Hügeln. Da ist es hübsch, viel Wald, ruhige Wohnstraßen. Meine Frau und ich wohnen auch da, und nicht weit von uns hat der Oberbürgermeister sein Häuschen. Von unserm Balkon haben wir einen wundervollen Blick übers Tal. Die Autobahn ist weit genug entfernt, die hört man nur, wenn der Wind von Westen kommt. Der Terrorist ist unten am Fluss aufgewachsen, da, wo es hässlich ist. Die Straße heißt Lange Straße. Hat mir einer von der

Polizei gesteckt. Der hatte aber nur die Straße, nicht die Nummer. Wie soll man denn bei über siebenhundert Hausnummern jemanden finden? Vor dem Krieg war das 'ne typische Arbeitergegend. Da wohnten die Malocher aus den Textilfabriken. Drei, vier Geschosse haben die Häuser, Klo auf halber Treppe, Kohleöfen. Was die Engländer 1943 beim Angriff nicht weggebombt haben, steht da bis heute. Dazwischen Baulücken oder graue Platten aus den Fünfzigern. Genau genommen ist die Lange Straße eine Schlucht. Auf der einen Seite steigt hinter den Häusern eine Felswand bis zu zwanzig Meter senkrecht auf. Bei Starkregen rauscht es da wie ein Wasserfall die Steine runter und platscht den Leuten in die Keller. Auf der andern Seite ist ein flacherer Hügel, da hat man aber Hochhäuser und Plattenbauten hingesetzt. Ist auch nicht besser. Die Sonne kommt jedenfalls nur mittags in die Lange Straße rein. Vielleicht ist deshalb alles so blass. Blassbeige, blassblau, blassgrün, blassrosa. Schräg über die Straße geht ein Eisenbahnviadukt, unter dem sich die Häuser wegducken. Eisenbahnen fahren da schon lange nicht mehr. Bis Mitte der Achtziger gab's in der Straße auch noch eine Seifenfabrik. Die ist pleite, aber das Gebäude steht noch. Nicht schade drum. Ist ja gar nicht so, dass eine Seifenfabrik nach Seife duftet, wussten Sie das? Da roch es nach faulen Eiern und Katzenpisse, als die noch in Betrieb war. Man bekam einen Brechreiz, wenn man nur vorbeifuhr.

Viel los war nicht, als ich in der Langen Straße ankam. Kaum Leute unterwegs und 'ne Menge toter Häuser mit leeren Augen und vernagelten Türen. Lange Straße, Kurze Straße, Steile Straße, Breslauer Straße, Sodastraße. In dem Viertel wohnen fast nur noch Rentner, Hartz-IV-Empfänger, Russlanddeutsche und Ausländer. Mit meinem Handy hab ich Fotos gemacht. Hab ich mir angewöhnt, geht schneller, als sich irgendwas zu notieren.

Zuerst ist mir die Werbetafel an einer Hauswand aufgefallen. Sand, Sonne, blauer Himmel, Meer und Strandkorb. *Schöne Aussichten*, stand da. Der blanke Hohn an diesem Ort, musste ich gleich knipsen. Ein Reporter ist ja immer froh über 'ne Idee für den ersten Satz. Meinen Wagen hatte ich vorsichtshalber am Rathaus geparkt, bin dann zu Fuß weiter. Ich habe einen neuen Passat. So einen Wagen parkt man besser nicht in dem Viertel.

Nicht gerade wie die Düsseldorfer Königsallee hier, musste ich denken, als ich an den Geschäften entlanglief. Kodi, Aldi, Rossmann, Sunpoint, Top-Euro-Discount. Noch so ein möglicher erster Satz. Das fing ja gut an mit all den ersten Sätzen. Ich kannte einen in der Langen Straße, Peter Rettich. Rettich war Rechtsaußen beim ASV und hatte hier 'ne Schrauberklitsche. Dachte, dem zeig ich mal das Foto von dem Terroristen, vielleicht kennt er den ja. Aber da war kein Peter Rettich mehr, nur ein verrammeltes Tor, Bretter vor den Fenstern, auf dem Hof zwei ausgeschlachtete Golfs und ein Japaner mit platten Reifen.

»Der Retti is schon lange tot«, sagte ein Rentner, der mich da stehen sah. »Hatte Knochenkrebs. War mal 'n richtig guter Rechtsaußen.«

»So einen Rechtsaußen hatte der ASV nie wieder«, sagte ich.

»Ganz meine Meinung.«

»Haben Sie denn vielleicht den hier schon mal gesehen?«

Ich hielt dem Alten das Foto hin.

»Nee, tut mir leid«, sagte der, »aber ich kann deren Visagen sowieso nicht auseinanderhalten.«

Hier an der Ostsee hab ich mir Schwarzbier angewöhnt. Kannte ich vorher gar nicht. Schmeckt doch eins a, oder? War nicht alles schlecht, was die in der Zone gemacht haben. Prost.

In der Langen Straße gibt's ein Stadtteilbüro von der SPD. Oder besser gesagt gab's das da mal. Auch hier: Tür vernagelt, und im Schaufenster hing noch ein Plakat von 2005 mit Kanzler Schröder. *Vertrauen in Deutschland* der Slogan. Hab ich natürlich auch geknipst. Dann rief meine Frau an. Also war's halb zwölf. Meine Frau ist Konrektorin an einer Grundschule und meldet sich immer in der zweiten großen Pause. Wir brauchen keinen besonderen Grund, sind einfach gern in Kontakt. Auch wenn wir schon seit sechsundzwanzig Jahren verheiratet sind. Wundert mich übrigens, dass sie jetzt noch nicht angerufen hat. Seit unsere Kinder in Aachen und Göttingen studieren, haben wir uns eine kleinere Wohnung genommen. Was sollten wir denn noch mit dem großen Haus? An dem Tag waren wir übrigens bei den Drenks in Remscheid zum Grillen eingeladen.

»Kannst du noch was Schönes für Rainer und Elke besorgen?«, fragte meine Frau.

»Hier gibt's nichts Schönes, ich bin in der Langen Straße.«

Wir haben noch drüber gelacht, meine Frau kennt die Gegend ja auch.

Als ich auflegte, schob ein Pärchen mit Kinderwagen an mir vorbei. Waren höchstens zwanzig. Das Mädchen extrem dick und anscheinend schon wieder schwanger. Der Junge spindeldürr und mit Goldringen in Nase, Unterlippe und Ohren. Beide rauchten, und der Junge mit Bierflasche in der Hand. Das Kind lutschte an einem Brötchen, hatte 'ne Hautfarbe wie ein Kettenraucher. Mein Gott, dachte ich, was haben meine Kinder für ein Glück gehabt.

Das war aber jetzt nicht der Hund da draußen, das war der Wind. Das Geräusch kenne ich, da klappert immer die Abdeckung von dem Regenfass am Radweg. Muss ich mal dem Verwalter sagen, dass mich das stört. Im Herbst pustet's hier oft ordentlich. Gestern war's schon fast ein Sturm. Eigentlich ist die Ostsee ein friedliches Meer, aber heute war sie graugrün, und die Wellen waren mannshoch. Und kalt war's, höchstens sieben Grad! Aber selbst bei dem Wetter sind da FKK-Spinner am Strand. Gibt sogar Nacktwanderer. Wussten Sie das? Die tragen nur Wanderschuhe und Rucksack. Ist doch albern.

Oberhalb des ehemaligen SPD-Büros in der Langen Straße ist der Biermarkt. Da ist vor Jahren mal ein Russe erschossen worden. Hatte irgendwas mit Drogen zu tun. Wurde nie aufgeklärt. Neun Schüsse aus einem Auto, davon sieben Volltreffer. Ich war damals zufällig in der Nähe und hatte Polizeifunk gehört. Hab den Toten noch vorm Biermarkt liegen sehen, sah aus wie perforiert. Schön war das nicht. Und vor ungefähr sechs Jahren ist in der Langen Straße ein achtjähriger türkischer Junge erschossen worden. War aber ein Versehen. Der Junge saß beim Zahnarzt und bekam seine erste Plombe. Auf der Straße hat ein Deutscher auf seine Frau geschossen, weil die fremdgegangen war. Der Idiot hat ein ganzes Magazin durchgezogen, und dann ist ein Querschläger beim Zahnarzt durchs Fenster und hat den Kleinen in den Hals getroffen. Ja, und dann war da noch das Feuer. Ist ungefähr fünfzehn Jahre her. Da hat's im Asylantenheim an der Ecke Feldstraße gebrannt. Dort wohnten Syrer, Tamilen, Iraker, Roma. Alles durcheinander. Zuerst hieß es, Neonazis hätten das Feuer gelegt. An den Hauswänden waren oft Hakenkreuze. Eine Großmutter, eine Mutter und zwei Babys aus Syrien sind verbrannt. Siebzehn Leute in drei Zimmern. Aber dann war es doch keine Brandstiftung, sondern ein Kurzschluss in einem Heizöfchen. Der Brandmeister hat mich mit reingenommen. Alles war pechschwarz, von den Wänden tropfte schwarzes Wasser, und die Luft brannte in den Augen. So muss es in der Hölle aussehen, dachte ich. Von der Großmutter und der Mutter hat man nur noch die Gebisse gefunden. Von den Babys nicht mal die, hatten ja noch keine Zähne. Unter einem ausgebrannten Herd fand ich einen verkohltes Stofftier. *Nur ein Teddy überlebte das Feuerinferno* hab ich damals geschrieben. Aber das war unserm damaligen Chef zu reißerisch, hat der gestrichen. Dem Hösel wär's wahrscheinlich zu lahm gewesen. So ändern sich die Zeiten.

Ehrlich gesagt hatte ich bis zu dem Tag keine Ahnung, was eine Drohne ist. Hätten Sie das gewusst? Unser Volontär hat das für mich recherchiert. Es gibt Drohnen, die sind nicht größer als 'ne Wespe. Gibt aber auch welche, die sind groß wie Flugzeuge und können Raketen abfeuern.

Noch ein Schwarzbier? Also ich nehme noch eins. Wenn man hier draußen hockt und nicht nach Hause kann, sollte man wenigstens ein kühles Bier trinken.

Auf der Langen Straße fiel mir noch auf, dass da kein Mensch normal ging. Entweder schlichen die Leute wie Schlafwandler oder sie rannten wie wild. Nicht weit von der Kreuzung zur Märkischen Straße kommt dann eine Kneipe nach der andern: Pilsken, Zum großen Durst, Wendeschleife und so weiter. Die hören gerne Schlager da. Wenn's nicht regnet, stehen die Gäste in der Tür und prosten den Businsassen zu. Am Beyoglu Café hätten mich drei Jungs fast über den Haufen gerannt. Araber, vielleicht sechzehn, siebzehn Jahre alt. Kamen aus einem der Hinterhöfe. Dunkel, nass und modrig war's da. Da standen noch zwei dunkle Typen und ein Blonder mit eckigem Gesicht. Plötzlich holte einer der Araber aus und schlug dem Blonden ins Gesicht.

»Hey«, hab ich gebrüllt, »was soll das denn?«

»Hau ab, du Wichser«, rief der Araber.

Der hatte Schaum vorm Mund, sah richtig gefährlich aus. Ich bin dann schnell weg, ein Stück die Straße rauf in einen Hauseingang. »Sieh den Hunden nicht beim Pissen zu«, hat mein Vater immer gesagt, »sonst beißen die.« Nach fünf Minuten bin ich zurück in den Hinterhof, aber da war keiner mehr. Nur ein Schuppen und ein rostiger Motorroller. Das hier ist auch Deutschland, hab ich noch gedacht. Ein Deutschland, das ich gar nicht kenne und auch nicht kennen will.

Ich bin dann langsam ein bisschen unruhig geworden, weil ich ja überhaupt noch nichts rausgefunden hatte über den Gotteskrieger.

Unterhalb der Kreuzung Lange Straße/Hügelstraße gibt's ein paar Geschäfte: Frisör Perres, Wendys Nagelstudio, Internetcasino Lucky, Star-Grill und Empire Video King. Im Star-Grill lag eine Wurst auf dem Rost, die dieselbe Hautfarbe hatte wie der Kerl hinter der Theke. Graugrün. Der Typ schwitzte, und seine Finger waren dick wie seine Würstchen. Ich hielt den für einen Deutschen, bis ich das Mannschaftsfoto von Galatasaray Istanbul über der Fritteuse sah.

»Eine Currywurst«, hab ich gesagt.

»Scharf machen?«

»Mittel reicht.«

Als der Türke die Kelle in die Soße tunkte, musste er erst eine krustige Haut durchstoßen. Wie bei altem Lack, dachte ich. Die Lacksoße hatte die Farbe von Rost. Ich hab das Foto des Islamisten aus der Tasche gezogen und auf die Theke gelegt. Dieses Bild hier hab ich ihm gezeigt, sehen Sie mal. Das ist der Junge. Er hieß Alpaslan. Wie ein Terrorist sieht der nicht aus, oder? Eher wie ein zu groß geratenes Kind.

»Kennen Sie den?«, hab ich den Türken gefragt.

Der hat das Foto nur aus den Augenwinkeln angesehen und dann das Schälchen mit der Wurst in den Müll geworfen.

»Hau ab«, hat er gesagt. »Schnell.«

Na ja, den Versuch war es wert. Und die Wurst mit der rostigen Soße hätte ich ohnehin nicht gegessen.

Draußen hatte ich dann Herzrasen. Das ist nichts für dich hier, hab ich noch gedacht. Ich bin Lokalreporter, mehr nicht. Aber was sollte ich machen? Es wäre schlauer gewesen, einfach abzuhauen. Dann müsste ich jetzt auch nicht im Dauerregen auf dem Campingplatz sitzen. Ich bin aber weiter rumgelaufen und hab mich dabei ertappt, wie ich nach meiner Brieftasche fasste, als mir zwei Afrikanerinnen entgegenkamen. Mein Gott noch mal, dachte ich, jetzt wird's aber langsam lächerlich. Nicht weit von dem Aldi ist ein afghanischer Gemüseladen. Da bediente eine junge Frau in Kittelschürze und Pantoffeln. Die lächelte freundlich, also hab ich bei der mein Glück versucht mit dem Foto. Was ein Fehler war.

»Kennen Sie vielleicht den Jungen hier auf dem Bild?«

Bei der Frage kriegte die Frau einen ganz seltsamen Blick drauf, als hätte jemand das Licht in ihren Augen ausgeknipst. Dann fing sie an zu flüstern, hörte sich an wie ein Gebet. Und wurde dabei immer lauter, bis sie fast schrie. Aber da war ich längst durch die Tür und Richtung Aldi los. Als ich mich noch mal umdrehte, sah ich im Eingang des Gemüseladens zwei Männer stehen. Wie die zu mir rübergeschaut haben, hat mir schon gereicht. Ich bin dann in den Aldi rein, weil ich dachte, da wär ich erst mal sicher.

Wenn Sie rauchen wollen, rauche ich eine mit. Dann müssen wir aber unters Vorzelt. Im Wohnwagen ist bei uns Rauchverbot. Den Geruch kriegt man ja nie mehr raus aus den Stoffen und der Wäsche. Meine Güte, wie das schüttet. Da ist der liebe Gott mal wieder richtig traurig, würd ich sagen. Sehen Sie, da hinten, wo das Licht brennt, wohnt der Verwalter. Und da vorne an der

Laterne hält jeden Morgen der Brötchenwagen. Das ist ein Service, sag ich Ihnen. Man kriegt die Brötchen bis vor den Wagen geliefert. Aber kühl ist es schon, nicht wahr? Wird eben Winter. Ich hoffe nur, dass ich nicht noch Weihnachten hier sitze.

Im Aldi hab ich dann einen Opa und eine Oma angesprochen, ob sie mich ein Stück in ihrem Wagen mitnehmen könnten. Da draußen standen ja immer noch die beiden Männer.

»Wir nehmen keine Anhalter mit«, sagte die Oma.

»Da kann ja jeder kommen«, sagte der Opa.

»Kennen Sie mich denn nicht vom *Tageblatt*?«, hab ich gesagt, und nachdem ich meinen Presseausweis gezeigt hatte, durfte ich dann doch mit. Der Alte fuhr so langsam, dass die Männer uns mühelos eingeholt hätten, wenn sie hinter uns hergelaufen wären.

»Wir wohnen in der Breslauer«, hat die Frau gesagt.

»Gefällt's Ihnen denn hier?«, hab ich gefragt.

»Über so was macht man sich nach vierundvierzig Jahren keine Gedanken mehr. Wir hoffen nur, dass uns der Marokkaner in Frieden lässt«, sagte der Opa.

»Welcher Marokkaner?«

»Der unser Haus gekauft hat«, sagte die Oma.

»Eigentlich sollten die hier nur die Straße kehren, und jetzt gehören ihnen unsere Häuser«, sagte der Alte. »Aber schreiben Sie das bloß nicht in der Zeitung. Nicht dass ich noch Ärger kriege.«

Ja, mir wird auch kalt. Würde sagen, wir gehen wieder rein. Die anderen Lichter? Es gibt Camper, die sind das ganze Jahr über hier. Man fragt sich, ob die überhaupt noch irgendwo anders wohnen.

Die Alten haben mich bei Udos Billardcafé abgesetzt. Drinnen war nur Funzellicht und es stank nach Schweißfuß und kalten Kippen. Nur einen Billardtisch hab ich nicht gesehen. Am Tresen hockten zwei versoffene Typen, die sahen aus, als säßen sie dort seit Jahren. Vor sich Pils und Korn. In einer Vitrine lagen zwei einsame Frikadellen auf einem Teller mit Schalke-Wappen. Der Wirt sah nicht von seiner Zeitung hoch, als ich reinkam.

»Einen Latte macchiato«, hab ich gesagt.

Da hat der Wirt den Kopf gehoben, ganz langsam, als sei sein Schädel aus Beton, und hat mich angesehen, als hätte ich Arschloch zu ihm gesagt.

»Latte macchiato? Sieht das hier nach 'ner Schwulenbar aus?«, sagte der.

Die beiden an der Theke lachten wie halskranke Ziegen.

»In 'ner Schwulenbar hätte ich Champagner bestellt«, sagte ich.

»Der war nicht schlecht gekontert, Udo, oder?«, sagte der dickere von den beiden Gästen.

»Was soll's denn nun sein?«, knurrte Udo, »vom Rumstehen krieg ich Krampfadern.«

»Dann nehm ich einen Kaffee.«

Ich bin eher der Chris-Rea-Fan. Aber trotzdem kennt man ja die Schlager: *Griechischer Wein, Marmor, Stein und Eisen bricht* oder *Der Junge mit der Mundharmonika*. Das lief da rauf und runter. Hab mich an einen Tisch am Fenster gesetzt und meinen Laptop aufgeklappt. Gegenüber vom Café ist die verlassene Seifenfabrik. Zwei hohe Backsteingebäude mit Dutzenden Sprossenfenstern. Ich glaub, da ist keine einzige Scheibe mehr heil. Auf dem Parkplatz davor stand ein einsamer Wohnwagen. Nach 'ner halben Stunde ging da eine Frau rein. Gesehen hab ich die nur von hinten. Keine Ahnung, wie jung oder alt. Trug einen kurzen Rock und silberne Stöckelschuhe. Ich bin dann zum Klo, und auf dem Rückweg hab ich Udo und den beiden Typen das Foto gezeigt.

»Du scheinst ja wirklich auf Schwule zu stehen«, sagte Udo.

»Kennt ihr den Jungen vielleicht?«

»Bist du ein Bulle oder was?«

»Ich bin vom *Tageblatt*.«

»Ziemliches Käseblatt«, sagte der Dünnere.

»Und was ist los mit dem da auf dem Foto?«, fragte Udo.

»Der soll ein Terrorist sein. Hier aus der Straße.«

Udo lachte.

»Ist nicht dein Ernst, oder? Der ist doch 'n Kind.«

»Trotzdem«, hab ich gesagt.

»Das sind alles Terroristen da draußen«, sagte der Dicke, »wir sind doch die letzten Mohikaner hier, die, die noch die Stellung halten.«

»Machst du uns noch 'n Gedeck, Udo?«, sagte der Dünnere.

Ich hab mich wieder gesetzt, um was aufzuschreiben. Ich hatte ein paar gute erste Sätze, aber über den Terroristen wusste ich immer noch nichts.

Später sah ich einen Typen zu dem Wohnwagen gehen. Mit Wildlederjacke und Aktentasche, als wollte er zur Arbeit. Als die Tür des Wagens aufging, sah ich drinnen ein rotes Licht. Ach so läuft das hier, dachte ich und hatte wieder was für meine Story.

Wie spät ist es? Schon neun? Seltsam. Meine Frau meldet sich sonst immer gegen acht. Ich glaube, heute ist Elternabend. Vielleicht liegt's daran. Ich wart mal noch 'ne halbe Stunde, dann versuch ich's bei ihr. Nehmen Sie auch noch ein Schwarzes? Irgendwann kamen noch zwei Frauen ins Billardcafé. Schön waren die nicht, sahen aus, als hätten sie ein paar Jahre zu lang auf dem Sofa gesessen. »Uuudooo«, haben die gekreischt und hysterisch gelacht. Ich hab eine von den Frikadellen bestellt. Was ein Fehler war. Die schmeckte wie ein Tennisball. Udo und die beiden Typen am Tresen haben zu mir rübergeguckt, als hätten die 'ne Wette laufen, ob ich die wirklich aufesse.

»Die andre auch noch?«, fragte Udo, als ich mit der Frikadelle fertig war.

»Die ess ich, wenn ich mal wieder in der Gegend bin.«

»Der war schon wieder nicht schlecht, Udo«, hat der Dickere gesagt und so gelacht, dass ich seine Zahnlücken durchzählen konnte.

Nach 'ner halben Stunde kam dann der Typ mit der Aktentasche aus dem Wohnwagen raus und schlich davon. Weiter passierte erst mal nichts. Außer dass zwei Frauen in Burkas vorbeiliefen, das fällt ja immer auf. Wenig später kam die Nutte aus dem Wohnwagen. Im Gehen zog die sich die Strumpfhose hoch. Hatte 'ne Kippe im Mund und sah ganz schön wild aus. Überall Tätowierungen, mehrere Haarfarben gleichzeitig, ein Punkmädchen. Ich hab die dann gleich in meinen Artikel eingebaut. Ein bisschen Fantasie hilft ja immer als Journalist. Sogar eine Überschrift fiel mir ein: *Die Straße des Gotteskriegers*. Nicht schlecht, oder?

»Sag mal, Reporter«, sagte Udo, »woher weißt du eigentlich, dass der Typ ein Terrorist ist?«

»Vom BKA.«

»Ich kenn nur den BVB und den kann ich nicht ab«, meinte der Dünnere und lachte.

»Jetzt halt doch mal die Fresse, du Idiot, wenn sich erwachsene Menschen unterhalten«, sagte Udo.

»Ruhig, Brauner, ganz ruhig«, sagte der Dickere.

»Und woher wissen die vom BKA, dass der ein Terrorist ist? Hier traut sich doch kein Bulle her.«

Darauf wusste ich auch keine Antwort. Gleichzeitig flog die Tür auf, und zwei Jungs in Trainingsanzügen kamen rein.

»Uuuuudoooo«, riefen sie.

Auf dem Platz vor der Seifenfabrik stand jetzt ein Pärchen. Ein junges Mädchen von vielleicht siebzehn Jahren und ein etwas älterer Junge. Beide hatten pechschwarze Haare. Ich dachte, das Mädchen ist eine Türkin. Sie war ganz normal angezogen, Jeans, Sweatshirt, Sportschuhe. Bei dem Jungen dachte ich eher an einen Inder oder Pakistani. Die umarmten sich. Ganz vorsichtig, als hätten sie Angst, dem andern was zu brechen. Der Junge hat seine Arme um das Mädchen geschlungen, sie ihren Kopf an seinen Hals gelehnt. Dafür musste sie auf die Zehenspitzen, denn er war anderthalb Köpfe größer. Ich hab die beiden dann gleich in meine Story reingeschrieben. Eine junge Liebe, die alles um sich herum vergisst, ein schöner Kontrast zu dem Dreck und all dem Hässlichen da. Ab und zu hab ich hingesehen, auch nach einer Viertelstunde standen die noch so da. Manchmal hat der Junge das Mädchen geküsst. Auf die Wange, auf die Augen, auf die Stirn, auf die Haare. Ich konnte das gut sehen, so weit war ich ja nicht entfernt.

Als ich das nächste Mal hochguckte, war da plötzlich ein Mann. Hab ihn nur von hinten gesehen, aber wie der ging, wirkte der jung und sportlich. Der schob das Tor vor der Seifenfabrik auf und ging ganz ruhig über den Platz. Ich dachte erst, das sei ein neuer Kunde für den Wohnwagen. Er ging aber direkt auf das Pärchen zu. Die beiden haben ihn nicht gesehen, er kam ja von hinten. Vielleicht ein Freund von denen, dachte ich, der sich einen Spaß draus macht, sich anzuschleichen. Aber das war kein Spaß. Nur drei, vier Schritte von dem Pärchen entfernt zog der was aus der Tasche, ging noch näher ran und hielt das Ding dem Mädchen an den Kopf. Der Junge versuchte noch, sie zu halten und sich gleichzeitig umzudrehen, da zielte der Mann ein zweites Mal und schoss auch ihm in den Kopf. Der Junge fiel direkt auf das Mädchen. Die waren beide auf der Stelle tot.

Bei mir herrschte Schockstarre. Die Szene war entsetzlich und total unwirklich zugleich. Vielleicht lag's auch daran, dass ich ja nichts hörte von der Straße. Nicht die Schüsse, nicht die Autos, keine Schreie oder so was. Nur die scheiß Schlagermusik in der Kneipe. Und das blöde Gelache von den Leuten. Der Mann schleuderte die Pistole ins Gebüsch und ging dann genauso langsam, wie er gekommen war, zur Straße zurück. Ich wusste nicht, was ich machen sollte. Der Kerl stand da auf der anderen Seite, ganz ruhig, und hat auf die Straße geschaut, als sähe er nach einem freien Taxi.

Dann hab ich abgedrückt. Im selben Moment war ich total erschrocken, weil der Blitz meines Handys losging. Den hat der Kerl natürlich gesehen. Er sah zu mir rüber, trat auf die Fahrbahn, achtete gar nicht auf die Autos, überquerte die Straße und kam direkt auf mich zu. Ich bin aufgestanden, das Billardcafé ist im Hochparterre, deshalb stand ich höher als der Kerl. Er kam ganz nah an mein Fenster, zog etwas aus der Jacke und zielte auf mich. Ich war wie gelähmt, hab's nicht mal geschafft, mich zu ducken. Es war sein Handy. Der hat mich einfach fotografiert, ebenfalls mit Blitz. Dann fuhr er sich mit der Handkante ganz langsam über den Hals. Das war's. Er drehte sich weg, ging hinter einem Paar mit Kinderwagen her, bis ich ihn nicht mehr sehen konnte.

»Ruft verdammt noch mal einen Notarzt und die Polizei«, hab ich gebrüllt.

Bis dahin hatte noch keiner bemerkt, dass da zwei Menschen vor der Seifenfabrik lagen. Ich bin dann schnell dahin. Mein Gott, was für ein trauriges Bild. Die waren noch so jung, die beiden. Unter den Leichen hatte sich das Blut auf dem Asphalt ausgebreitet. Ich hab die nicht angefasst, war vollkommen klar, dass die tot waren.

Später hab ich gehört, das Mädchen hieß Sinat. Sie kam aus einer kurdischen Familie aus Erenyolu nahe der syrischen Grenze. Sechzehn Jahre alt. Sie hatte den Mund geöffnet. Vielleicht wollte sie noch was rufen oder war einfach nur überrascht, so schnell, wie alles ging. Sein Name war Rohan. Er kam aus Sukkur in Pakistan. Dreiundzwanzig. Von dem hab ich nur den Hinterkopf gesehen, der lag mit dem Gesicht auf dem Asphalt. Niemals werde ich das Bild vergessen.

Ich glaube, jetzt haben wir uns einen Whisky verdient, meinen Sie nicht? Mir ist jedenfalls danach. Kann schon sein, dass ich ein bisschen zu viel trinke hier. Aber was soll ich machen? Die Tage wollen einfach nicht vergehen. Okay, auch mit Eis? Ist alles da. Perfekt, so ein Campingwagen, oder? Fast wie im richtigen Leben. Ich frag mich nur langsam, warum eigentlich meine Frau nicht anruft. Ist schon halb zehn. Dann werd ich sie wohl gleich mal anklingeln. Wir machen erst mal weiter, okay?

Es dauerte nur ein paar Minuten, bis der erste Polizeiwagen kam. Dann der Notarzt, noch mehr Polizei, Kripo, ein Fernsehteam, sogar die Kollegen aus Düsseldorf. Der Platz wurde abgesperrt, überall Schaulustige, das Übliche halt. Thielmann kam auch. Thielmann ist der Leiter der Mordkommission. Natürlich kenne ich den. Inzwischen hatte ich mir das Foto auf meinem Handy angesehen. Bitte sehr, hier ist es: Wie Sie sehen, sehen Sie nichts. Oder besser gesagt: fast nichts. Da fährt ein Auto lang, das ist das Gelände der Seifenfabrik, das Verkehrsschild, und da unten ein Stück von der Fensterbank in Udos Billardcafé. Deshalb ist ja der verfluchte Blitz ausgelöst worden, weil ich das Handy zu nah an die Fensterbank gehalten habe. Sehen Sie das? Die Arme und die Beine hinterm Schild? Die gehören dem Killer. Was nicht drauf ist, ist sein Kopf. Der war wirklich genau hinter dem Schild. Ich hab ja nur auf den Auslöser gedrückt und gar nicht hingesehen. Künstlerpech, würd ich sagen.

»Das war eine Hinrichtung«, sagte Thielmann, »könnte ein Ehrenmord sein.«

An so was hatte ich gar nicht gedacht. Hatte mal was drüber gelesen, aber da schüttelt man ja nur den Kopf. Dass jemand seine eigene Tochter umbringt, weil sie sich in den falschen Mann verliebt. Ehrenmord. Das Wort hört sich schon gefährlich an. Ich konnte gar nicht mehr richtig denken in dem Augenblick. Als hätte ich Stromausfall im Hirn. Denk nach, du musst mehr nachdenken, hab ich zu mir gesagt. Willst du wirklich der Kronzeuge gegen diesen Killer sein? Da wirst du doch deines Lebens nicht mehr froh. Dann bist du lebendig tot. Bis einer aus dem Clan dich abknallt. Das Foto. Sie haben das Foto. Sie wissen doch, wer du bist. Ich stehe sogar im Telefonbuch. Mir wurde ganz weich in den Knien, als ich das begriff.

»Haben Sie denn irgendwas gesehen?«, hat Thielmann mich gefragt.

»Nein«, hab ich gesagt. »Ich habe nur gesehen, wie die beiden da auf dem Boden lagen.«

»Ist Ihnen vielleicht jemand aufgefallen, der weglief oder auffällig war?«

»Auch nicht.«

Ich hatte kaum noch Stimme. In mir flatterte es, als gingen zweitausend Volt durch mich durch. Hat Thielmann natürlich auch gemerkt, aber der dachte wahrscheinlich, ich stehe unter Schock. Und so war es ja auch.

Ich weiß, das kann man nur schwer verstehen. Aber so war es eben. In den Tagen danach bin ich morgens aufgewacht und habe gedacht, lieber Gott, mach, dass das alles gar nicht passiert ist. Eben freust du dich noch auf einen gemütlichen Abend mit Freunden bei Würstchen vom Grill, und im nächsten Augenblick schon stehst du einem Killer gegenüber. Der auch noch ein Foto von dir schießt. Ich konnte nichts essen, nichts trinken, nicht schlafen, nicht wach sein. So sieht das aus.

Prost. Den einen trink ich noch. Sie können auch gern noch einen haben. Gut, dann nicht. Ich wusste gar nicht, dass einen die Angst so verrückt machen kann. Die Polizei hat die Pistole auch ohne mich gefunden. Im Gebüsch hinterm Wohnwagen. Eine Smith & Wesson, Kaliber 7,65 mm. Keine Spuren dran. Anscheinend ein Profi. Normalerweise macht das ja einer aus der engeren Familie, Bruder oder Onkel. Scheint aber hier nicht der Fall zu sein. Die Polizei ermittelt gegen die Familie des Mädchens, aber sie kommen keinen Zentimeter weiter. Seit drei Wochen nicht. Die Familie ist stumm wie ein Schwarm Fische. Die Polizei hat mir Fotos aller männlichen Familienangehörigen des Mädchens gezeigt. Aber ich hab keinen erkannt, der so aussah wie dieser Killer. Da musste ich wenigstens nicht lügen. Seitdem bin ich krankgeschrieben. Hab mich gar nicht mehr aus dem Haus getraut, bin nicht ans Telefon, nichts. Und dann hatte ich das hier im Briefkasten. Schönes Bild, oder? Ich in Udos Billardcafé. Verdammte Scheiße. Hab mich noch nie mit so viel Angst im Gesicht gesehen wie auf dem Foto.

Kann ich Ihnen nicht noch ein Bier anbieten? Okay, gern. Wie es weitergehen soll? Weiß ich auch nicht. Ich hab's bisher nur einem einzigen Menschen erzählt und das ist meine Frau. Und Ihnen jetzt. Was sie sagt? Dass ich zur Polizei gehen soll. Aber Sie glauben doch nicht, dass die Sie bei so was schützen könnte? Ich weiß doch, wie das aussieht. Alle paar Tage fährt mal ein Streifenwagen durch Ihre Straße, das nennt sich dann Polizeischutz. Vielleicht gehen wir nach Mallorca. Da haben wir Freunde. Meine Frau hat sich an einer deutschen Schule in Palma beworben.

Und ich schreibe Reiseführer oder einen Restaurantführer oder so was. Wozu bin ich Journalist. Da wären wir dann gewissermaßen im Exil. Merkwürdige Vorstellung, nicht wahr? Man läuft weg aus dem eigenen Land aus Angst vor solchen Leuten. Sieh den Hunden nicht beim Pissen zu. Der Spruch von meinem Vater geht mir nicht mehr aus dem Kopf. Und ich fotografier die Hunde auch noch beim Pissen. Scheiße noch mal.

Ich muss jetzt aber dringend meine Frau anrufen … Sie geht nicht ran. Warum geht sie nicht ran? Der Elternabend muss doch längst vorbei sein. Nur die verdammte Mailbox. Sehen Sie, jetzt hab ich schon wieder Panik. Warum geht sie nicht ans Handy? Bei der kleinsten Unregelmäßigkeit drehe ich durch. Hallo Liebes, ich bin's. Was ist denn, warum gehst du nicht ans Telefon? Ich mache mir Sorgen. Bitte rufe zurück.

Nett von Ihnen, aber es funktioniert nicht. Ich kann mich nicht beruhigen. Ich drehe noch durch. Ich bin kein Held, ich war nie einer und werde auch nie einer sein. Entweder man stirbt früh als Held oder wird alt als Feigling. Noch so ein Spruch von meinem Vater. Der war auch ein ängstlicher Typ. War Soldat an der Ostfront und hatte Angst vor allem, dem Leben wie dem Sterben. Vielleicht hab ich's von ihm.

Augenblick, das ist jetzt meine Frau.

Ja, ich habe mir schon Sorgen gemacht, weil du nicht angerufen hast … Nein, er ist noch da. Ja, ich weiß, aber ich musste es mal loswerden … Hast du was von Mallorca gehört? … Schade. Dann vielleicht morgen … Ich ruf dich gleich noch mal an, wenn ich allein bin, okay? … Okay, okay, bis gleich.

Hören Sie den Stein, der mir vom Herzen fällt? Meine Frau war noch mit 'ner Kollegin in der Pizzeria und hat das Handy nicht gehört. Prost. Mmh. So, jetzt geht's mir besser.

Die Sache hat auch was Gutes. Das *Tageblatt* will jeden zweiten Redakteur loswerden, so schlecht laufen die Geschäfte. Letztes Jahr haben die mir eine Abfindung angeboten, aber da wollte ich noch nicht. Vielleicht nehme ich sie jetzt, und das war's dann mit dem Journalismus. Mallorca wär gar nicht so schlecht. Mit den Spaniern kommt man klar. Jedenfalls erschießen die nicht ihre Töchter, wenn die sich in den falschen Mann verlieben. Na ja, mal sehen. Danke jedenfalls fürs Zuhören.

RÄUCHERWARE

(Heringsdorf, Insel Usedom)

Dem Alten, der mit müden Augen die Enten beobachtet, dem kann doch keiner böse sein, denkt Joachim. Den kann doch keiner hassen. Wie er so dasteht, mit seinem von der Arbeit gezeichneten Gesicht, ein wenig gebeugt schon vom Alter. Der Wind weht ihm durch das weiß gewordene Haar. Er trägt eine ausgewaschene Jacke, eine sandfarbene Cordhose und braune Schuhe mit Klettverschluss. Seit drei Tagen trägt er diese Kleider schon. Und an den Tagen davor vermutlich auch. Jetzt lächelt der Alte den Enten zu. Es sind vier. Eben saßen sie noch auf dem Wasser, nun watscheln sie über die Promenade, unbekümmert, obwohl sie doch jederzeit von einem der Mountainbiker überrollt werden könnten, die gerade hier das Tempo aufnehmen.

Doch, denkt Joachim, verdammt noch mal, er kann. Er kann dem Alten böse sein. Er hasst ihn, so sehr sogar, dass er gleich zu ihm hingehen will.

Na, Kessler, kennst du mich noch?

Der würde ihn ungläubig ansehen und dann natürlich den Kopf schütteln.

Nein, leider nicht. Wer sind Sie denn?

Komm schon, Kessler. Du weißt genau, wer ich bin. Joachim Jensen. Leipzig, Geibelstraße, Parterre. Erinnerst du dich jetzt?

Der Alte würde weitermachen mit dem Spielchen, dass er nichts weiß, dass er ihn nicht erkennt, dass es sich um eine Verwechslung handelt. Wenn Joachim genug davon hätte, würde er ihm die Faust ins Gesicht schlagen. In dieses Entenlächelgesicht, das sich an nichts erinnern will. An keine Geibelstraße, an keinen Joachim Jensen, an keine Silke, an nichts. Joachim würde so fest zuschlagen, dass dem Alten der Kiefer bräche. Damit bloß dieses Lächeln aufhört. Dieses Lächeln, das sagen will: Was soll das? Warum verprügeln Sie einen unschuldigen Mann? Hilfe, Hilfe. Ich habe Ihnen doch nichts getan.

Das war ja seine Masche. Das Harmlose. Schon immer hatte Kessler dieses Gesicht. Als hätte er keine Hintergedanken gehabt, wenn er Joachim und Silke Jensen mal wieder im Hausflur traf, als freute er sich bloß über die lieben Nachbarn, die jungen Leute, so wie er sich jetzt gerade über die Enten freut.

Möglich, dass der Alte nach dem ersten Schlag nicht gleich zu Boden geht. Vielleicht wird er nur wanken und nach dem Kiefer fassen. Aber dann wird er das Schwein weiter treten, in die Hüfte, in die Knie, unter den Bauch, überallhin. Bis Kessler fällt, bis Kesslers Körper vor ihm auf die Platten schlägt. Und dann? Dann könnte er ihm auch noch auf den Schädel treten, mit den neuen Sportschuhen, die Anja ihm vor ein paar Tagen erst geschenkt hat. Er betrachtet seine Schuhe, die noch nichts vom Dreck der Straße angenommen haben. Der Schweiß steht ihm auf der Stirn. Die Luft ist ihm knapp. Einatmen, ausatmen. Er lehnt sein Rad an eine Sitzbank.

Der Alte zieht jetzt einen Beutel hervor, schnürt ihn auf, wirft den Enten Brotstückchen hin. Rasch kommen noch mehr vom Teich. Die Radfahrer müssen bremsen wegen all der Tiere, die nach dem Brot gieren. Als Kessler eine Ente mit einem Bröckchen trifft und sie erschrocken davonhüpft, lacht er auf.

Er hat den Alten gefunden, ohne nach ihm gesucht zu haben. Er wollte ihn gar nicht finden. Hans Kessler. Ein Zufall. Er wollte die Ferien eigentlich in der Toskana verbringen oder an der Cote d'Azur. »An der Cote d'Azur war ich schon mit meinem Ex. Und in der Toskana auch. Ich würde lieber Rad fahren, am Strand spazieren und frischen Fisch essen und mir den Wind um die Nase wehen lassen«, hat Anja gesagt. Er diskutiert nicht gern mit ihr, sie kann sehr hartnäckig sein. Also wurde es die Ostsee.

In seinem früheren Leben war er nur ein Mal hier gewesen. In Ahrenshoop. Da war er sechs oder sieben Jahre. Die Erinnerungen sind verblasst. Er sieht nur noch einen weißen Strand vor sich. FKK. Alle waren nackt, sein Vater, seine Mutter, seine Schwester. Und da war auch noch ein Fischkutter, auf dem er mal das Frühstück auskotzte. Und er erinnert sich an das feine Kopftuch seiner Mutter. Aus Chiffon. Das weiß er aber erst, seit ihm der Karton mit ihren Hinterlassenschaften geschickt wurde. Himmelblau, rosa und türkis. Es passte zu dem leichten Lächeln, mit dem sie in die Sonne blinzelte.

Nun also Usedom. Villa Germania. Ein üppiges, schneeweiß gestrichenes Gebäude mit Räumen, die höher sind als breit. Anja hat über den Baustil doziert, aus dem Reiseführer vorgelesen. Beeindruckende Bäderarchitektur, formschöne Halbsäulen, ein Kleinod, Blendpilaster, Rundbögen, Rechteckfenster. Aber er hat gar nicht hingehört. Für ihn ist diese Ferienpension ein Fantasiegebäude, das vorgibt, älter zu sein, als es ist. Die Villa und alle anderen Gebäude sollen die Urlauber an Kutschfahrten in der Sommerfrische erinnern, an den Kaiser, an Spaziergänger mit gestärkten Kragen und Spazierstöcken, an eine heile Welt, die es nie gegeben hatte. »Es ist unendlich schön hier«, hat Anja bei der Ankunft gesagt. Unendlich schön. Immer diese Übertreibungen. Das ist etwas, was er an ihr nicht mag. Das maßlose Übertreiben: dass sie Erdbeeren mit Sahne über alles liebt, dass sie gestärkte Bettwäsche superglücklich macht, dass sie lieber tot sein will, als auf den Anblick des Sonnenuntergangs zu verzichten. Was weiß sie denn schon vom Tod? Sie hat doch keine Ahnung. Sie ist achtunddreißig, er dreiundfünfzig. Seit drei Jahren sind sie ein Paar. Haben sich übers Internet kennengelernt. Warum denn nicht? Er war allein und sie war es auch. Sie ist geschieden – so wie er. Seit fünf Jahren schon.

Der Alte am Teich hat jetzt alles verfüttert. Er dreht den Beutel auf links und schüttet ihn aus. Der Wind verweht die letzten Krumen. Kessler blickt zum Himmel, scheint zu überlegen, was er als Nächstes tun soll. Geht ein paar Schritte in seine Richtung, dreht sich dann aber um und schlurft am Supermarkt und der Fischbraterei Arnholt vorbei zur Kirche hinauf.

Als sie am letzten Wochenende mit dem Wagen auf die Insel kamen, hat Anja auf die Plakate an der Chaussee gezeigt. *Kein Ort zum Sterben*. Sie sollen die Raser aufhalten. »Also, ich würde mir mit dem Sterben gern noch ein bisschen Zeit lassen«, hat Anja gesagt und ihm die Hand in den Schritt gelegt. Er hat das Radio lauter gedreht. *Hotel California* von den Eagles. Danach Phil Collins, *You can't hurry love*. Die Musik stimmte ihn leicht. Er nahm Anjas Hand und schob sie tiefer in seinen Schritt. Später hat sie den Arm aus dem Fenster gelegt und die Füße aufs Armaturenbrett. Er setzte die Sonnenbrille auf und dachte, dass es vielleicht doch keine schlechte Idee war, an die Ostsee zu fahren. Anja zählte die Holzkreuze an den Chausseebäumen. Bis zur Villa Germania waren es sieben.

»Die Häuser haben sich hier mehr verändert als die Menschen.«

»Wenn du es sagst.«

»Nein, warte. Noch mehr als die Häuser haben sich die Autos verändert. Früher gab es hier ja nur Wartburgs und Trabis.«

»Trabis sind doch putzig.«

Putzig. Da ärgerte ihn schon, dass er das überhaupt erwähnt

hatte. Sie hatte doch keine Ahnung von den Menschen hier, sie wusste doch nichts von seinem früheren Leben.

»Ich komme aus Leipzig«, hatte er gesagt, als sie sich das erste Mal trafen. »Und ich aus Aachen«, hatte sie geantwortet, als seien es nur zwei verschiedene Städte und nicht zwei verschiedene Welten. »Ich bin lange vor neunundachtzig aus Leipzig weg.« – »Ach so«, hatte Anja gesagt. Weiter nichts. Ach so. Als hätte er einfach dort weggehen können aus Leipzig.

An der Strecke nach Heringsdorf hat er viele Häuser in knalligen Farben gesehen. Marineblau, Orange, Violett. Ein Café Antik in Kachlin mit giftgrünen Mauern. Nur wenige Fassaden sahen noch so verloren aus wie die Häuser in seinen Erinnerungen, so sandgrau und trostlos. In Görke hatte jemand auf ein Garagentor das Emblem von Hansa Rostock gesprayt. Bei Kutzow waren Hakenkreuze an einem Holztor. Die Farbe war schon verwittert.

Im Radio spielten sie ein Lied von U2, und Anja sang mit. *Still haven't found what I'm looking for.* In manchen Gärten machten sich alte Männer in Trainingsanzügen zu schaffen. Sie trugen Schaufeln, reparierten Fahrräder, wuschen Autos, einer strich ein Ruderboot.

»Hier könnten wir einen Eintopf essen«, sagte er, als sie den Wolgastsee passierten. Auf dem Parkplatz dort war ein Wohnwagen auf Ziegelsteinen aufgebockt. Sie verkauften Erbsensuppe mit Einlage.

»Ich bitte dich«, sagte Anja. »Das sieht nun wirklich nicht lecker aus da.«

Er schiebt das Rad, bleibt zwanzig Schritte hinter dem Alten. Kessler betritt die Backstube. Wenig später kommt er mit einem Tablett heraus und setzt sich zu zwei Alten. Der Mann hockt in einem Rollstuhl und besabbert sich bei jedem Schluck. Die Frau hat ein treues Gesicht und wischt ihrem Mann über den Mund, wenn mal beim Schlucken was danebengeht.

Vor drei Tagen hat er Kessler zum ersten Mal gesehen. Er hatte mit Anja einen Schiffsausflug unternommen. Nach Świnoujście, drüben in Polen. »Das ist ja ein richtiger Zungenbrecher«, hat Anja gesagt, »ich sage lieber Swinemünde.« Sie liefen durch das Städtchen, und Anja mokierte sich über die ärmlichen Häuser, die Kleidung der Passanten und die Autos. Sie gingen in eine Boutique, in der Anja eine Hose anprobierte. »Da lauf ich doch lieber nackt rum als in so was«, hat sie gesagt. »Nackt wäre mir auch lieber«, meinte er und küsste sie aufs Ohr. »Was du bloß immer denkst.« Sie waren in heiterer Stimmung, als das Ausflugsschiff in Heringsdorf wieder anlegte. Und da stand Kessler, hinter einem blau und weiß gestrichenen Fischstand. »Frische Räucherware«, rief er. »Das Brötchen ab zwei Euro.« Vielleicht hätte Joachim ihn gar nicht erkannt, wenn er nicht Kesslers Stimme gehört hätte. Dieser jämmerliche, harmlose Ton. Ihm klopfte das Herz. Er blieb stehen, die anderen Touristen drängten sich an ihnen vorbei. »Was ist denn?«, fragte Anja und zog an seiner Hand.

Er brachte sie zur Pension und fuhr mit dem Rad noch einmal zur Anlegestelle. Kessler hatte gerade mit einer jungen Frau die Ware in einen Kombi verladen. *Räucherware Hans Kessler. Aus eigenem Ofen. Rotbarsch, Lachsforelle, Butterfisch, Aal* las er auf dem Auto. Dann fuhren die beiden davon.

Kessler redet jetzt auf den Rollstuhlfahrer ein. Er unterstreicht seine Worte mit dem spitzen Zeigefinger. Manchmal klopft er auch auf die Tischplatte, einmal zeigt er in Richtung der Lungenklinik, ein anderes Mal zu den Parkplätzen. Ein Junge von vielleicht siebzehn, achtzehn Jahren stellt sich vor die Terrasse der

Backstube und spielt auf einer Ziehharmonika. »Wir haben keine Musik bestellt«, ruft Kessler und schüttelt den Kopf, als der Junge den Hut rumreicht. Die anderen auf der Terrasse lachen.

An dem Abend des Ausflugs nach Świnoujście hat er an nichts anderes mehr denken können als an Hans Kessler. »Was ist denn los mit dir, du bist so abwesend?«, fragte Anja, als sie in der Seeperle die Neptunplatte aßen. »Ach, ich denke gerade an früher.« – »Denk doch lieber daran, was wir nach dem Essen noch tun könnten«, sagte sie. Nachdem sie miteinander geschlafen hatten, ging er raus auf den Balkon. Ein leichter, kühler Wind wehte. Er hörte das Rauschen der See, und all die alten Geschichten kehrten zu ihm zurück. Leipzig, 1982, Geibelstraße. Er war verrückt nach Musik. Was stellte er nicht alles an, um an die Songs aus dem Westen zu kommen. Die Stones, Pink Floyd, The Clash. Nachts hörte er RIAS, mit dem Ohr ganz nah am Radio, es war ja verboten, Westsender zu hören, und irgendwann mal brachten sie eine Sendung über die neuen Bands aus Düsseldorf, die sich Fehlfarben, Die Toten Hosen oder Deutsch-Amerikanische Freundschaft nannten. Es gefiel ihm, dass all diese Bandnamen ironisch gemeint waren. In ihrer Clique wussten sie genau Bescheid über die Bands aus der BRD. Heimlich nahmen sie die Musik aus dem Radio auf, kopierten Kassetten, kopierten die Kopien, auf denen dann kaum mehr zu hören war als Rauschen. Aber was machte das schon? *Es hängt ein Grauschleier über der Stadt, den meine Mutter noch nicht weggewaschen hat.* Er glaubte damals, die westdeutschen Bands hätten all diese Lieder nur für sie im Osten geschrieben, so gut passten sie in seine Träume. Zu der Zeit fing er gerade das Studium an, in Leipzig. Germanistik. Er ließ sich die Haare wachsen, und es gefiel ihm, in seine Seminararbeiten Zitate aus den Songs der westdeutschen Bands einzubauen.

»Mensch, Joachim, pass bloß auf damit, das merken die, dass du Westsender hörst«, sagte Roland, der auch in seiner Clique war. Wer die waren, wusste man nicht so genau. Aber dass sie überall waren, das ahnte man. An der Uni, auf der Arbeit, in ihrem Haus. Und vielleicht sogar in ihrer Clique. Und dass sie auf ihn aufpassten. Warum sonst parkten manchmal nachts zwei Männer ihren Wagen so auf der Geibelstraße, dass die Scheinwerfer in sein Wohnzimmer leuchteten? Sie gaben sich ja nicht mal Mühe, es wie einen Zufall aussehen zu lassen, parkten mit eingeschaltetem Fernlicht, fuhren mal Trabant, mal Wartburg, mal Škoda. Hin und wieder wurde auch nachts geschellt. Das Kind wurde jedes Mal wach und schrie. Wenn er dann nachsah, war niemand an der Tür. »Joachim, lass das lieber mit den Liedern«, sagte Silke an einem dieser Abende.

Kessler, die Frau und der Rollstuhlfahrer haben sich nichts mehr zu sagen. Kessler faltet die Hände vor den Bauch und setzt sein Lächeln auf. Die Bimmelbahn rollt mit den Touristen an der Terrasse entlang, ein Schlager weht herüber. Kessler winkt den Touristen, die sich bei Schlagermusik nach Ahlbeck schaukeln lassen.

Silke. Er lernte sie an der Uni kennen. Sie war aus Halle. Ein paar Mal nur schliefen sie miteinander, und dann war Silke schwanger. Ihm war das recht, auch wenn sie noch Studenten waren. Er liebte Silke gleich vom ersten Tag an. Sie war auch so ein freier Geist wie er. Die können uns doch nicht vorschreiben, wie wir leben sollen. Es ist doch unser Leben. Das war ihre Meinung. Und dann träumten sie sich nach Kalifornien, nach Argentinien, nach Hawaii oder wenigstens nach Hamburg. Ihre Tochter nannten sie Melanie, nach der Sängerin aus New York.

Mit den Songtexten machte er auch weiter. Er bastelte sich eine Schablone und beschriftete Hunderte von Zetteln. *Die Coca-Cola-Sonne scheint aufs Neue auf den Glanz unserer Republik.* Wie gesagt, ihm gefiel das Ironische. Die Zettel ließ er dann irgendwo zurück, wo junge Leute waren. In der Straßenbahn, an der Uni, in Kaufhäusern oder im Schwimmbad. *Wir sind glücklich. Ja, ja, ja – glaube daran.* Und dann wurde es November und der erste Schnee fiel. Da hatte er an der Uni gerade Ärger wegen seiner Frisur, aber auch dazu fand er eine passende Zeile. *Verehre Deinen Haarschnitt.* Hundert Zettel schrieb er in einer Nacht. Am nächsten Morgen, er wollte sie an der Uni verteilen, hatte im Hof schon die Tasche aufs Fahrrad geklemmt, war er noch mal in die Wohnung gelaufen, um das Baby zu holen. Als er wieder nach draußen kam, war das Fahrrad umgefallen, und die Zettel flatterten herum. Und da stand dann Kessler. Mit diesem ahnungslosen Lächeln. Viel wusste er nicht von ihm, außer dass Kessler und seine Frau die Wohnung oben links im vierten Stock hatten.

»Sind das deine Zettel, Nachbar?«, fragte der und wedelte mit dem Papier.

»Ja, für die Uni.«

»Was studierst du denn?«

»Germanistik.«

»Ach so, davon versteh ich nichts, ich hab ja nichts studiert.« Kessler half ihm noch, die Zettel einzusammeln.

»Na dann, gutes Studieren«, sagte er.

»Joachim, du musst aufhören mit dem Quatsch«, sagte Roland, »denk auch mal an Silke und dein Kind.« Tatsächlich ließ er es eine Weile bleiben. Aber ihre Sehnsucht, die Träume, die sie beide träumten, die hörten doch nicht auf. Wie denn auch? Die

Sehnsucht wurde nur noch schlimmer. »Was würde ich darum geben, mit der S-Bahn rüber zum Ku'damm zu fahren, mit dir und dem Kind«, sagte Silke, als sie mal in Ostberlin waren und abends an der Friedrichstraße auf den Zug zurück nach Leipzig warteten. Ihm kommen jetzt noch die Tränen, wenn er bloß an sie denkt. Seit er Kessler gesehen hat, da am Fischstand, kann er an nichts anderes mehr denken als an sie, an das Leben, das er verpasst hat, während Kessler sich erhebt, sich von dem Rollstuhlfahrer und der Frau verabschiedet, indem er sich leicht verbeugt, wie es Kellner manchmal tun, die eine Bestellung aufgenommen haben.

»Was hast du nur für ein Glück mit deiner Silke«, sagte seine Mutter immer. Alle mochten sie. So heiter, wie sie war. Trotz ihrer ungestillten Sehnsucht nach der Freiheit. Dauernd dachten sie sich komische Sachen aus. Zum Beispiel, dass ihr Salzstreuer Honecker hieß und der mit dem Pfeffer Mielke. »Die Kartoffeln schmecken nach nichts, gib mir doch mal den Mielke rüber«, sagte er dann.

»Brauchst du auch den Honecker?«

»Nee, von dem hab ich genug.« Und dann lachten sie.

Kessler geht auf die Schaufenster zu, betrachtet die Auslagen. Haushaltswaren, Bettwäsche, Damenpullover, Bücher, Reiseandenken. Joachim erhebt sich, nimmt sein Rad. Jetzt ist er am Zeitungsladen, sieht Magazine durch, schlägt sie auf, stellt sie zurück, nimmt die nächste Zeitschrift.

Dann kam der 1. Mai 1983, und er ging mit Silke zur Kundgebung. Sie schob den Kinderwagen, und er trug den abgelegten Ausgehanzug seines Vaters. Um die Jacke wickelte Joachim ein Stück Stacheldraht, und unter die Nase klebte er sich ein Hitlerbärtchen. Es war aus Silkes Schamhaar geflochten. Sie hatten sich beinahe totgelacht, als er das Bärtchen befestigte. *Nie wieder Faschismus, nie wieder Unterdrückung* stand auf dem Schild, das auf seiner Brust baumelte. Auf der Kundgebung fiel er gar nicht weiter auf. Als sie dann mittags nach Hause kamen, stand Kessler in der Hofeinfahrt. Wieder mit diesem Lächeln im Gesicht.

»Na, auf der Kundgebung gewesen?«

»Aber sicher, Herr Kessler.«

»Schöne Verkleidung.«

»Danke«, sagte Joachim.

»Sagt mal, der Hitler hatte aber doch gar keine Brille«, sagte Kessler dann noch, »und du trägst doch sonst auch keine, oder?«

Das war ja der Witz an der Verkleidung gewesen, dass er sich zum Hitlerbärtchen eine Brille mit Fensterglas aufgesetzt hatte, die wie die des Staatsratsvorsitzenden aussah. Nach dem richtigen Gestell hatte er lange suchen müssen. Kessler verschwand dann im Treppenhaus, und Silke und Joachim wussten nicht, was sie davon halten sollten.

Am 12. Mai luden sie ihn dann aufs Volkspolizeikreisamt an der Dimitroffstraße vor. *Klärung eines Sachverhaltes* nannten sie es. Sie waren zu dritt. Zwei Männer, ein älterer, ein mittelalter und eine Frau. Nur der ältere stellte sich vor. Als Oberstleutnant Kurt Märker. Die Frau zeigte ihm Fotos von der Maikundgebung; er in der Stacheldrahtjacke, mit dem Hitlerbärtchen und der Honeckerbrille, Silke mit dem Kinderwagen. Sie hatten auch einen der Zettel da, die er vervielfältigt hatte. *Verehre deinen Haarschnitt.*

»Ich nehme an, damit ist nicht der Haarschnitt unseres Genossen Staatsratsvorsitzenden gemeint, oder?«, sagte der Oberstleutnant Märker und grinste.

»Den Zettel haben Sie von Kessler, stimmt's?«

»Wir kennen keinen Kessler«, sagte der Mittelalte.

»Verehren Sie auch die Brille unseres Staatsratsvorsitzenden?«, sagte die Frau und tippte mit dem Zeigefinger auf das Foto. »Oder nur den Haarschnitt?«

»Ich verehre die Freiheit«, sagte er da.

Es vergingen ein paar Tage, an denen nichts passierte. Dann brachte ein Bote ihm einen Brief mit seiner Exmatrikulation. Seine Mutter heulte eine ganze Woche lang. »Ich bin stolz auf dich«, sagte Silke. Sie gaben ihm einen Job im VEB Schwermaschinenbau. Zur Bewährung. Das mit den Vorladungen hörte trotzdem nicht auf. Einmal zeigten sie ihm Briefe, die verschiedene Männer an Silke geschrieben hatten. Es waren Antworten auf eine Heiratsannonce, die sie angeblich in der *Leipziger Volkszeitung* aufgegeben hatte.

»Deine Frau guckt sich schon mal nach anderen um«, sagte der Ältere.

»Und schau mal hier«, sagte der Mittelalte. »Der da bin ich. Und der daneben, mit dem ich mich da unterhalte, den kennst du auch, nicht wahr?«

»Kenne ich nicht.«

»Ach was«, sagte die Frau und lachte.

»Komm schon«, sagte der Ältere. »Das ist doch ein gemeinsamer Freund von dir und uns. Roland Buschke. Den musst du doch kennen?«

»Den kannte ich mal. Früher, von der Schule«, sagte er.

»Dann ist er jetzt nicht mehr dein Freund?«, sagte die Frau.

Das Foto zeigte Roland und den Mittelalten an einer Bushaltestelle am Augustusplatz. Es sah aus, als würden sie sich kennen, so vertraut, wie sie beieinanderstanden.

»Wie gefällt es dir eigentlich in der Fabrik?«, fragte die Frau.

»Kann nicht klagen.«

»Würdest du denn nicht lieber wieder studieren? Bei deiner Sprachbegabung.«

»Wir bauen Eisenbahnkräne. Es ist sehr interessant.«

»Ach was«, sagte die Frau, »das glaub ich dir nicht.«

»Und was muss ich dafür tun, dass ich wieder studieren darf?«

»Wir müssen uns nur ein wenig anfreunden«, sagte der Mittelalte, »so, wie wir uns auch mit unserem Freund Buschke angefreundet haben.«

Kessler lässt sich in dem Zeitungsladen eine Illustrierte einrollen. Geht dann weiter. Aber nicht weit, nur bis zum Brunnen, wo ein steinerner Delfin Wassersalven speit. Dort setzt er sich, entrollt die Zeitschrift. Auf dem Titelbild ist eine Dampflok. Vom Kurpark säuseln die Klänge eines Akkordeons. Ein Bus rollt vor, eine Wandergruppe steigt aus.

Joachims Handy fiept. Anja. Nein, jetzt nicht. Nach ein paar Sekunden fiept es noch einmal. Jetzt wütender. Anja ruft an, weil sie doch mit ihm den Sonnenuntergang erleben will. Bei einem Martini auf der Dachterrasse der Villa Germania. Ich will lieber tot sein, als auf einen Sonnenuntergang zu verzichten. Sie weiß ja nichts von dem Alten. Sie weiß auch nichts von seinem früheren Leben. Sie ahnt nicht, dass er hinter einem alten Mann her ist. Seit drei Tagen schon. »Aber zum Sonnenuntergang bist du doch zurück?«, hat sie gesagt, als er mit dem Rad davonfuhr.

Heute nicht. Er weiß jetzt, dass der Alte nur seine Zeit vertut. Vormittags sitzt er auf einem Campingstuhl hinter der Fischräucherei, liest die Zeitung oder sieht aufs Meer hinaus. Er war auch an der Konzertmuschel bei den Shantysängern, beim Orthopäden, bei der Massage, in der Apotheke. Nachmittags füttert er Enten.

Die Arbeit in der Fabrik war schwer. Joachim hatte nie zuvor solch eine Arbeit gemacht. Die Arbeiter lachten, weil er ächzte und ihm das Blut ins Gesicht schoss, wenn er die Stahlplatten heben musste. Abends massierte Silke ihm Rücken und Beine.

»Vielleicht lassen sie uns irgendwann nach drüben gehen«, sagte sie.

»Dann müssen wir sie aber noch mehr ärgern.«

»Mach das nicht, Joachim«, sagte sie. »Es heißt, sie können den Eltern auch das Kind wegnehmen.«

»Wir können auch Verräter werden. So wie Roland. Vielleicht lassen sie mich dann wieder studieren.«

»Ich will aber keinen Verräter zum Mann.«

Noch einmal fiept das Handy. Jetzt hebt Kessler den Kopf. Joachim dreht sich weg. Die Bimmelbahn rollt am Brunnen vorbei. Wieder winkt Kessler den Fahrgästen. Manche winken zurück. Einem Kind fällt die Eiswaffel auf die Straße, es schreit. Der Vater zerrt es am Arm weiter und schimpft. Kessler lehnt sich zurück, die Zeitschrift auf den Beinen, schließt die Augen.

Nach drei Monaten in der Fabrik passierte dann die Sache mit dem Schild. Er war sicher schon hundertmal daran vorbeigekommen, mit der Straßenbahn, morgens auf dem Weg zur Arbeit. Das Schild stand an der Delitzscher Straße und war groß wie eine Tischtennisplatte. *Die DDR – ein in der ganzen Welt geachteter Staat.* Er hatte das nie bewusst gelesen, so wie man auch all die anderen Parolen, die in der Fabrik hingen, in der Kaufhalle, in der Universität, an den Haltestellen und Schulen, nie las. Sie waren einfach da. Wie heute die Werbung. Die liest doch auch niemand. Aber plötzlich kam ihm diese verrückte Idee.

Der Oberstleutnant und die anderen Spitzel auf dem Volkspolizeikreisamt hatten wirklich recht gehabt, dachte er, er war tatsächlich ein sprachbegabter Junge, der mit zwei schwarzen Punkten die Welt auf den Kopf stellen konnte. *Die DDR – ein in der
ganzen Welt geächteter Staat.* Es dauerte fünf Tage, dann erst verschwand das Schild. Er hatte Silke davon erzählt, während das
Badewasser in die Wanne rauschte, weil sie befürchteten, dass
man sie abhörte in der Wohnung. Dann waren sie zusammen in
die Wanne gestiegen und hatten einfach nicht mehr aufhören
können zu lachen. Am fünften Tag also war das Schild verschwunden. Und als Joachim abends nach Hause kam, stand Kessler im
Hof. Kessler mit dem Lächeln.

»Wie läuft es denn so bei dir?«

»Alles bestens.«

»Was macht die Arbeit?«

»Auch gut.«

»Und mit dem Kind, auch alles in Ordnung?«

»Ich muss jetzt rein, Silke wartet mit dem Essen.«

»Hübsche Frau hast du«, sagte Kessler, »da kann man richtig neidisch werden.«

»Ja, dann«, verabschiedete er sich.

»Eine Frage hätte ich noch«, rief Kessler ihm nach. »Schreibt sich
Jensen eigentlich mit E oder Ä?«

Ein paar Tage später war Silke krank geworden, und er hatte andere Sorgen gehabt, als über einen Spitzel wie Kessler nachzuden-
ken. Zuerst dachten sie, es wäre nur eine Erkältung. Aber dann
wurde sie immer schwächer. In der Poliklinik sagten sie, es sei
eine seltene, unerforschte Schwächung des Immunsystems. Von
Tag zu Tag wurde Silke elender. Er hielt es gar nicht für möglich,
dass ein junger, gesunder Mensch wie sie innerhalb von zehn
Tagen sterbenskrank werden konnte. Er brachte Silke nach Ber-

lin in die Charité und musste zusehen, wie die Ärzte sich nicht um sie kümmerten. Da hatte er den Verdacht, dass man sie absichtlich verrecken ließ, weil sie doch solche wie ihn und Silke gar nicht haben wollten.

Der Alte ist auf der Sitzbank weggedöst und wacht vom Gebimmel einer Radfahrergruppe auf, rollt die Zeitschrift zusammen, schiebt das Gummi über die Rolle. Er kommt kaum hoch von der Sitzbank. Mit steifen Beinen geht Kessler am Hotel Maritim vorbei, hinunter zur Strandpromenade, dann in Richtung Bansin. Die Räucherei Hans Kessler befindet sich auf halbem Weg. Urlauber radeln oder wandern oder joggen an ihm vorbei. Die Fähre nach Ystad ist am Horizont zu sehen. Die Sonne geht gerade unter, und Joachim denkt an Anja, dass sie allein auf der Dachterrasse sitzt und den Sonnenuntergang beobachtet. Sicher ist sie wütend, weil er sich nicht meldet. Matt schlagen die Wellen an den jetzt menschenleeren Strand. Dafür flanieren Urlauber auf die Landungsbrücke hinaus, lehnen sich an das Geländer, lassen sich den Wind um die Nase wehen.

Als er von Silkes Beerdigung nach Hause kam, in die Wohnung an der Geibelstraße, mit dem schlafenden Kind im Arm, lagen die Kassetten mit der Musik der Bands aus der BRD über den Boden verstreut, die Bücher waren aus den Regalen gerissen, sogar der Mülleimer war ausgeleert worden in der Küche. Da war die Wut in ihm aufgestiegen, eine heiße, unbezähmbare Wut. Er war eigentlich keiner von denen, die schnell wütend wurden, aber da war er aus der Wohnung gestürmt, obwohl das Kind gerade aufwachte und schrie. Er war durchs Treppenhaus gestürmt, durch den Gestank von Rübstiel und Kartoffeln hinauf in die vierte Etage, wo er bei Kessler klingelte und klopfte und gegen die Tür trat, alles gleichzeitig. Als Kesslers Frau öffnete, stieß er sie zur Seite, lief geradewegs ins Wohnzimmer und packte ihn, der in Unterhose und Unterhemd vor dem Fernseher saß, obwohl es ihn anwiderte, den fleischigen, haarigen, halbnackten Mann anzufassen. Er schüttelte Kessler, brüllte ihn an und schlug ihm ins Gesicht. Eine halbe Stunde später holten sie ihn. Sie schoben ihn in einen abgedunkelten Wagen, die Fahrt dauerte Stunden, sie sperrten ihn in einen Keller, der modrig roch, nach einer Chemikalie. Jetzt geben sie dir auch Gift, so wie Silke, dachte er. Aber sie ließen ihn da liegen in dem dunklen Keller, hin und wieder schoben sie ihm etwas Essen und Wasser herein. Er wusste nicht, ob Tag war oder Abend, er wusste auch nicht, ob er erst seit Stunden oder Tagen oder schon seit Wochen in dem Loch saß. Einmal rauschte Wasser. Es stieg und stieg bis über seine Knie, und er dachte, sie wollten ihn ersäufen. Und als ihm schon alles gleichgültig war, holten sie ihn wieder raus. Erst da erfuhr er, dass er in Bautzen war, sie verhörten ihn, immer wieder verhörten sie ihn, wollten wissen, wer seine Freunde waren, was sie sagten, was sie dachten, seine Mutter, seine Schwester, die Kollegen im Betrieb, doch er schüttelte nur den Kopf, weil ihn längst nicht mehr interessierte, was mit ihm passierte. Und dann setzte man ihn in einen Zug, die Hände auf den Rücken gefesselt, und er fuhr an Berlin vorbei gen Westen, sie passierten Magdeburg, es ging weiter bis zur Grenze, aber der Zug fuhr auch darüber hinaus, und dann war er in Westdeutschland.

Die Sonne ist schon zur Hälfte versunken, der Alte geht so langsam, dass Joachim immer wieder Achten fahren muss, dass er den Abstand hält. Sie sind jetzt auf dem Stück, wo die Asphaltierung endet und der feine Schotter beginnt. Von hier sind es noch etwa zehn Minuten bis zur Fischräucherei. Zehn Minuten.

In Frankfurt fand er eine Stelle als Redakteur bei einer Wochenzeitung. Später zog er nach Köln. Er schrieb Dutzende Briefe wegen Melanie. Nie bekam er Antwort. Dann starben sein Vater und zwei Jahre später seine Mutter. Von ihrem Tod erfuhr er erst zwei Wochen später, da war seine Mutter längst beerdigt. Irgendwann schickten sie ihm den Karton mit dem Tuch aus Chiffon.

Jetzt fiept wieder das Handy. Anja. Er ist zu nah dran an Kessler, der sich nach dem Telefonklingeln umdreht. Joachim senkt den Kopf, schaltet das Handy aus. Der Alte geht schneller. Noch einmal dreht er sich nach dem Radfahrer um, der da hinter ihm ist. Mit der Dunkelheit sind die anderen Spaziergänger verschwunden. In den Speisesälen der Hotels strahlen die Leuchter, auf den Terrassen flackern die Kerzen und glimmen die Heizstrahler, Barmusik plätschert über die Promenade.
Seine Tochter traf er erst, als es die DDR schon nicht mehr gab. Sie wuchs bei seiner Schwester in Riga auf. Zu ihm in den Westen wollte sie nicht. Melanie ist jetzt älter, als ihre Mutter je wurde. Sie sieht Silke ähnlich wie eine Zwillingsschwester. Manchmal telefoniert er mit ihr. Viel zu sagen haben sie sich nicht. Sie sind ja wie Fremde.

Der Alte ist in der Dämmerung nur noch ein grauer Schatten. Er hat noch ein dunkles Stück Weg vor sich. Zum Strand hin ist ein Abhang, Steine sind da geschichtet, Joachim hat es bei Tag gesehen. Unten lagern Boote. Weiter hinten leuchten schon die Lichter, und da bei den Lichtern ist die Räucherei. Alles, was jetzt passiert, geschieht von selbst, als könnte er gar nicht mehr selbst über sich bestimmen. Er tritt in die Pedale, wird schneller, es ist nicht weit, bis er zu dem Alten aufschließt, die Reifen surren auf dem Asphalt, dann ist er hinter Kessler. Der sieht nicht auf, sieht nur auf den Schotter. Joachim nimmt den Fuß von der Pedale, tritt ihm die Sohle in die Hüfte, der Körper, den er tritt, knickt ein, knickt weg wie ein morscher Baum, das Rad gerät ins Schlingern, er fängt es ab, stürzt nicht. Hinter ihm ist ein Stöhnen, ein dumpfes überraschtes Ächzen. Er sieht sich um, sieht den Schatten, der Schatten wankt, kann sich nicht halten auf der Promenade, stürzt, stürzt über den Abhang, zehn Meter weit geht es hinunter, da ist ein Klatschen, vielleicht ein Schrei, aber es kreischen auch Möwen, und dann ist Joachim auch schon zu weit weg, ist jetzt beinahe schon bei den Lichtern der Räucherei. Er schaltet in einen höheren Gang. Anja kann ungehalten werden, wenn man sie mit dem Abendessen warten lässt. Sie musste sich schon den Sonnenuntergang allein ansehen.

GLORIA DEI

(Marktheidenfeld, Landkreis Main-Spessart)

Was soll Gott denn tun, wenn ihn einer um Gnade anfleht, der keine Gnade verdient?

»Hilf mir, Herr, hilf!«, flüstert er. »Dein Reich komme, dein Wille geschehe. Und vergib uns unsere Schuld.«

Der Sommermorgen erhebt sich aus der Nacht. Ein Sonntag. Fahles Licht und Dunst über den Dächern. Die Stadt ist eingepfercht in einen Kessel. Fachwerk, kein Krieg kam bis hierher. Auf den Höhen dichter Wald. Dahinter die Autobahn mit ihrem ewigen Rauschen. Es kommen Touristen, so schön ist die Landschaft mit dem Main, den Auen und den Wäldern. Wanderer, Jäger, Alte meist. Bald ist Trachtenfest und Kirmes. Er ist seit vierundzwanzig Jahren da, doch dieser Ausblick ist ihm fremd. Auf dem Turm war er zuletzt, als die neue Glocke eingeläutet wurde. Zwölf Jahre ist das her.

»Hilf mir, Herr, hilf!«

In seiner Hüfte steckt ein stechender Schmerz, die Beine sind wie abgestorben. Er hat kein Auge zugetan in dieser Nacht. Hauke zieht sich die feuchte Decke bis ans Kinn. Er liegt auf den Dielen beim Seilrad, sieht unter die Glocke, der Klöppel ist lang wie ein Zaunpfahl. Durch die Luken des Turms geht frischer Wind. Weit entfernt schreit eine Katze. Ein einsames Auto dröhnt die Kreuzbergstraße herauf, fährt nach Westen ab, zur Bundesstraße hin. Mathias liegt da wie ein wildes Tier, als könnte er jeden Augenblick hochspringen aus dem Schlaf. Ein böses Tier, bloß nicht wecken. Über ihm ein Knistern, ein Klacken im Stromkasten. Der Riemen auf einem der Seilräder spannt sich, zieht am Rad, die Glocke schlägt an den Klöppel. Sieben Schläge. Sieben Uhr.

Mathias reckt sich mit dem ersten Schlag. Er streckt die Arme aus, die Fäuste sind geballt, er streckt die Beine, ächzt, er dehnt den Kopf ganz weit nach hinten. Das Blut an seinen Händen ist dunkel geworden über Nacht. Er gibt ein tiefes Stöhnen von sich. Der Bart wuchert ihm von der Gurgel bis über die Wangen. Unter dem Ohr ein Tattoo, eine Schlange vielleicht, die in seinen Hemdkragen kriecht. Auch auf der Stirn ist er tätowiert. Ein Kreuz, eine Jahreszahl: *1994*. Sein Kiefer geht vor und zurück, die Knochen knacken. Hauke kann das hören, die Glocke schlägt nicht mehr.

»Eine schöne Musik«, ruft Mathias. »Schön, schön.« Er hält sich die Ohren zu und lacht. Jetzt singt er. »O Land, O Land, höre des Herren Wort.«

Er bricht ab, hustet, richtet sich auf, hustet, spuckt blutigen Schleim aufs Holz, hustet wieder, atmet tief ein und aus, mit geschlossenen Augen, aus seinem Mund tropft Speichel.

***

Hauke saß über einer Grabrede, als es schellte. Drei Tage ist das her. Es wird ja oft geschellt am Pfarrhaus. Und nie hat Hilde einen Menschen abgewiesen. »Du gehörst seliggesprochen mit deinem guten Herzen«, hatte er manches Mal zu ihr gesagt. Dann hatte Hilde gelacht, das hörte sie gern. Immer wieder hat sie ihm die Beladenen und Bedürftigen zugeführt. Sie las sie von der Straße auf, brachte sie ins Pfarrhaus, nährte und badete sie. Einige hat Hilde so am Leben gehalten.

»Da ist ein armer Mensch an der Tür und bittet um ein Stück Brot, Hauke«, sagte sie laut und schüttelte gleichzeitig den Kopf, als sie ins Zimmer sah.

Er roch ihn, noch bevor er ihn sah. Der Mann roch nach dem Leben auf der Straße. So sehr hatte Hauke gehofft, dass er nicht zu ihnen käme, nicht am Pfarrhaus schellen würde. Sogar ein Gebet hat er dafür gesprochen. Doch Gott hatte ihn nicht erhört.

Jetzt ist Hilde tot. Mit bloßen Händen hat Mathias ihr den Hals zerquetscht. Hat ihren Kopf auf den Tisch geschlagen, bis der Schädel barst. Die Kleider hat er ihr vom Leib gerissen, dass Hauke ihre welke Haut sehen konnte, die weißen, schlaffen Brüste, die knochigen Beine, ihre Scham. Vierundzwanzig Jahre hatte er mit Hilde unter diesem Dach gewohnt, ohne jemals ihren Körper nackt zu sehen.

»Herr, schenk deiner Tochter das ewige Leben von deiner Gnade«, flüstert er.

Als Hilde tot war, hatte Mathias ihren Körper genommen, wie ein Gewichtheber gestemmt, hatte ihren toten Leib über den Kopf gehoben und sie dann ins Regal geschleudert, dass es Bücher regnete.

***

Die Glocke pendelt aus, geht nur noch ins Leere. Das Vibrieren des Dachstuhls klingt ab. Auf diesem Turm sind es drei: Pax Domini, Gloria Dei und Memoria. Der Riemen hält das Triebrad an. Das Summen der Läutemaschine verstummt. An der Turmöffnung ziehen Wolken vorbei. Sie sind wie von innen erleuchtet, so sehr drängt die Sonne dagegen. Mathias singt mit geschlossenen Augen, den Kopf hat er auf dem nackten Holzboden abgelegt.

»Lobe den Herrn, den mächtigen König der Ehren …«

Hauke hatte mit Mathias gerechnet. Er hatte ihn in der Stadt gesehen, zwei Tage zuvor, als er mit dem Taxi von einem Krankenbesuch kam. Der Fahrer hielt an der Ampel vor der Baustelle an der Luitpoldstraße. Es gibt da einen Imbiss, einen Europa-Grill. Hauke hatte ihn gleich erkannt. Mathias war ein Mann von kräftiger Statur geworden. Mit wirrem Haar, wildem Bart und einer Lederweste über der nackten Brust. Klebeband hielt seine Hose zusammen. Er trug Soldatenstiefel. Wie ein Seemann auf wankenden Planken hatte er dort auf dem Gehweg gestanden. Er hielt ein Stück Wurst in Händen und zeigte es dem Herrn. Erst als er sich bückte, sah Hauke den Plastiksack am Gehwegrand. Mit den Händen wühlte Mathias im Müll, zog Reste von Würsten und Broten heraus, leckte den Senf von Pappen, stopfte sich alles in den Mund, streckte wieder und wieder die Arme aus und rief hinauf zum Himmel.

»Solche wie der gehören doch eingesperrt«, sagte der Taxifahrer und fuhr bis an die Ampel vor.

Hauke passte auf, dass Mathias ihn nicht sah. Er war nur drei, vier Schritte entfernt. Mathias ging auf die Knie, mit dem Gesicht bis ganz aufs Pflaster, wo eine zerbrochene Flasche lag, und leckte das Flüssige zwischen den Scherben auf.

»Das ist doch ekelhaft, Herr Pfarrer«, sagte der Taxifahrer.

»Grün«, sagte Hauke.

***

Mathias singt nicht mehr, jetzt lacht er. Als hörte er Stimmen, die ihn zum Lachen bringen. Mehrere Zähne sind ihm zerbrochen. »Vater unser, Vater unser«, ruft er und lacht und lacht.

Er war ein schwächlicher Junge, hoch aufgeschossen, aber schmal an Hüften und Schultern. Ein zartes Gesicht, eine schüchterne Stimme.

»Mathias, bist du's?«, fragte Hauke, als Hilde ihn ins Pfarrhaus führte, obwohl er das doch längst schon wusste.

»Ja, Hauke, ich bin's, der Mathias.«

Der Junge überragte ihn inzwischen um mehr als einen Kopf. Er packte Hauke bei den Hüften und presste ihn an seine Brust. Der Gestank aus seinen Kleidern und Haaren war atemberaubend.

»Magst du was essen, Mathias?«, fragte ihn Hilde.

Dann hatten sie ein Gebet gesprochen, und Mathias wollte nicht mehr aufhören mit dem Schlingen. Alles stopfte er in sich rein, er schmatzte und biss, verschlang das Brot, die Orangen, den Käse, die Wurst. Er sagte kein Wort, ließ Hauke und Hilde jedoch nie aus den Augen. Und wenn er den nächsten Teller, den wieder gefüllten Becher griff, schlug er das Kreuz vor seinem Gesicht.

***

Siebzehn Jahre ist es her, dass er den Jungen aus dem Heim geholt hat. Kinderheim Maria-Hilf, das spanische Schwestern führten. Die Mutter hatte das dreijährige Kind auf den Herd gesetzt. Man brachte sie ins Irrenhaus und den Kleinen vom Krankenhaus gleich zu den Nonnen.

***

»Wo warst du denn die ganzen Jahre?«, sagte er, als Mathias mit dem Essen fertig war.

»In Frankfurt war ich.«

»Und wie erging's dir da?«

»Nichts zu essen hatt ich.«

»Jetzt bist du aber satt?«, fragte Hilde.

»Satt werd ich nimmermehr«.

***

Mathias gähnt, rollt auf die Seite, kriecht auf allen vieren, späht durch die Öffnung.

»Schön hast du's hier oben, Hauke«, sagt er.

Die Kette schneidet in sein Handgelenk, so eng hat Mathias sie ihm angelegt. Das andere Ende führt zum Seilradgestänge.

»Hast Angst?«, fragt Mathias.

»Ich bitte dich um Verzeihung«, sagt er.

»Dann knie nieder!«

Nur mühsam kommt Hauke hoch, die Kette rasselt, als er sich auf die Knie herablässt.

»Mathias, ich bitte um Verzeihung.«

»Weißt noch, das Tischtennis im Zeltlager?«, antwortet der andere, »hab immer gewonnen.«

»Ja, du warst ein sehr guter Spieler, Mathias.«

»Durft kommen in dein Bett.«

»Du hast dich vor der Dunkelheit gefürchtet.«

»Keine Mutter hatt ich«, sagt Mathias.

»Leider nicht.«

»Nur dich.«

»Ich weiß.«

»Bete!«

»Was?«

»Bete! Vater unser im Himmel …«

»… geheiligt werde dein Name«, folgt ihm Hauke.

Am ersten Abend hatte Hilde Mathias ein Bad bereitet. Der Schaum quoll über den Wannenrand.

»Ich wasch deine Sachen«, sagte sie.

Hauke war im Arbeitszimmer. Ohne einen Gedanken. Wenn Mathias sich in der Wanne bewegte, klatschte das Wasser auf die Fliesen.

»Hauke«, rief Mathias irgendwann. »Hauke.«

Er war aufgestanden und über den Flur gegangen, doch Hilde hatte ihm den Weg versperrt.

»Nein«, flüsterte sie, »geh nicht!«

***

»Steh auf!«, sagt Mathias.

Hauke gehorcht und stößt mit dem Kopf an den Ring der Glocke. Ein heller Schmerz geht durch ihn durch, Blut läuft über seine Stirn, rinnt über Nase und Kinn und tropft zu Boden.

»Hast mich mitgenommen mit dem Taxi, zum Friedhof«, sagt Mathias.

»Ja, ich weiß, mein Junge.«

»Wollt immer Mercedes fahrn.«

»Bist du ja.«

»Hast gesagt, wenn du Messdiener bist, darfst mit dem Mercedes mitfahrn, zum Friedhof.«

»Du warst ein guter Junge.«

Ein Lächeln durchzieht Mathias' Bart. Er kaut auf einem Span, spuckt ihn über die Brüstung und schaut, wie er zu Boden trudelt.

***

Nach dem Baden hatte Mathias sich den Bart gestutzt. Hilde gab ihm Haukes Bademantel, solange seine Sachen in der Wäsche waren.

»Fühlst du dich besser jetzt, Mathias?«

»Kann ich beichten?«, fragte der.

Sie waren in der Stube geblieben, Hauke ein Tuch an seinem Gesicht.

»Hab Äpfel gestohlen, am Bahnhof.«

»Du hattest Hunger.«

»Ja, großen Hunger.«

»Dann ist es keine Sünde. Dann war es eine Not.«

»Will aber dafür büßen.«

»Dann bete zwei *Vaterunser.*«

***

Der erste Bus fährt um 7 Uhr 13 die Ludwigstraße herunter. Um den Turm kreisen Schwalben. Der Schornstein der Metallfabrik raucht sonntags nicht.

»Dann war Beerdigung, aber 's kam kein Mercedes.«

»Oh, das tut mir leid.«

»Es kam ein Ford.«

»Schade.«

»Ein Ford ist kein Mercedes.«

»Das weiß ich, Mathias.«

»Hast aber versprochen, 's kommt ein Mercedes.«

»Dann tut es mir umso mehr leid«, sagt Hauke.

Ein Sonnenstrahl dringt durch die Wolken, wirft einen breiten Schattenbalken.

»Dein Reich komme ...«, sagt Mathias.

»Dein Wille geschehe«, sagt Hauke.

Hilde hatte Mathias das Gästezimmer bereitet. Ein heller, sauberer Raum mit Schrank und Bett und Tisch. Des Nachts hörte er Mathias schreien. Wie ein Tier. Ein Winseln, ein Stöhnen, ein Ächzen. Als es nicht aufhörte, klopfte Hilde an die Tür.

»Soll ich dir einen Tee kochen, Mathias«, rief sie, »damit du besser schlafen kannst?«

»Ich schlafe doch«, hatte Mathias gebrüllt.

***

Wieder hustet Mathias. Seine Schläfenadern schwellen an. Und wieder Schleim und Blut.

»Du musst zu einem Arzt«, sagt Hauke.

Mathias stemmt sich mit dem Rücken an die Wand des Glockenstuhls, geht in die Hocke, sieht ihn an.

»Mach's Blut weg!«

Die Kette klirrt, mit bloßer Hand wischt Hauke nun den Boden, verreibt es an der Hose.

»Hast mir die Taschenlampe geschenkt.«

»Damit du dich im Dunkeln nicht mehr fürchtest.«

»Im Dunkeln ist der Teufel, hast gesagt.«

»Wenn du es sagst, Mathias.«

»Willst sagen, dass ich lüg?«

»Nein, ich hab es nur vergessen.«

»Hast viel vergessen, was?«

»So manches schon.«

»Ich nicht.«

»Die Schwestern haben dir die Lampe weggenommen. Du warst traurig ...«

»Bist hässlich, haben die Nonnen gesagt.«

»Es ist scheußlich, so was zu einem Kind zu sagen, Mathias.«

»Hast gesagt, ich bin der schönste Junge auf der Welt.«

»Ja«, sagt er, »das habe ich gesagt.«

***

Er weiß nicht, ob er geschlafen hat, die erste Nacht nachdem Mathias kam. Als er am Morgen in die Küche ging, hockte der Junge schon am Tisch und kaute Brocken von dem Brot.

»Gehst zur Andacht?«

»Ja, gleich«, hatte er geantwortet.

Mathias saß in der Kirche ganz vorn, direkt vor dem Altar. Die Kinder rutschten unruhig auf den Bänken hin und her in seinem Rücken. Und Hilde spielte die Orgel.

Als Mathias zur Kommunion kam, zögerte Hauke einen Moment, ihm den Leib Christi zu reichen. Da fasste Mathias einfach so in den Kelch, nahm die Hostien raus und schob sie sich in den Mund.

»Das ist Sünde, Herr Pfarrer«, flüsterte die Lehrerin, und Hilde auf der Orgelbank unterbrach sofort das Spielen.

***

Die Sonne drängt jetzt mächtig gegen den Vorhang aus Wolken. Der Himmel wird erst grau, dann silbern. Das Hupen eines Autos dröhnt, ein Motor stirbt.

»Hast mir das Fahrrad geschenkt«, sagt Mathias.

»Das weißt du noch?«

»'s war rot.«

»Und hatte eine Schaltung mit drei Gängen.«

»'s gab Plätzchen zu Weihnachten.«

»Ja, und du hast der Hilde fleißig beim Backen geholfen.«

»Hast Abenteuer vorgelesen. Von Indianern.«

Alles geht durcheinander in Mathias' Kopf, denkt Hauke, und ihm wird kalt, wenn er an Hilde denkt. Die gute Hilde.

»Wir könnten eine Radtour machen, Mathias. Ganz so wie früher.«

»Knie nieder!«, sagt Mathias.

Hauke kniet und senkt den Kopf.

»Bete!«

»Soll ich für dich beten, Junge?«

Mathias lacht.

»Nein, beten musst für dich.«

***

Am zweiten Tag hatte Hilde dann gefragt, was ihm geschehen war in Frankfurt.

»War im Bordell«, kam gleich die Antwort. »Sollt achten auf die Mädchen.«

»Was hat dich nur so weit von Gott entfernt, mein Junge?«

Darauf hatte er keine Antwort bekommen.

***

In der Ferne rattert der ICE nach Frankfurt. Mathias hat die Weste abgelegt. Brust und Rücken sind übersät von Wunden, Schorf und Narben. Den Kopf hat er auf die Arme gelegt, er betrachtet die Decke des Glockenstuhls.

»Durft immer die Glocken läuten.«

»Und nie warst du damit auch nur eine Sekunde zu spät.«

»Wie im Himmel …«, sagt Mathias.

»… so auf Erden«, folgt ihm Hauke.

***

»Willst du nicht die Polizei rufen, Hauke?«, fragte Hilde am Abend des zweiten Tages.

Hätte er doch bloß auf sie gehört. Aber er hatte doch Angst vor ihren Fragen. Was denn mit dem Jungen war. Warum sie sich auf einmal vor ihm fürchteten.

»Mathias hat doch nichts verbrochen.«

»Er ist der Teufel.«

»Das darfst du nicht sagen, Hilde!«

»Aber wenn es doch so ist.«

Nie hatte sie ein Wort verloren über die Jungen, die in seinem Zimmer waren. Zum Vorlesen, zum Fernsehen, zum Fiebermessen. Manchmal hat sie ihn gesehen, wie er sie in den Armen hielt. Dann schaute sie ihn am nächsten Morgen beim Frühstück bloß traurig an.

***

Mathias zerrt ein Brot aus dem Gepäck, reißt es in Stücke, schlingt es herunter. Den Schnaps trinkt er wie Wasser.

»Ich habe dich um Vergebung gebeten, Mathias«, sagt Hauke.

»Hab dir aber nichts vergeben«, sagt er.

Ein Stachel dreht sich in Haukes Kopf, etwas quetscht ihm den Hals.

»Und vergib uns unsere Schuld«, sagt Mathias.

»Wie auch wir vergeben unseren Schuldigern«, sagt Hauke.

Mathias leert die Flasche, ohne abzusetzen, wischt sich über den

Mund, steht auf und wirft sie hinaus. Er hört das Klirren vom Kirchplatz.

»Hast gesagt, ich soll mich ausziehen«, sagt Mathias und blickt über den Ort.

An den Hängen wabert der Dunst zwischen den Häusern. Für den Sommer ist es zu kalt.

»Hast mich angefasst«, sagt Mathias und dreht sich zu ihm um.

Hauke weiß es ja. Was soll er dazu sagen? Dass er sich nicht beherrschen konnte damals vor dem Kind?

Soll er das sagen?

O Jesus, bewahre Deine Priester im Schutze Deines heiligsten Herzens.

»Ich wollte …«, sagt er.

»»Fühlt sich's gut an?‹, hast gefragt. ›'s fühlt sich gut an, oder?‹«

»Ich konnte mich nicht beherrschen, Mathias, bitte vergib mir, es tut …«

»… halt's Maul. Wau, wau, wau.«

Er bellt. Aus dem Bellen wird ein Heulen. Er ist jetzt Hund und Wolf. Er schluchzt, wird leiser, er weint, er hustet und schließlich schweigt er. Hat die Augen geschlossen, den Kopf an die Wand gelehnt, die Beine ausgestreckt, als sei er gerade so gestorben.

»Sing für mich«, flüstert er nur.

»Ich …«, sagt Hauke.

»Sollst singen!«

»Was denn? Was soll ich denn singen, Mathias?«

»Schlager. Hast immer Schlager gesungen.«

Leise beginnt Hauke eine Melodie. Es ist mehr ein Flüstern als ein Singen.

»Sing lauter!«, schreit Mathias.

***

Am dritten Tag war Mathias nicht mehr rausgekommen aus dem Zimmer, nicht mal zur Toilette wollte er gehen.

»Vielleicht ist er tot«, hatte Hilde gesagt und das Ohr an die Tür gehalten.

Kein Geräusch war da gewesen, nichts. Zum Abendbrot sprang dann die Tür auf, und Mathias zog den Rucksack aus dem Zimmer. Sie dachten schon, dass er nun endlich ginge. Hilde hatte Hauke die Hand getätschelt und genickt und gelächelt, so sehr hatte sie es gehofft. Aber dann war es anders gekommen.

»Kniet euch hin«, hatte Mathias gesagt, »damit ich euch vergeb.«

»Um Vergebung bitte ich nur Gott, nicht den Teufel«, sagte Hilde. Da hatte Mathias sie angesehen. Ein langer Blick. Unendlich lang. Und dann schlug er sie tot. Hauke hatte sich ein Brotmesser gegriffen, aber Mathias wischte es ihm aus der Hand wie ein Kinderschwert, drosch ihm die Faust ins Gesicht, dass die Zähne splitterten und er mit dem Kopf gegen den Heizkörper knallte. Als er am Boden lag, zog Mathias die Kette aus dem Rucksack, legte sie ihm an und zerrte ihn den Turm hinauf wie ein widerspenstiges Tier.

**

Nach dem Singen holt Mathias eine Taucherbrille aus dem Rucksack und setzt sie auf. Dann legt er Schienbeinschoner an wie ein Fußballspieler. Wieder hustet er.

»Mathias, lass uns nach unten gehen, ich koche uns einen Tee und dann reden wir«, sagt Hauke.

»Hab nicht gesagt, du sollst was sagen.« Mathias' Stimme klingt durch die Taucherbrille dumpf. Er erhebt sich, wankt, Hauke riecht den Schnaps, auch den Geruch der Straße, der trotz des Bades noch am Körper klebt. Er beugt sich zu ihm herab, ganz nah kommt er. Die Taucherbrille ist beschlagen. Mathias fährt ihm mit der Zunge durchs Gesicht, beißt ihm in die Nase.

»Nicht, Mathias, bitte nicht!«, ruft er.

»Hast g'sagt, es bleibt unser Geheimnis.«

»Ich weiß.«

»Hat wehgetan.«

»Das tut mir leid, Mathias.«

»Hab geblutet«, sagt Mathias.

»Ich bitte dich ja um Verzeihung.«

Hauke schließt die Augen.

Sünde. O Jesus, ewiger Hohepriester, bewahre unbefleckt die gesalbten Hände.

Das Fieber hat er Mathias gemessen. Auch wenn da gar kein Fieber war. Da war er schon von Sinnen gewesen.

Herr, hilf, hilf.

Hat Mathias' Körper beschnuppert, überall, hat ihn angefasst, ihn gestreichelt. Wenn Hilde in der Küche war und er mit dem Jungen allein auf dem Zimmer.

Herr, hilf, vergib mir.

Für jedes Mal hat er den Herrn um Vergebung gebeten. Fünfzigmal, hundertmal. Zwei Jahre ging das so, dann war der Junge verschwunden. Gerade vierzehn Jahre alt. Keiner wusste, wohin. Sogar die Mordkommission kam, weil sie dachte, es sei etwas Böses passiert.

»Mach die Augen zu«, sagt Mathias.

Hauke hat Angst, Angst, Angst. Er will nicht sterben. Nein. Noch nicht sterben. So wie Hilde.

Lass mich leben, Herr. Nie wieder, nie wieder, verzeih mir, Herr, nie mehr, nie wieder.

»Vergib mir meine Schuld, Mathias«, ruft er. Er macht die Augen auf, Mathias ist vor ihm, mit der Brille.

»Augen zu!«, befiehlt er.

Dann prasselt Warmes auf Hauke herab. Er presst die Lider zusammen, die Lippen, versucht, den Kopf zu drehen, aber der Strahl trifft ihn mitten ins Gesicht, will gar nicht enden. Mathias lacht und schreit und grunzt und ruft.

»Bitte, vergib mir, Junge, vergib mir.«

»Und führe uns nicht in Versuchung …«, ruft Mathias.

Hauke schluckt, schluckt an dem Stein in seinem Hals.

»Los, sag's schon!«, brüllt Mathias. »Und führe uns nicht in Versuchung …«

»… sondern erlöse uns von dem Bösen«, sagt Hauke.

»Lauter!«

»Erlöse uns von dem Bösen«, schreit er jetzt.

***

Wieder beginnt es zu knistern und zu klacken, spannen sich die Riemen an den Rädern, und die Glocken geraten in Schwung. Die Frühmesse. Der dröhnende Klang tut Hauke in den Ohren weh. Mathias springt auf, läuft zwischen den schwingenden Glocken umher, schlägt mit einer Stange auf sie ein, als wollte er sie aus dem Takt bringen. Er lacht dabei und streckt die Arme aus, geht auf die Knie, er schreit und keift und kreischt die Glocken an. Aus dem Jungen ist ein Tier geworden, denkt Hauke, ein unbändiges Tier, der Teufel, ja, es ist der Teufel. Mathias ist der Teufel, der jetzt zu ihm kriecht, ihm fauligen Atem ins Gesicht bläst und an dem Schloss zerrt, das die Kette hält.

»Komm hoch!«, schreit der Teufel.

Er zieht an seinen Armen und zerrt ihn auf die Beine, die Glocke schrappt an Haukes Kopf vorbei, fast hätte sie ihm den Schädel zerschmettert, der ganze Glockenstuhl erzittert beim Geläut.

Mathias ist jetzt hinter ihm und drängt ihn an die Öffnung. Die Wolkendecke ist brüchig, ein Sonnenstrahl sticht Hauke tief ins Auge.

»Da hin!«, schreit Mathias.

Nein, er will nicht sterben. Hauke macht sich steif, steif wie Holz, und krallt sich am Rahmen der Öffnung fest, Mathias drischt ihm die Hände weg, dass ihm die Haut zerreißt, und stößt ihn weiter. Auf dem Kirchplatz weit unten hat man sich zur Frühmesse versammelt. Zwei, drei Dutzend Kirchgänger stehen dort und sehen doch nicht auf zum Turm, die Alten, die Gebeugten, die Nonnen, die Väter und Mütter im Sonntagskleid, die hüpfenden Kinder.

Hauke ruft sie, ruft um sein Leben, aber keiner sieht zu ihnen auf, zu laut sind die Glocken.

»Bete, bete«, schreit Mathias, »sollst beten!«

Aber Hauke betet nicht, nein, er beugt sich runter, macht den Rücken rund, Mathias drückt fest von hinten, will ihn aus der Öffnung schieben. Zu seinen Füßen findet Hauke einen Widerstand, eine Strebe vielleicht, da klemmt er die Füße ein, ein unfassbarer Schmerz, doch die Füße halten ihn, auch wenn Mathias noch wütender schreit und zerrt und drängt und schiebt.

»Beten sollst, bete!«

Hauke duckt sich noch tiefer, macht sich klein und rund, und jetzt wird Mathias leichter auf seinem Rücken, als schaukle er, als schwebe er, wie ein Kind beim Huckepack.

»Beten sollst, bete!«, brüllt er noch mal und lacht dabei und schreit und keift.

Dann rutscht er vor, rutscht bis auf Haukes Schultern. Und Hauke greift nach hinten, packt seine Beine und drückt ihn hoch mit letzter Kraft. Mathias rudert mit den Armen, schlägt in die Luft, er schlittert über Haukes Rücken. Dann wird es leicht.

Da unten springen Menschen auseinander, es schreit, die Glocken schlagen laut. Und dann sieht die Gemeinde hoch zum Turm, sieht auf zu ihrem Hirten, sieht einen, ihn, der in die Hölle muss. Er tritt zurück in den Schatten der Öffnung, sackt auf die Knie und winselt wie ein Hund. Die Tränen mischen sich mit Blut und Schweiß, er hebt die Arme auf zum Herrn.

Was soll Gott denn tun, wenn ihn einer um Gnade anfleht, der keine Gnade verdient?

FEUER

(L 104, Ostvorpommern)

Kam Sandro ins 104, musste Grit lächeln. Er sah aber auch wirklich seltsam aus. Ronny hat mal gemeint, Sandro sei vielleicht bei was Perversem entstanden. Sex mit einem Elefanten oder so. Aber das mag Grit nicht, wenn so was Scheußliches über einen Menschen gesagt wird, nur weil er seltsam aussieht. Sandro war nämlich ein ganz Harmloser. Was man über ihren Ronny nicht sagen kann. Der konnte sogar ziemlich grob sein. Lieb und grob zugleich.

Als Grit Sandro zum ersten Mal sah, dachte sie, er trage vielleicht eine Maske. Oder dass der liebe Gott noch Fleisch übrig hatte, als er mit seinem Gesicht eigentlich schon fertig war. Weil ja an seinem Kopf alles zu viel war. Bis auf seine Augen. Die waren schmale Schlitze. Als könne man da Geldstücke reindrücken, und irgendwo käme dann bei Sandro eine Packung Zigaretten oder eine Cola raus. Sandro war aber nicht nur hässlich, er tickte auch nicht ganz richtig. Ein Wunder, dass er den Job bei McGeiz bekommen hatte. Da räumte er die Regale ein. Wer hatte denn schon einen Job in der Gegend? Sandro konnte sich sogar eine MZ leisten. Die war gelb wie der Senf zu den Bratwürsten im 104. Der Laden gehörte Perry Heun. Der sah gut aus, fast wie ein Schauspieler. Aber Perry Heun war widerlich. Dauernd grapschte er an Grit rum. Sie hatte mal zu ihm gesagt, das sei sexuelle Belästigung am Arbeitsplatz. »Kannst dir ja einen anderen Job suchen«, hatte er nur gesagt und dann richtig überheblich gelacht.

Wenn sie das Ronny erzählt hätte. Himmel, hatte sie schon damals gedacht. Der drehte ja bereits durch, wenn ein anderer Kerl sie nur anlächelte. Einmal hat Sandro ihr eine Forelle vom Angeln mitgebracht. Was lieb gemeint war.

»Die Drecksforelle schmeißt du ins Klo«, sagte Ronny nur.

»Was kann denn die Forelle dafür?«

»Ich will nichts fressen von dem Idioten.«

»Versteh ich nicht, wieso du auf den eifersüchtig bist.«

»Schmeiß endlich die Forelle weg, sonst mach ich's.«

Gut, dass Ronny nicht allzu oft ins 104 kam. Da waren ja nur Männer, die sie angafften. Polnische Fernfahrer, Monteure, Vertreter, die Jungs vom Zoll. Manchmal sagten die Kerle was Nettes zu ihr, aber manchmal auch Versautes. Wieso denn auch nicht? Sie ist ja keine Nonne. Und wenn sie ehrlich ist, muss sie zugeben, dass ihr die meisten Komplimente gefielen. Das 104 hieß so, weil es an der L 104 lag. Die Landesstraße führt von der polnischen Grenze bis nach Neubrandenburg. Und wahrscheinlich noch weiter. Doch weiter ist Grit nie gekommen. Die Idee für den Namen hatte Perry Heun mit seinem Amerikaspleen. Der fuhr einen alten Cadillac, hellgrün lackiert, mit roten Sitzen und riesigen Heckflossen. Und immer trug er Jeans und Cowboyboots. Und weil er mal einen Film über ein Motel an der Route 66 gesehen hatte, das 66 hieß, taufte er seine Bude eben 104. Grit weiß bis heute nicht, ob Perry Heun überhaupt jemals drüben war. Wahrscheinlich nicht. Sie selbst war nur mal in Polen. Sonst in keinem anderen Land. Und Polen zählte eigentlich auch nicht. Sie mussten ja nur die 104 bis zum Ende fahren, über Löcknitz, Bismark und Linken, schon waren sie dort. So nah, dass ihre Speisekarte auf Deutsch und auf Polnisch war.

Es gab noch eine zweite Kellnerin im 104. Maggy. Nicht gerade ihre beste Freundin. Jede Woche kam Maggy mit einer anderen Frisur, jede Farbe des Regenbogens hatte sie ausprobiert. Was das brachte? Nichts. Nicht mal blöde Sprüche der Männer. »Wenn ich so aussehen würde wie Maggy, hätt ich im Bad keinen Spiegel«, hat Grit mal zu Ronny gesagt. Da hat der sich fast nicht mehr eingekriegt.

Bei Perry Heun war es anders. Perry Heun war jede recht. Grit hat mal gesehen, wie er Maggy die Hand unter den Rock schob, als die gerade auf der Leiter stand und vom Regal den Kaffee holte. Ja, und dann war Sandro natürlich noch hinter Maggy her. Das war das Problem bei der ganzen Geschichte. Sonst wär vielleicht nichts Schlimmes passiert. Wann immer Maggy im 104 kellnerte, tauchte Sandro auf. Als hätte er ihr heimlich einen Peilsender in die Hose geschoben. Meistens brachte er Maggy einen Fisch mit. Sandro fuhr fast jeden Tag mit der MZ zum Angeln. Wenn er mit den toten Fischen vorbeikam, lächelte Maggy ihn mit ihren schiefen Zähnen und ihren Glupschaugen an. Sandro machte dann immer ein ganz glückliches Gesicht. Wie sollte er auch drauf kommen, dass sie die Fische hinter dem Laden in den Müllcontainer warf?

Sonst war nicht viel los im 104. Wenn Grit in der Küche stand und aus dem Fenster sah, gab es keine Überraschungen. Da waren die Straße und dahinter Felder und Wiesen. »So weit das Auge reicht, ist hier nichts«, hat Ronny mal gesagt. Als Kind war es schön an der 104. »Nimm was zu essen mit«, hat ihre Mutter immer gesagt, wenn sie zum Spielen rausging, »falls du dich mal verirrst.« Und dann hatten sie beide immer gelacht. Warum ausgerechnet da der riesige Plattenbau mit dreihundertzwanzig Dreiraumwohnungen stand, gleich vorn an der 104, wo doch Platz genug gewesen wäre sogar für dreihundertzwanzig Bungalows, wusste Grit auch nicht. Das Monstrum stammte noch aus der alten Zeit. Ein komisches Land, das Hochhäuser baute auf Wiesen, die bis zum Horizont reichten.

Vom Lager des 104 aus konnte Grit ihre Wohnung sehen. Sie hatten zusammen sechsundfünfzig Quadratmeter. Schön groß. Ihre Mutter schlief in dem einen und Grit im anderen Zimmer. Das Wohnzimmer teilten sie sich. Ihren Vater kannte sie nur von einem Foto. Ihre Mutter hatte seinen Kopf durchgestrichen. Gleich 1989, als man die Grenze aufmachte, war der feine Herr nach Hamburg gefahren und hatte sich nie wieder gemeldet.

Mit dem Job hatte ihre Mutter mehr Glück als mit ihrem Mann. Sie war für die Verwaltung der Garagen zuständig. Einhundertvierundvierzig Schuppen. Ganz schön viele. Allerdings nicht mehr im besten Zustand. Den Plattenbau hatte die Wohnungsgesellschaft wenigstens anstreichen lassen, auch neue Fenster und sogar Aufzüge wurden eingebaut. »Aber die Garagen sind denen doch egal«, hatte ihre Mutter gesagt. Bei den Garagen war immer was zu tun. Plötzlich hatte ja jeder ein Auto, und keiner wollte es auf der Straße parken. In den Garagen war mal die Dachpappe undicht oder es brachen Schlüssel ab, mal ließ sich ein Tor nicht mehr schließen oder öffnen. Wegen des Garagenjobs ihrer Mutter kamen sie nie weg von der 104. Auch wenn Ronny das gern wollte. Am liebsten wär der nach Hamburg oder Bremerhaven. Er träumte davon, einen Containerkran zu führen.

»Nein«, sagte Grit, »solange Mutti lebt, lass ich sie nicht im Stich.«

»Aber sie ist erst dreiundfünfzig«, sagte er dann, »das kann noch dauern.«

»Trotzdem. Und denk doch mal nach: Wenn wir Kinder haben, kann Mutti auf die aufpassen, wenn wir nach Szczecin in die Disco wollen.«

Auch wenn Ronny meinte, das müsse er sich noch mal überlegen, ist er dann nicht weggegangen, dafür hat er Grit einfach zu gern. Aber sie kann gut verstehen, dass fast alle jungen Leute wegziehen, gleich nach der Schule. Und von den wenigen, die dableiben, rast dann die Hälfte gegen die alten Bäume an der Chaussee. Überall stehen Holzkreuze mit verwelkten Blumen. An der 104 gibt es mehr Bäume als Menschen. »Wär besser, wenn sich die Rentner plattfahren würden und nicht die Jungen«, sagte Perry Heun mal, als sich wieder ein Junge aus Linken um einen Baum gewickelt hatte. Grit musste ihm da ausnahmsweise mal recht geben. Natürlich hatte sie auch hin und wieder daran gedacht, dass es woanders besser sein könnte. Allein schon wegen der ganzen Verrückten hier. Zum Beispiel die Jähnke. Die ist nicht viel größer als eine Mülltonne. Immer läuft sie mit drei Taschen die Straße entlang, kann aber nur zwei tragen. Also stellt sie eine ab, trägt die beiden anderen zwanzig Meter weiter und holt dann die dritte Tasche nach. Den ganzen Tag geht das so, seit mindestens zehn Jahren. Das ist doch verrückt. Und ausgerechnet an Weihnachten hat Grit beobachtet, wie Manny Pietsch etwas von der Straße leckte wie ein Hund. Als sie näher ranging, sah sie, dass ihm eine Schnapsflasche auf dem Teer zerdeppert war.

An der 104 gibt es eine riesige Werbetafel oberhalb der Bushaltestelle, da hängen oft Plakate von New York, Italien oder Inseln mit Stränden und Palmen. Da hat auch Grit schon Fernweh bekommen. Aber wie gesagt: Nie würde sie ihre Mutter im Stich lassen, auch nicht für eine schöne Wohnung in einem Wolkenkratzer in New York. Und sie haben hier ja auch einen Wolkenkratzer. Den Getreidesilo. Der ist so hoch, der würde in New York gar nicht weiter auffallen.

Vor zwei, drei Jahren war noch mehr los an der 104. Da gab es das Nagelstudio Irene, die Molkerei Poffert, die Gaststätte Deutsches

Haus, den Exquisit-Grill und Nöthens Backstube. Aber dann hat Perry Heun einen Grill vors 104 gestellt und die Würstchen fünfzig Cent billiger verkauft als der Exquisit-Grill. Und so machte er es auch mit dem Bier und den Brötchen. »So geht Kapitalismus«, hat er gesagt und gelacht, als am Ende auch das Deutsche Haus dichtmachte. Grit kannte eins der Mädchen vom Bäcker. Sylvie. Die war seitdem arbeitslos. Aber so was interessierte Perry Heun nicht. Nur den Zisch-Getränkemarkt, den kriegte er nicht klein. »Kannst du mir mal verraten, warum ich nicht selber auf die Idee gekommen bin, einen Getränkemarkt aufzumachen, so viel, wie hier alle saufen?«, fragte er Grit einmal.

»Weiß ich doch nicht.«

»Weil ich dann nicht genug Zeit hätte, dir an die Titten zu fassen«, schob er gleich hinterher und kriegte sich vor Lachen nicht mehr ein.

Wie gesagt, hätte Ronny gewusst, was Perry Heun zu ihr sagte und was er mit ihr anstellte, nur weil sie bei ihm kellnerte, wahrscheinlich wäre all das Schreckliche schon viel früher passiert.

Ronny war Grits große Liebe und ist es immer noch. Sie haben ja schon in der Sandkiste und auf den Feldern hinter dem Plattenbau zusammen gespielt. Natürlich auch bei den Garagen. Sie waren die Einzigen, die das durften. Für alle anderen Kinder war dieses Areal strengstens verboten. Ihre Mutter konnte da richtig ungemütlich werden. Die Leute hatten alle ihr Geld für einen gebrauchten Golf oder einen Astra zusammengespart. Und dann hatten sie plötzlich einen schönen Gebrauchten aus dem Westen, den sie sich keinesfalls von ein paar Gören zerkratzen lassen wollten.

Auch in der Schule waren sie immer zusammen gewesen, selbst wenn die nicht gerade Ronnys Stärke war. Er hatte Glück, dass er den Job beim Fräsdienst fand. Fräsdienst Szameit. Was das ist, ein Fräsdienst? Ganz einfach: Wenn eine Straße neu gemacht wird, weil da nur noch Schlaglöcher sind, dann muss der alte Teer runter, und dann erst kann der neue drauf. Das Abkratzen nennt man Fräsen. Angefangen hat Ronny mit der Schaufel. Abends hatte er dicke Blasen an den Händen. Als er achtzehn wurde, ließ ihn der Chef auf die Kehrmaschine. Die war zwar die kleinste von allen und fuhr immer zum Schluss. Doch sie war schon besser als die Schaufel. Aber Ronny wollte unbedingt auf die Fräse. Die hieß bei allen nur Ungeheuer, weil sie so einen wahnsinnigen Lärm machte, weil sie dampfte, kreischte und fauchte und aussah wie eine Kirche auf Rädern, eine Kirche aus Stahl und Eisen und Gummi und Glas. »Ronny, wenn du so weitermachst«, sagte sein Chef immer wieder, »dann lass ich dich bald aufs Ungeheuer.«

Wenn Ronny nicht auf der Kehrmaschine saß, fuhren sie mit dem Renault seines Vaters. Der hatte die Gicht, obwohl erst Anfang fünfzig. Das Gute an der Gicht von Ronnys Vater war, dass er jederzeit den Wagen haben konnte. Sein Vater schaffte es ja nicht mal mehr bis zum Garagenhof.

An die Ausfahrten denkt Grit noch heute gern. Sie waren da schon lange zusammen. Es hatte angefangen mit ihnen, als sie den Busen bekam. Da war sie zwölf, und Ronny hatte sie eines Tages umarmt und ihr das T-Shirt hochgeschoben.

»Willst du meine Freundin sein?«

»Ja klar«, sagte sie.

»Ich könnt dich erdrücken vor Liebe.«

»Bloß nicht«, meinte sie, »dann wär ich ja tot.«

Ronny ist also ihre große Liebe, seit sie denken kann. Er sieht ja auch toll aus, findet sie immer noch. Damals hatte er Locken und ein kantiges Gesicht. Und ein Grübchen. Und ganz weiche Haut. Süß einfach. Auch wenn er sogar ein bisschen kleiner war. Weshalb sie immer flache Schuhe trug.

Bei ihm dauerte es dann noch zwei Jahre, bis er eine tiefere Stimme bekam und ihm am Körper Haare wuchsen. Er zeigte ihr nur die Haare an seinem Sack und sagte: »So, jetzt werden wir Mann und Frau.« Andere verlieren ja schnell mal die Lust, es mit dem eigenen Freund zu tun, denkt Grit. Bei ihr war das nie so. Sie hatte immer nur ihren Ronny und wollte sich auch nie von einem anderen anfassen lassen. Und Ronny war immer so lieb zu ihr. Und zärtlich. Und schöne Sachen hat er gesagt. Dass sie hübsch ist und schlau, und dass sie ihn geil mache. Deswegen hat Grit auch nie dran gezweifelt, dass das mit ihnen für immer ist.

Das ganze Unglück fing damit an, dass die Wohnungsgesellschaft ihrer Mutter schrieb, es werde kein Verwalter mehr gebraucht für die Garagen – vielen Dank und alles Gute. Den Brief hat sie noch. War der Wohnungsgesellschaft doch egal, das Leben eines Menschen zu zerstören. Um sie zu trösten, luden Grit und Ronny ihre Mutter zu einem Ausflug nach Polen ein. Sie haben sie da erst mal neu eingekleidet. Und wer hat gezahlt? Ronny. Das fand Grit unheimlich lieb von ihm, denn er verdiente nicht viel auf der Kehrmaschine. Aber er mochte ihre Mutter ja sogar mehr als seine eigene. Ronnys Mutter ist aber auch sehr seltsam. Noch heute steht sie jeden Morgen an der 104 und wartet auf den Bus. Manchmal auf der Seite nach Pasewalk, manchmal fährt sie auch in die andere Richtung nach Szczecin. Schlau wird Grit nicht daraus. Nicht mal Ronny hat eine Ahnung, was seine Mutter eigentlich den ganzen Tag so treibt.

Ihre Mutter hat der Wohnungsgesellschaft dann noch einen Brief nach Leipzig geschrieben. Zwei Tage hat sie dran gesessen, der Brief war aber auch vier Seiten lang. Eine Antwort gab es nie.

Im Mai hat es dann zum ersten Mal gebrannt. Nummer 78. Die Garage von Wilfried Lotz. Dem war die Frau am Hirnschlag gestorben, und seitdem bestellte er jeden Mittag um halb eins das Tagesgericht im 104. »Erst stirbt mir die Frau und dann verbrennen die auch noch meinen Wagen«, hat er zu Grit gesagt, als sie ihm das Essen brachte. »Da können sie mich ja auch gleich auf den Friedhof bringen.« Der Alte fing dann sogar an zu weinen, und Grit spendierte ihm zum Nachtisch einen Schnaps. »Den zieh ich dir vom Lohn ab«, hat Perry Heun da nur gesagt. Der war wirklich geizig bis zum Umfallen.

An dem Abend ist sie mit Ronny noch zur Garage 78 hin. Der Škoda vom Lotz war silbern gewesen, doch nach dem Feuer war alles nur noch schwarz vom Ruß. Ronny stieg über das Absperrband und sah sich den Wagen genauer an. Das Löschwasser hatte die Sitze aufgeweicht. Er klopfte auf den verrußten Lack und grinste. Was Grit merkwürdig fand. Sie hatte ihm doch erzählt, wie bitter Lotz geweint hatte.

»Was grinst du so?«

»Ich grins doch gar nicht.«

»Sieht aber so aus.«

»Nee, hab bloß was zwischen den Zähnen.«

Na ja, geglaubt hat sie ihm nicht. Aber drauf gekommen ist sie da auch noch nicht. Zwei Wochen später brannte die Nummer 114 aus. Die hatte Rainer Plathe gemietet. Immer fummelte der an seinem Trabi rum. Einmal hatte er sogar einen Schönheitswettbewerb beim Trabitreffen in Anklam gewonnen, hatte in der Zeitung gestanden, mit Foto von Plathe und seinem Wagen. Das Feuer aber hatte vom Trabi nur noch einen schwarzen Klumpen zurückgelassen.

»Damit gewinnt der keinen Schönheitswettbewerb mehr«, sagte Ronny. Und dann grinste er wieder.

»Warum grinst du eigentlich immer über die verbrannten Autos?«, fragte Grit, weil sie allmählich doch eine Ahnung hatte.

»Ich grins doch nicht.«

»Doch, das tust du.«

»Willst du es wirklich wissen?«

»Na was denn sonst?«

Da nahm er sie in den Arm und drückte sie ganz fest an sich.

»Dann verrate ich dir jetzt ein Geheimnis.«

»Na los«, sagte sie nur.

»Ich war das«, flüsterte er. »Wegen deiner Mutti.«

»Wegen Mutti?«

»Das ist doch eine Schweinerei mit ihrem Job.«

»Ja, aber was soll das bringen, wenn du hier Feuer machst?«

»Denk doch mal nach. Wenn es andauernd brennt, brauchen die bald wieder einen Verwalter. Klar?«

»Bist du verrückt geworden?«

»Wieso denn das?«

Er sah sie seltsam an. Aber eigentlich hatte er es gut gemeint. Da konnte sie ihm doch gar nicht böse sein. Am nächsten Morgen war dann ein Bericht über das Feuer mit zwei Fotos in der Zeitung. Auf dem einen Plathes Trabi in Anklam, auf dem anderen der schwarze Klumpen. *Der Feuerteufel hat wieder zugeschlagen*, hieß es.

»Dann bist du ab jetzt mein Feuerteufelchen«, sagte Grit, und sie mussten beide lachen.

Ronny hat den Bericht sogar ausgeschnitten und zu seinen Schulzeugnissen und seiner Geburtsurkunde gelegt.

Dann gab es einen Wachdienst bei den Garagen. Sogar nachts. Die Leute hingen eben an ihren Autos. Vier, fünf Männer liefen da rum. Mit Taschenlampen, Schlagstöcken und sogar einem Wachhund. Das war auch wieder zum Lachen. Ein paar Tage darauf brannten die Wartehäuschen an der Bushaltestelle. Und nur kurze Zeit später kam der Bagger wegen der Ruinen.

Grits Mutter aber wurde jeden Tag trauriger. Sie starrte bloß noch auf die 104. Und dicker wurde sie. Wenn Grit von der Arbeit kam, roch sie Likör. Meist war ihre Mutter schon auf dem Sofa vor dem Fernseher eingeschlafen. Sie tat ihr so leid. Also erkundigte sie sich bei beinahe jedem Gast im 104 nach einem Job für ihre Mutter. Perry Heun fragte sie erst, als sie nicht mehr schlief und jede Nacht weinend durch die Wohnung lief.

»Was würdest du tun, wenn ich einen Job für deine Alte hätte?«, fragte der.

»Was müsste ich denn tun?«

»Die Beine breit machen.«

Das hat Grit dann gemacht. Und Perry Heun konnte gar nicht genug bekommen von ihr. Was jetzt mit dem Job sei, hat sie ihn dann gefragt, als sie es schon drei oder vier Mal getan hatten.

»Du weißt doch, dass ich nicht auf alte Weiber stehe«, sagte er.

»Aber du hast es mir versprochen.«

»So kann man sich täuschen.«

Heute denkt Grit, sie hätte besser geschwiegen über die Sache mit Perry Heun.

Abends kam dann Ronny mit dem Renault. Sie wollten nach Szczecin zum Billard. Sie fuhren die 104 entlang, und als sie an der alten Molkerei vorbeikamen, brannte die lichterloh und die Feuerwehrleute schossen das Löschwasser in die Flammen.

»Wusste gar nicht, dass eine Molkerei so gut brennt«, sagte Ronny, lachte und gab ihr einen Kuss.

Sie fuhren über die Grenze nach Polen rein, und Grit fühlte sich immer mieser.

»Halt doch mal da vorn bei dem Burger«, bat sie.

»Kannst du mir auch einen Whopper mitbringen?«, fragte er.

»Ich hab gar keinen Hunger«, sagte Grit.

»Warum soll ich dann halten?«

»Ich muss dir was sagen, Ronny.«

»Hoffentlich nichts Schlimmes.«

»Doch. Was wegen Perry.«

Und dann erzählte sie ihm alles, bis ihr die Tränen kamen. Ronny nahm sie in den Arm, ganz lieb hielt er sie, strich ihr die Haare aus der Stirn, küsste ihre Tränen weg. Schweigend hörten sie den Song, der gerade im Radio lief.

Danach war dann alles anders. Ronny lachte nicht mehr. Und plötzlich wollte er auch nicht mehr mit ihr schlafen. Er meldete sich beim Fräsdienst krank. Und einmal war er sogar für drei Tage verschwunden. Grit weiß bis heute nicht, wohin.

Und dann kam der 15. September. Ein Sonntag. Die halbe Nacht war ihre Mutter durch den Flur gelaufen. Grit hatte auf dem Bett gelegen und geweint. Vor Traurigkeit und Glück zugleich, wegen der Überraschung, die sie sich für den nächsten Tag ausgedacht hatte. Sie wollten mit ihr nach Swinemünde, an den Strand. Als Grit erwachte, war es noch dunkel. Da sah die 104 aus wie eine schlafende Schlange mit glänzender Haut. Um sieben stand Ronny vor der Tür, um sie beide abzuholen. Sie fuhren runter zur Tankstelle.

»Sieh doch mal nach den Reifen«, sagte er zu Grit und verschwand hinter dem Häuschen, wo die Toiletten waren.

Sie prüfte also den Luftdruck. Gleich neben der Tankstelle lag das 104. Da war alles ruhig. Perry Heuns Cadillac parkte nicht an seinem Platz. Sicher fuhr der wieder in der Gegend rum und machte einen auf Ami. Dafür stand da die gelbe MZ von Sandro. Wieso, wusste Grit auch nicht.

Dann kam Ronny vom Klo und hatte es eilig. Er gab ordentlich Gas. In Richtung Anklam geht die 104 ein ganzes Stück geradeaus. Zu beiden Seiten sind Rapsfelder oder einfach nur Wiesen.

Oben auf der Anhöhe fuhr er so scharf rechts ran, dass der Schotter spritzte.

»Was ist?«, fragte Grit.

»Will nur mal was sehen.«

Er hatte ein Fernglas dabei. Grits Mutter blieb im Wagen. Sie hatte es sich auf der Rückbank gemütlich gemacht und wollte Schlaf nachholen. Ronny hielt das Fernglas wie ein Urlauber, der sich die Gegend ansieht. Die kleine schwarze Wolke über der Tankstelle und dem 104 konnte Grit auch ohne Hilfe erkennen. Es sah aus, als schwebe ein schwarzes Schaf über der Tanke. Aber dabei blieb es nicht. Die Wolke wurde größer, immer mehr schwarze Luft stieg auf. Grit hatte mal im Fernsehen gesehen, wie ein Vulkan Asche spie. So ähnlich war das. Der Himmel über der Chaussee war schnell schwarz, wie bei einem Unwetter. Und Ronny trippelte auf der Stelle, als müsse er schon wieder aufs Klo.

»Warst du das?«, fragte sie.

»Was denkst du …«

Weiter kam er nicht, denn es gab einen wahnsinnig lauten Knall. Mit dem Knall stieg etwas Weißes, Grelles zu der schwarzen Wolke auf. Da flogen auch Sachen mit, irgendwelche Stücke und Fetzen und Teile, dann quoll eine noch gewaltigere Wolke empor, die alle anderen Wolken verschluckte, und es gab noch einen Knall, der die Erde erbeben ließ. Warme Luft wehte bis zu ihnen herauf. Die Wolke hatte eine grellgelbe Spitze, die den Himmel zu durchfliegen schien, unaufhaltsam wie eine Rakete, dann erhob sich etwas Breites, Schwarzes. Es war das Dach der Tankstelle, das emporgehoben wurde, es stieg weit hinauf, blieb dann in der Luft stehen, sah aus, als könne es fliegen, dann zerbrach es und regnete in Einzelteilen zur Erde zurück. Die Trümmer wirbelten eine gigantische Wolke auf, die alles einhüllte in Staub, die Tankstelle, das 104, die ganze Welt.

»Mein Gott«, sagte Grit.

Und Ronny? Der hatte ein irres Gesicht. Und lachte. So ein Gesicht hatte sie noch nie zuvor bei ihm gesehen. Es glühte und glänzte wie von Chrom überzogen. Als mache ihn nichts glücklicher, als das zu sehen.

»Um Himmels willen«, sagte jetzt auch Grits Mutter, die aus dem Wagen geklettert war, »unser Haus.«

An den Plattenbau hatte Grit gar nicht gedacht. Der war gar nicht weit entfernt von der Tankstelle. Zu dritt standen sie neben dem Wagen und sahen zu, wie die Wolke allmählich breiter wurde, wie sie sich über das Tal legte, den Himmel eindunkelte, wenn auch nicht mehr ganz so sehr wie zuvor. Dafür kroch das Feuer über die Straße bis zum Rapsfeld, und da, wo es hinkam, brannten Bäume und Sträucher lichterloh. Wie an einer Lunte kroch es die Straße entlang. Autos wendeten schnell, um nicht vom Feuer gefressen zu werden.

Und Ronny lachte und lachte.

»So sind auch die Ratten in der Molkerei abgehauen, als es ihnen zu heiß wurde.«

Nichts schien die Feuerschlange aufzuhalten. Anscheinend war sie auf das Silo aus. Oben auf der Anhöhe war es merkwürdig still. Als hätte jemand alle Töne weggenommen. Bis dann die ersten Sirenen dröhnten. Und die Martinshörner der Polizeiwagen und Feuerwehrautos. Der Wind ließ Ascheflocken wirbeln, die aussahen wie schwarzes Konfetti. Ronny machte ein Video mit seinem Handy. Merkwürdig war, dass auch Grits Mutter lächelte. Das Feuer leckte an den riesigen Röhren des Silos, kroch daran empor, drängte nun ganz hinauf in den Himmel.

»Wollten wir nicht ans Meer?«, sagte Ronny.

Auf der Straße nach Westen kamen ihnen Einsatzfahrzeuge entgegen, alle mit Blaulicht und Sirenen. Grit wusste nicht mehr, was sie denken sollte. Alles Schwere fiel von ihr ab. Sie fühlte sich leicht und schwebend. Nun musste auch sie lächeln. Ronny schaltete das Autoradio ein, die sagten noch nichts vom Feuer, spielten nur Lieder von Lady Gaga und Michael Jackson. Und irgendwann begegneten ihnen auch keine Feuerwehrautos mehr, das Leben wurde wieder normal, der Himmel wieder blau auf dem Weg nach Swinemünde. Die eigentliche Überraschung behielt Grit dann aber für sich. Sie hatten ja schon genug erlebt an diesem Morgen.

Nachmittags spazierten sie den Strand entlang. Grit in der Mitte hielt Ronny und ihre Mutter an den Händen. Am Pier aßen sie Pfefferminzeis und Tiramisu. Gegen Abend legte sich ein feiner Dunst über die Ostsee, und sie bestellten gegrillten Dorsch mit Kartoffelsalat an einer Bude, obwohl sie noch satt waren vom Eis.

Erst in der Dämmerung waren sie zurück an der 104. Kein Feuer, kein Rauch mehr. Vor der Tankstelle wurden sie von einer Polizistin über einen Feldweg umgeleitet. Die Tankstelle selbst war nur ein schwarzes Loch. Das 104 hatte das Feuer besser überstanden. Die Mauern standen noch. Nur das Dach war weg. Und die Fensterlöcher waren schwarz, alles von Ruß überzogen. Die Röhren des Silos sahen aus, als seien sie bis zur Hälfte in einem Moor versunken und dann wieder herausgezogen worden.

Ronny fuhr den Renault in die Garage. Als sie zu ihrer Wohnung wollten, mussten sie ihre Ausweise zeigen. Alles war abgesperrt. Vor dem Haus standen Männer, tranken Bier aus Dosen, schüttelten ab und zu die Köpfe, zeigten zum Himmel, in die Landschaft oder zu der Stelle, wo die Tanke und das 104 gewesen waren. Auf zwei Bierkästen flimmerte ein Fernseher.

»Da bringen sie es wieder«, sagte einer, und Grit sah im Vorbeigehen noch einmal die Bilder vom Morgen.

»Frau Fellner«, rief einer der Männer, »der Ruß ist sogar in meiner Garage. Was bringt das denn, wenn die nicht mal den Dreck abhält?«

»Bei mir genauso«, rief ein anderer.

»Dafür bin ich nicht mehr zuständig«, sagte Grits Mutter nur. »Da müssen sie sich bei der Wohnungsgesellschaft beschweren.«

Sie klingelten, als die drei gerade die Nachrichten ausgestellt hatten, hämmerten sogar an die Wohnungstür, als reiche das Klingeln nicht. Ronny wurde von vier Polizisten abgeführt. In Handschellen. Weiter hinten auf dem Flur standen Nachbarn und tuschelten. Als er sich noch mal zu Grit umdrehte, drückte ihm ein Polizist das Kinn auf die Brust, dass der Hals knackte. »Wie bei der Stasi«, rief der alte Stausberg ihnen hinterher.

Eigentlich habe er Perry Heun nur einen Denkzettel verpassen wollen, sagte Ronny vor Gericht. »Ich wollte den Cadillac abfackeln. Aber das Scheißauto war nicht da. Da hab ich eben den Müllcontainer angesteckt.« Woher sollte er denn auch wissen, dass Perry Heun an den Wochenenden immer unterwegs war? Und wie sollte er ahnen, dass Sandro da gerade mit Maggy im Zimmer hinter dem Lebensmittellager schlief? Darauf wär ja nicht mal Grit gekommen, dass die beiden zusammen waren. Natürlich habe er nie gewollt, dass Maggy und Sandro im 104 verbrannten. Der Tankwart hatte mehr Glück als die beiden. Als er das Feuer vor Perry Heuns Laden sah, war er in seinen Wagen gesprungen und abgehauen. Sonst hätte es drei Tote gegeben. Nein, sogar vier. Es waren zwei Tankwarte, die rechtzeitig fliehen konnten. Der von der Nachtschicht hatte sich gerade auf der Toilette umgezogen und von dort aus gesehen, wie Ronny die Fackel in den Müllcontainer des 104 geworfen hatte.

Der Staatsanwalt sagte, dass wegen Ronny zwei unschuldige

Menschen sterben mussten und wie sinnlos sein Handeln war. Das stimmt, denkt Grit, das mit Sandro und Maggy hätte nicht passieren dürfen. Aber sinnlos? Davon, was Perry Heun ihr angetan hatte, wusste ja keiner. Manchmal ist sie sogar richtig stolz auf Ronny, denn er hat es für sie getan. Für sie und ihre Mutter. Grit liebt ihn jetzt sogar noch ein bisschen mehr, auch wenn's verrückt klingt, doch so ist es.

Sie kommen ganz gut klar zu dritt. Wohnen immer noch im Plattenbau. Auch wenn die meisten Nachbarn nicht mehr grüßen. Die Tankstelle ist wieder aufgebaut. Das 104 nicht. Perry Heun hat das Geld von der Versicherung eingestrichen und ist verschwunden. Vielleicht nach Amerika. Grit will ihn nie wieder sehen. Und auch das Silo ist neu gestrichen, ausgerechnet in Himmelblau. Bei schönem Wetter unterscheidet er sich kaum mehr vom Himmel.

Grit hat ihr Baby bekommen. Das war die freudige Nachricht, die sie für Ronny und ihre Mutter gehabt hatte. Dass sie ein Baby kriegen würde. Sie ist froh, dass es ein Junge ist. Er heißt Ronny junior. Wär es ein Mädchen geworden, hätte sie es wohl auch nicht anders genannt.

Ihre Mutter hilft ihr mit dem Kleinen. Mit Ronny junior haben sie jede Menge zu tun. Der kann ja schon krabbeln und geht an alles dran. Ihre Mutter ist richtig froh, dass sie da nicht mehr die Garagen am Hals hat. Und Grit räumt bei McGeiz die Regale ein. Wenn es weiter so gut läuft, darf sie irgendwann an die Kasse, hat der Chef gesagt. Der heißt Karol und ist Slowake. Der guckt sie auch schon wieder so komisch an. Hoffentlich geht das nicht gleich wieder los mit der Grapscherei, denkt sie.

An jedem ersten Sonntag im Monat fahren sie raus nach Greifswald. Ronny ist ganz verrückt nach dem Kleinen. Der weiß ja auch nicht, dass sie da im Gefängnis sind. Was sie Ronny junior sagen soll, wenn er's mal kapiert, weiß sie noch nicht. Mal sehen. Manchmal, wenn der Kleine in seinem Bettchen schläft, mit seinen Stoffhunden, Bären und Hasen, wenn ihre Mutter im Wohnzimmer vor dem Fernseher sitzt, wenn die polnischen Laster über die 104 rattern, als sei nie was gewesen, schaut Grit aus dem Fenster und sieht zu der Stelle, wo mal das 104 stand. Und dann denkt sie immer wieder, es wäre vielleicht besser gewesen, Ronny nichts von der Sache mit Perry Heun zu erzählen. Aber das lässt sich jetzt nicht mehr ändern.

HAIE

(Fort Myers, FL, USA/Wermelskirchen,
Rheinisch-Bergischer Kreis)

Simon Focke

Im Fernsehen lief mal ein Bericht über verschüttete Bergleute. Sie hatten schwarze Gesichter und trugen Sonnenbrillen, als man sie mit einer Rakete aus dem Loch zog. Oben hielten sie sich die Hände vor die Brillen, weil es ihnen immer noch zu hell war. Krass. Daran muss Simon denken, als er zum ersten Mal am Strand ist. Er fühlt sich wie einer dieser Bergmänner. Der Sand weißer als weiß. Und die Sonne blendet vom Meer her wie die Scheinwerfer bei einem Konzert der Foo Fighters. Das Einzige, was sich von diesem Weiß abhebt, sind die Schatten der kreischenden Möwen. Simon schaut, dass er keinen Schiss abbekommt.

»Schön«, hat Conny, seine Mum, gesagt und dazu ein Gesicht gemacht, als wollte sie um nichts auf der Welt in diesem Haus ihre Ferien verbringen.

»Wenn's dir auch gefällt«, meinte sein Dad zu Claus, »dann sag ich ja.«

»Okay, wir nehmen die Hütte, du Drecksack«, sagte der nur zum Makler und deutete einen Kinnhaken an. Die beiden kannten sich von irgendwoher, und der Makler lachte und zeigte zwei Reihen schneeweißer Zähne. Er und seine ebenfalls schneeweiße Tussi fuhren einen schneeweißen Range Rover, und auch das Haus war schneeweiß. Vielleicht liegt es an Florida, dass die Leute alles in diesem Gleißen haben wollen, denkt Simon. Schneeweiß oder himmelblau. Ob der Makler lachte, weil Claus ihn einen Dreck-sack nannte oder weil er eine Stange Geld mit dem Haus verdien-te, weiß Simon nicht. Es ist allerdings nicht einfach, Claus über den Tisch ziehen. Sein Onkel ist ein ziemlich cleverer Hund.

Fort Myers, Suntree Ave, Florida. Seit ein paar Tagen sind sie hier. Seine Mum mag das Haus noch immer nicht. Und Simon ist es zu hell. Er bleibt die meiste Zeit auf seinem Zimmer. Frü-her haben seine Eltern ihn dauernd nach draußen gezerrt, an den Strand, zum Fischen, in die Everglades. Mit zwölf, dreizehn kommt man einfach nicht dagegen an. Jetzt lassen sie ihn in Ru-he. Die Jalousien zieht er gar nicht hoch. Über die Lampe hat er ein rotes Laken geworfen. Rot ist ihm lieber als Weiß. Die Son-nenuntergänge gefallen ihm noch am besten hier. Alles rot. Als würde der Himmel brennen.

Simon checkt seine Mails. Sanna ist in Kapstadt, Raffa in Kana-da, Max in Buenos Aires und Lene in Neuseeland. Steffen hockt in Bath im Internat. Sein Alter hat ihn beim Kiffen erwischt. Scheiß Spacko-Alter.

Hab Stress mit den Schwuchteln hier, schreibt Steffen, *die fassen mir dauernd an den Arsch.*

Bist doch selber schwul, schreibt Simon zurück. Stimmt zwar nicht, aber so reden sie eben. Er wartet noch auf Antwort, dann fällt ihm die Zeitverschiebung ein. Zu Hause chatten sie jeden Abend. Scheiße. Es ist das letzte Mal, dass er mit den Alten fährt. Bald wird er achtzehn. Dann müssen sie ihn schon von Dads Werk-schutz herbringen lassen.

Claus Focke

Sie kann es einfach nicht. Weiß er doch. Es ist ja nicht das erste Mal.

»Lass«, sagt Claus Focke und zieht sie an den Haaren zurück.
Conny schaut ihm in die Augen, lächelt. Hat den Kopf auf seinem Bauch und ein Fragezeichen im Gesicht.

»Was ist denn? Gefällt's dir nicht?«

Sie sieht wahnsinnig gut aus. Lange schwarze Haare, grüne Augen, ein perfekt geschnittenes Gesicht. Und ihre Brüste, verdammt
noch mal, die sind auch perfekt. Rasiert ist sie. Und sie riecht gut.
Sieht jünger aus, höchstens wie dreißig. Alles an Conny ist so, wie
er es mag. Nur dass sie es eben nicht kann. Frauen glauben ja
immer, das ginge alles automatisch. Vielleicht müsste sie mal einer bei der Arbeit zusehen, die es wirklich draufhat. Dann wüsste sie, was los ist.

»Vielleicht bin ich nicht in Stimmung«, sagt er.

»Sag mir, was ich tun soll, und ich tu's«, sagt Conny, leckt ihm
über den Bauch, schiebt die Zungenspitze in seinen Nabel und
schüttelt seinen Schwanz.

Sie kapiert es immer noch nicht. So was kann ihn sauer machen.

»Es geht nicht darum, was du tust«, sagt er. »Es geht darum, wie
du es tust.«

Hätte er vielleicht nicht sagen sollen. Nun ist es passiert. Conny sieht erschrocken aus, hat die Augen geschlossen und die
Lippen eingesogen. Hoffentlich fängt sie nicht auch noch an zu
flennen. Was kann er denn dafür, dass sie es nicht draufhat?
Vorhin hat sie ihm die Brust gegeben wie einem Kind. Und
nicht wie einem Mann. So sieht es aus. Aus ihren Augenwinkeln sickern tatsächlich Tränen. Herrgott noch mal. Davon wird
er richtig sauer. Das Barracuda kostet zweihundert Dollar den
Nachmittag, und jetzt wird auch noch rumgeheult. Claus schiebt
Connys Kopf von seinem Bauch, steigt aus dem Bett, zieht die
Lamellen der Jalousie auseinander. Auf der Avenue cruisen die

Luxuskarren: Hummer, Ferrari, Mercedes. Nur die dicken Fische. Er hat Lust, in den Porsche zu steigen und ein paar Runden mitzumischen.

»Für Hanno reicht es vielleicht, wie du's machst«, sagt er zum Sonnenuntergang, der das Meer blutrot färbt.

»Red nicht so gemein.«

»Ich rede, wie ich will.«

»Du kannst so verletzend sein«, sagt Conny, »du verletzt uns alle und merkst es gar nicht.«

»Jetzt komm mir nicht mit so was«, sagt Claus. »Du betrügst doch deinen Mann. Nicht ich.«

Sie versucht zu lachen. Ein jämmerliches, weinerliches Lachen wird daraus.

»Du betrügst ihn auch. Er ist dein Bruder.«

»Jetzt zieh dich an und hau ab«, sagt er. »Bevor ich richtig sauer werde.«

Sie heult. Es ist immer dasselbe. Wenn sie nicht weiterwissen, heulen sie.

Claus lässt das Duschwasser auf seine Schultern prasseln. Zweihundert Dollar, verdammt noch mal, 'ne Menge Kohle für nichts. Hätt er sich besser eine Nutte vom Estero Boulevard mitgenommen. Die wissen, was sie tun, und verwechseln seinen Schwanz nicht mit einem Stück Gartenschlauch.

Dieses scheiß Geld. Er muss mit der Bank reden. Und mit den Chinesen. Spätestens morgen. Er hasst die Schlitzaugen. Aasgeier. Nur dass Aasgeier nicht grinsen, bevor sie eine Leiche fleddern. Er trocknet sich ab, sieht aus dem Fenster. Der Himmel brennt. Auf dem Boulevard flimmern die Leuchtreklamen. Blau, rot, gelb, orange. Mit der Fernbedienung lässt er den Porsche hupen und blinken. Die beiden Girls, die gerade am Wagen entlangwackeln, machen sich vor Schreck fast in die Höschen. Claus lacht und zielt hinter der Jalousie mit seinem Schwanz auf die Weiber. Jetzt lachen auch die Girls über den Schreck und ziehen weiter.

Angela Focke

Sie hat das Muster des Korbsessels an den Schenkeln. Sie steht auf, zieht das Oberteil über ihre Brüste. Möwen segeln am endlosen Strand. Die Palmen verbeugen sich vor dem Meer. Sie mag es, wenn die Sonne am Horizont versinkt. Dann ist hier alles wie gemalt. Das Wasser ist heute glatt wie ein Spiegel. Himmel und Meer sind feuerrot. Natürlich ist das Kitsch. Alles hier ist Kitsch. Das Haus im Kolonialstil. Zehn Zimmer, vier Bäder, in der Garage ein Porsche, ein Q8 und der Ford Mustang, knallrot und genauso alt wie Claus. Fünfundvierzig. Er hat sich den Wagen zum Geburtstag gekauft. Auf der Terrasse bolivianisches Steinholz. Der Pool hat die Form eines Herzens. Ein Krokodil aus Teakholz kriecht im Garten durchs Seegras, das Maul im Wasser des Pools. Claus findet so was lustig. Die Türfassungen im Haus sind nicht aus Gummi, sondern aus Leder. Macht ein schöneres Geräusch, hat der Makler gesagt. Der Fernseher ist groß wie ein Garagentor. In der Küche haben sie weißen und schwarzen Marmor. Das Haus hat Millionen gekostet, aber über Geld redet Claus ja nicht. Hanno kommt. Zeit für ein paar Runden im Pool. Seine Beine unter dem schneeweißen Bademantel sehen aus wie ungeschälter Spargel. Er winkt, lacht, streift den Mantel ab, hechtet in den Pool, taucht in einem Zug bis ans andere Ende, kommt hoch, schüttelt Wasser aus den Haaren, schnaubt, versinkt wieder, kommt an der Spitze des Herzens nach oben. Er stemmt sich aus dem Pool und wirft den Bademantel über.

»Alles okay bei dir?«, ruft Hanno zur Terrasse.

»Ich hab hier eiskalten Wodka Lemon für uns«, ruft sie.

»Das wollte ich hören.«

Er lacht. Hanno ist älter und kleiner als Claus. Wenn man's nicht weiß, kommt man nicht drauf, dass sie Brüder sind. Ist aber so. Angela mag ihn. Er hat gute Manieren, ist witzig, kümmert sich um seinen Sohn, und er liebt seine Frau. Dafür interessiert er sich nicht für die Firma und auch nicht für andere Frauen. Damit ist schon fast alles gesagt über die Unterschiede zwischen den Brüdern Hanno und Claus Focke.

»Hast du eine Ahnung, wo Conny ist?«, sagt er und küsst sie auf die Wange.

Hat sie. Angela verübelt Claus nicht, dass er mit anderen Frauen schläft. Sie wusste immer, worauf sie sich bei ihm einlässt. Claus schläft ja mit allen. Sekretärinnen, Praktikantinnen, Stewardessen, auch mit Nutten und sogar seiner Banktussi. Und eben auch mit der Frau seines Bruders. Schlimm ist, dass er es nicht mal vor ihr verheimlicht. Weil ihm gleichgültig ist, was sie denkt. Früher hat Angela seine Terminkalender, Handys und den Laptop durchsucht. Und immer hat sie was gefunden. E-Mails, Telefonnummern, Fotos, Briefe. »Was dachtest du denn?«, hat er gesagt, als sie ein Foto von irgendeiner blonden Tussi bei ihm fand, »dachtest wohl, du bist die Einzige, was?«

»Ah, das tut gut«, sagt Hanno, lehnt sich zurück und lässt die Eiswürfel klingeln. »Hoffe nur, Conny ist nicht schon wieder shoppen. Sie macht mich noch arm.«

Wieder lacht er. Hanno kann sich gar nicht vorstellen, wie es ist, arm zu sein, denkt Angela. Die Fockes waren ja immer reich. Und sie? Sie war arm. Conny auch. Conny war Lehrling in der Lohnbuchhaltung bei Focke und gleich mit neunzehn schwanger von Hanno. Die Fockes stehen auf arme Mädchen.

»Was geht's uns gut, oder?«, sagt Hanno.

»Besser geht's nicht«, sagt Angela.

»Ich hab Conny gesagt, sie muss mit dem Schiff nach Hause fahren, wenn sie so viel Zeug einkauft wie beim letzten Mal.«

»Sie will sich eben schön machen für dich.«

»Aber sie ist doch schon schön genug.«

Sein Lachen ist ansteckend. Also lacht Angela auch. Er habe keinen Killerinstinkt, hat Claus mal über seinen Bruder gesagt. Eigentlich sei er nur für die Ablage zu gebrauchen.

»Und wo ist mein lieber Bruder gerade? Unter Wasser?«

»Weiß nicht.«

»Da müssen wir uns wohl gegenseitig trösten«, sagt er und hebt das Glas. »Also, prost.«

»Prost«, sagt Angela.

Stephan Gerboth

Ist nicht das erste Mal, dass Stephan auf Claus Focke wartet und der einfach nicht kommt. Ihm ist es egal. Zahlen muss der Focke trotzdem. Von der Terrasse der Shark Bar hat er einen wunderbaren Blick über die Bucht. Tagsüber ist das Meer türkisfarben und der Himmel auch. Der Strand liegt in einem weißen Bogen davor wie ein Sichelmond. Es war Fockes Idee, am Edison Reef zu tauchen. Guter Platz. Ein paar Millionen Fische gibt's da unten. Und ein Dutzend Schiffswracks. Hin und wieder schwimmt auch mal ein Barrakuda vorbei. Manche sagen, es gäbe auch Haie. Aber Stephan hat dort noch nie einen gesehen.

Der Himmel wird rot, Mütter sammeln die Strandsachen ihrer Kinder ein. Die Möwen kreischen. Er hätte nicht gedacht, dass ihm das Möwenkreischen mal auf die Nerven gehen könnte. Ist aber so. Er kommt vom Bodensee. Da war es ruhiger. Dafür hat es da dauernd geregnet. Meine Güte. Und im Winter hat er sich den Arsch abgefroren. Hier geht es im Winter nur auf dreiundzwanzig Grad runter. Das lässt sich aushalten.

Er streckt die Beine vor. Er war Rettungstaucher bei der Freiwilligen Feuerwehr Konstanz. Hat Leichen aus dem Bodensee geholt. Da gab es immer Leute, die genug von allem hatten und mit einem Sack Zement um den Hals in den See sprangen. Er taucht lieber mit Geldsäcken wie Focke als nach Wasserleichen.

»Noch 'n Bier?«, fragt Sandy.

»Warum nicht.«

Auf der Rückseite ihres Shirts ist ein Hai, der grinsend aus dem Meer springt. *We're sharks – Shark Bar.* Es gibt 'ne Menge Märchen über Haie. Stimmt gar nicht, dass die jeden angreifen. Dafür sind sie viel zu ängstlich. Es ist verdammt noch mal gefährlicher, zu Fuß den Edison Boulevard zu überqueren, als hier auf einen Hai zu treffen, sagt Stephan seinen Tauchschülern. Er hatte sein Hai-Erlebnis am New Smyrna Beach. Wollte nur ein bisschen surfen. Aber das Meer war glatt wie ein Pool. Kein Wind. Da hatte er sich aufs Brett gelegt und sich die Sonne auf den Bauch scheinen lassen, als plötzlich etwas Schwarzes aus dem Wasser ragte. Sah aus wie das Segel des ferngesteuerten Piratenboots, das sein Bruder früher hatte. Aber das hier am New Smyrna Beach war die Flosse eines Hais. Zick, zack, zick, zack, mal rechts, mal links mit der Flosse die Wasseroberfläche zerteilt. Nie hatte ihm einer gesagt, was zu tun war, wenn man einem Hai begegnete. Später sagte Sam, der mit seinen dreiundsiebzig Jahren noch heute jeden Tag Sportfischer rausfährt, er hätte alles goldrichtig gemacht. Den Hai nicht aus den Augen lassen und möglichst ruhig bleiben. Bloß nicht wegschwimmen. Das Tier schwamm drei, vier Mal unter seinem Surfbrett durch. Das verdammte Viech war so lang wie Stephans Pick-up. Dann war's dem Hai wohl zu langweilig geworden, und er war abgehauen.

Sandy bringt das Bier. Sie haben auch vorne auf den Shirts einen Hai. Sandy hat kleine Brüste. Die linke ist unter dem Maul des Hais, die andere hebt die Schwanzflosse an.

Stephan hat sogar mal einen Hai angefasst. War allerdings tot. Die Haut wie Seide. Und als er in die andere Richtung strich, wie Schmirgelpapier. Das Maul sah aus wie eine Tropfsteinhöhle. Genug Zähne, um mit ein paar Bissen Gulasch aus 'ner Robbe zu machen.

Über die Gesichter der Gäste legt sich jetzt das Rot des Himmels. Aus der Bar säuselt lahmes Gedudel. Am Bodensee wär es neblig zu dieser Jahreszeit. Und bestimmt würde es schütten.

Stephan wartet auf der Terrasse, bis der rote Feuerball im Meer versunken ist, trinkt sein Bier aus, gibt Sandy fünf Dollar und packt die Tauchausrüstung in den Pick-up.

Dann muss Focke ihn eben für die Stunde Rumsitzen bezahlen. Ist dem doch egal. Hat genug Kohle.

Claus Focke

Der Alte kapiert es einfach nicht. Kommt nicht mehr mit. Immer nur: früher, früher, früher. Die goldenen Zeiten. Die D-Mark. Kapiert nicht, dass die Chinesen sie auffressen wollen. Aasgeier. Das Maul steht denen doch schon offen. Wollen einundfünfzig Prozent sofort. Den Rest später.

»Wir verkaufen nicht an die Chinesen«, sagt der Alte.

»Ich will's ja auch nicht«, sagt Claus.

»Red mal mit Höllerbach. Der hat uns immer gute Kredite beschafft.«

»Höllerbach ist in Pension.«

»Dann sprich mit einem anderen von der Bank«, sagt der Alte.

»Dein Großvater war schon Kunde bei denen.«

»Was denkst du, was ich mache?«

»Und was sagen sie?«

»Dass sie uns nichts mehr geben. Das sagen sie.«

Claus hört ihn schweigen. Der Alte sitzt auf seiner Yacht. Man hört es bis nach Florida. Das Meer und das Geigengedudel. Den ganzen Tag hockt der Alte auf der Yacht, lässt sich von seinem Skipper bedienen, glotzt auf die Küste von Mallorca, hört Mozart und mischt sich in Sachen ein, die ihn nichts mehr angehen.

»Ich soll dich von deiner Mutter grüßen«, sagt der Alte.

»Danke«, sagt Claus und legt auf.

Der Alte ist zweiundsiebzig. Wenn er nicht auf der Yacht ist, kommt er in die Firma. Er hat eine Sekretärin, und an der Tür zu seinem Büro steht *Seniorchef Alfons Focke*. Zwanzigtausend kriegt er jeden Monat. Nur um zu sagen, dass früher alles besser war. Früher, früher, früher.

Sie hatten mal dreihundertsechzig Mitarbeiter. Alle vom Alten eingestellt, mit Handschlag. Die wurde man kaum wieder los. Als Claus die Hälfte der Leute rauswerfen wollte, gab es auf dem Parkplatz vor der Firma eine Demonstration des Betriebsrats. Hatten ein Foto von ihm aus dem Katalog vergrößert, auf dem er lachend die neue Focke MT 400 an einen Baumstamm hält. Das Modell mit dem sechzig Zentimeter langen Schwert. *Säg nicht am Ast, auf dem du sitzt, Claus Focke!* stand darunter. Dazu bliesen die Gewerkschaftsidioten in ihre Trillerpfeifen. Als er nach Hause wollte, hatte jemand die Reifen seines Porsches in Scheiben zerlegt. Anfangs hatte er geglaubt, die Chinesen seien ihre Rettung. Die orderten auf einen Schlag eine komplette Jahresproduktion. Als müssten sie jeden Baum im Land abholzen. Jetzt weiß er, was sie wirklich wollten. Die Firma. *Focke Wermelskirchen, Motorsägen seit 1932.*

Simon Focke

Vom Gardens am Harbour Point Drive kann man auf Sanibel Island gucken. Nachts sieht es aus wie ein beleuchtetes Krokodil. Das Gardens ist bekannt für fangfrischen Lobster und sautierten Grouper. Ekelhaft. Der Hit sind aber die Alligatorsteaks. Die Leute kommen sogar aus Miami dafür. Noch ekelhafter.

Wie immer haben wir den besten Tisch, denkt Simon. Claus kennt den Manager. Sie sitzen vor steifen Decken, natürlich schneeweiß. Auf dem Tisch eckige Kerzen, eckige Teller, sogar eckige Gläser.

»Ein Familienessen«, hat sein Vater gesagt, »und du kommst mit.«

Die Kellner im Gardens sind uncoole Kriecher in schneeweißen Uniformen. Die buckeln rum, als hätten sie's im Rücken. Begegnet man solchen Typen aber auf der Straße, muss man aufpassen, dass man nichts in die Fresse kriegt. Die Aircondition ist so eingestellt, dass das Essen nach ein paar Minuten eiskalt wäre. Wird es aber nicht, denn die Teller sind kochend heiß, man muss aufpassen, das Porzellan nicht zu berühren. Familienessen. Claus und Angela mit Luisa, Mum, Dad und er. Claus ist gerade draußen. Telefon.

»Willst du nicht mal mit Luisa schnorcheln gehen?«, fragt Angela.

»Weiß nicht«, sagt Simon.

»Du kannst ihr doch zeigen, wie man's macht. Sie hat bisher nur in der Badewanne geübt, stimmt's, Schatz?«

Luisa sieht auf den Tisch.

»Ja, mal sehen«, sagt Simon.

»Warum willst du denn nicht?«, sagt Hanno und grinst.

»Ich hab nicht gesagt, dass ich nicht will. Ich hab nur gesagt, ich weiß nicht, ob ich's will.«

»Oh, der Herr ist ein wenig übellaunig heute«, sagt sein Vater, lacht und küsst Simons Mutter auf die Wange.

Immer lacht er. Ob es passt oder nicht. Irgendwas muss bei dem falsch verkabelt sein, dass er über alles Mögliche lacht, denkt Simon.

»Claus hat einen Tauchlehrer am Edison Reef«, sagt Angela. »Ein Deutscher. Der kann ja auch mitkommen.«

»Das wär doch was«, sagt Conny.

»Mal sehen, vielleicht«, sagt Simon.

»Das hört sich doch jetzt schon sehr viel besser an«, sagt Hanno.

An Luisas Zahnspange hängt ein Fetzen Ruccola. Sie redet nichts. Als Kind saß sie den ganzen Tag bei Angela auf der Hüfte. Wie ein Äffchen. Simon kann sich nicht erinnern, schon mal mehr als drei Sätze von ihr gehört zu haben.

»Es ist kalt hier«, sagt seine Mutter und schüttelt sich.

»Soll ich deine Jacke holen, Liebling?«, sagt Hanno.

»Oh ja, sei so lieb«, sagt sie und lächelt ihn an.

Er läuft hinaus.

»Und«, sagt Angela zu Conny, »hast du was Schönes gefunden in der Mall?«

Seine Mum ist die schönste Frau der Welt. Als Simon noch ein Kind war, sind sie oft nach Köln gefahren. Er war so stolz, mit seiner schönen Mum Hand in Hand am Rhein entlangzuspazieren. Stellte sich sogar vor, sie sei seine Freundin. War ja auch erst achtzehn, als sie ihn bekam. Mum ist schön, und Dad sieht scheiße aus, denkt Simon. Hat kaum noch Haare, eine Knollnase und ist einen halben Kopf kleiner als sie. Simon hat keine Ahnung, wie sein Vater an eine so schöne Frau kommen konnte. Stopp. Natürlich hat er eine Ahnung. Es hat mit der Kohle zu tun. Der Focke-Kohle.

»Ich hab ein paar wunderschöne Schuhe gesehen«, sagt Conny, »aber die passten nicht.«

Sie redet über die Schuhe, während Hanno und Claus ins Restaurant zurückkommen. Sie bleiben an der Bar stehen. Simons Vater hat sich vorgebeugt und lässt sich von Claus irgendwas ins Ohr sagen. Er nickt, schüttelt den Kopf, nickt wieder. Sieht zu ihrem Tisch, winkt Conny mit der Jacke.

Zwei Kellner haben ihre Stühle vom Tisch abgerückt und warten, dass sich die beiden setzen. Claus schnippt mit den Fingern, als die Kellner gerade davongebuckelt sind. Hanno ist das Lachen anscheinend vergangen. Zwei Kellner eilen herbei wie die Penner am Edison Boulevard, wenn sich da ein Tourist am Hotdog-Stand ans Portemonnaie fasst.

»Ist was?«, sagt Conny.

»Was soll denn sein, Liebling?«, sagt Hanno.

»Dachte nur ...«

»Jetzt trinken wir erst mal was«, sagt Claus. »Champagner für alle?«

Luisa schüttelt den Kopf.

»Und du, trinkst du wenigstens ein Glas, junger Mann?«, wird Simon gefragt.

»Weiß nicht.«

Sein Vater verdreht die Augen. Er sagt lieber zu allem ja, was von Claus kommt. In der Firma und sonst auch. Voll peinlich ist das, denkt Simon.

»Ich versuche gerade, deinen Sohn zu überreden, mit unserer Tochter zum Schnorcheln zu gehen«, sagt Angela zu Hanno.

»Gute Idee«, sagt Claus und hebt das Glas. »Gerboth geht mit euch ins Edison Reef. War heute gerade unten. Wunderbar. Ich bring euch morgen früh hin. Um neun.«

Claus redet jetzt vom Schnorcheln und vom Tauchen. Korallen,

Seekühe, Tarpone, Schnappbarsche, Stachelhummer, Seesterne, Pfeilhechte. All diese Namen, die Simon nicht zum ersten Mal hört. Er kennt sich aus mit dem Tauchen, hat mit fünfzehn den ersten Schein gemacht.

»Hey, hörst du mich, Junge?«, sagt Claus. »Ich rede mit dir.«

Er hat Simon am Arm gepackt. Simon erschrickt. Claus sieht ihn an, Hanno, Conny und Angela auch. Sogar Luisa.

»Was ist denn?«, sagt er.

»Hast wohl grad von deiner kleinen Freundin geträumt, wie?«

»Nein, ich habe …«

»… ach, ist egal«, sagt Claus, »ich hab dich gefragt, ob du am Freitag mit mir runtergehst. Will mir mal das Wrack von so einem schwulen Italiener ansehen, unten am Edison Reef.«

»Mal sehen.«

Claus lacht, und Hanno verzieht das Gesicht. Conny tätschelt Simon unter dem Tisch das Bein. Angela dreht das Weinglas. Sie trinkt ein bisschen zu hastig, denkt Simon. Irgendwann wird sie wieder lallen. Hanno stiert auf seinen Teller. Er hat das Krokodilhemd an. Die Reptilien schwingen sich an Lianen und Schaukeln bis zu seinem Hemdkragen hinauf. Conny sieht an Claus vorbei zum Aquarium mit den Lobstern, die darauf warten, dass der Küchenchef sie in den Kochtopf schmeißt.

Hanno erschrickt, als sein Handy klingelt.

»'tschuldigung«, sagt er.

Er läuft hinaus, kommt aber gleich zurück.

»Da war gar keiner dran«, sagt er und lacht.

Simon grinst, weil sein Vater mal wieder an der falschen Stelle lacht. Noch einmal lässt er sein Handy die Nummer seines Vaters wählen.

»Jetzt aber«, sagt Hanno, springt auf und läuft hinaus.

Nun ist es Simon, der lacht.

Stephan Gerboth

Er mag die beiden nicht. Das Mädchen hat nicht mal aufgesehen, als Stephan ihm die Hand reichte. Der Junge hat Spinnenfinger und dachte, er würde ihnen die Schnorchel und die Flaschen tragen.

»Euer Zeug könnt ihr selber schleppen«, hat Stephan gesagt. Der Junge hat sich die Haare aus dem Gesicht gefegt und ihn angesehen, als sei es eine Beleidigung. Die Kinder von Typen wie Focke glauben, es sei ganz normal, dass andere für sie buckeln. Das Mädchen könnte mal ein hübsches Ding werden, denkt Stephan. Wenn es nur nicht so arrogant gucken würde.

»Alles verstanden?«, sagt er.

»Hab nichts Neues gehört«, sagt Simon.

Das Mädchen nickt, bewegt den Kopf aber kaum dabei. Sie winkt zur Shark Bar, wo ihr Vater auf der Terrasse sitzt.

»Gibt's hier eigentlich Haie?«, fragt Simon.

»Wie kommst du denn darauf?«

»Die Kellnerin hat so ein T-Shirt.«

Vielleicht doch gar nicht so übel, der Junge, denkt Stephan.

Claus Focke

Er winkt seiner Tochter. Luisa winkt zurück. Wäre sie nicht, hätte er Angela längst verlassen.

Halb elf. Heute muss er Kleemann erreichen. Felbert hat eine E-Mail geschickt. Ob was dran sei an den Gerüchten über einen Verkauf an die Chinesen, will der Betriebsrat wissen. Verdammt noch mal, ja. *Lieber Herr Felbert, sehen Sie bitte davon ab, die Belegschaft mit überflüssigen Gerüchten zu verunsichern*, schreibt Focke zurück.

Die Neue in der Shark Bar gefällt ihm besser als Sandy. Sie heißt

Billy. Vielleicht ein bisschen fett. Aber sonst hätte sie nicht diese riesigen Titten. Focke bestellt Chablis mit Eis. Als Billy ihm das Glas bringt, sieht er dem Mädchen in den Ausschnitt.

»Nice«, sagt er.

Sie versteht sofort und entblößt eine Reihe schneeweißer Zähne.

»You're welcome«, sagt sie.

Das Handy. Hanno will wissen, ob die Kinder schon im Wasser sind. Normalerweise geht Claus nicht ran, wenn er Hannos Nummer auf dem Display sieht. Sein Bruder ist zu nichts zu gebrauchen. Ist in der Firma für die Werbekataloge zuständig. Allerdings geht keiner raus, den Claus nicht genehmigt hat. Einmal hatten sie im Katalog die Preise vom letzten Jahr drin und haben es erst gemerkt, als die schon verschickt waren. Hat sie 'ne Menge Kohle gekostet.

Autofahren kann sein Bruder auch nicht, denkt Claus, als er Hannos Wagen sieht. Wie er schon einparkt. Quer über zwei Parkbuchten. Hanno steigt aus der Beifahrertür.

»Wir wollten mal nach den Kindern sehen«, sagt er, legt die Hand über die Augen, sieht zum Strand. »Ich seh sie gar nicht.«

»Sind ja auch unter Wasser.«

»Soll ja vorkommen beim Tauchen«, sagt Hanno und lacht.

»Sie tauchen nicht, sie schnorcheln.«

»Ist das nicht dasselbe?«

»Versuch's doch einfach auch mal, aber nimm einen Zentner Nägel mit, dann bleibst du länger unten.«

»Witzig, Brüderchen. Gibt's was Neues von der Bank?«

»Die hat geschlossen, zu Hause ist Nacht.«

»Wenn du es sagst«, meint Hanno. Jetzt lacht er wieder. Lacht, als sei es nur eine Frage der Zeit, dass sie die zwei Millionen kriegen. Zwei Millionen bis Freitag. Sonst sind sie platt und werden von den Chinesen geschluckt.

Hanno trägt ein Shirt mit Bananenaufdruck. *Bongo Banana*. Albern. Claus ärgert sich schon, dass er ihm gestern beim Essen von den zwei Millionen erzählt hat. Sein Bruder hat eh kaum hingehört, weil er Conny ja die Jacke bringen wollte. Conny. Sie ist jetzt auf der Fahrerseite ausgestiegen, sieht wieder perfekt aus. Trägt irgendein flattriges Nichts. Alles an ihr ist in Bewegung, als sie die Treppe heraufkommt. Kaum zu glauben, dass sie keine Ahnung hat, wie man einen Schwanz bläst, denkt Claus.

»Hier sind wir, Liebling«, ruft Hanno und winkt ihr zu.

Angela Focke

Überall hängen seine Bilder. Angela lacht. Claus. Mit C statt mit K. Hat er ändern lassen beim Standesamt: Klaus mit C. Lächerlich, lächerlich. Seine Lächerlichkeit übersteigt seine Vorstellungskraft. Der Wein ist kühl und gut zu ihr. Mein Freund. Mein einziger Freund. Warum lacht der Fisch? Der tote Fisch, den Claus in die Kamera hält. Claus und der Fisch lachen ihr ins Gesicht, lachen sie aus. Sie zielt nach dem Bild. Claus und der Fisch scheppern zu Boden.

»Alles in Ordnung bei dir?«, ruft Simon durch die Tür.

Er ist ein guter Junge. Sie hätte nach Luisa auch noch gerne einen Jungen gehabt.

»Spinnst du?«, hat Claus gesagt. »Ein Kind reicht doch.«

»Alles in Ordnung«, ruft Angela zurück.

Ihre Zunge fühlt sich pelzig an. Pelzig und groß. Angela lehnt sich gegen die Tür.

»Kann ich dir helfen?«, sagt Simon durch die Tür.

»Ich schaff's schon«, sagt sie.

»Was ist denn passiert?«

»Nur ein Bild ist runtergefallen.«

»Bist du verletzt?«

»Nichts passiert, alles in Ordnung.«

Angela geht langsam von der Tür zum Bett. Der Boden schwankt. Sie breitet die Arme aus, tief taucht sie ein in das Meer aus Daunen. Das Bett ist auch ihr Freund. Der Wein und das Bett. Ja doch, alles in Ordnung.

Simon Focke

Tante Angelas Schritte da oben, so lahm, als liefe sie durch Treibsand. Ihr Zimmer ist über ihm im zweiten Stock. Wahrscheinlich trinkt sie wieder.

Claus wollte gleich nach dem Frühstück mit dem Mustang los. Seine Mum und Dad sind mit Luisa nach Key West gefahren. Barrakudas und Seeschildkröten im Meeresaquarium.

»Komm doch auch mit«, hat Conny gesagt.

»Da war ich schon«, hat Simon gesagt.

»Aber du interessierst dich doch für Tiere.«

»Früher mal, Mum, jetzt nicht mehr.«

»Dann bleib eben da«, hat Hanno gesagt.

Manchmal kann sein Dad ganz vernünftig sein.

Angela mag er. Hat halt einen Idioten wie Claus erwischt. Pech gehabt. Da hat es seine Mum mit seinem Dad schon besser.

Hi Simon, wenn ich schwul bin, dann bist du lesbisch, du blöde Tunte, schreibt Steffen. Steffen hat mit Photoshop Simons Haare zu einer Weiberfrisur toupiert, den Mund rosa geschminkt, ihm Ohrringe verpasst und das dann bei Facebook gepostet. Simon lacht. Das ist nur der Anfang. Sie hören dann gar nicht mehr auf mit den Beschimpfungen. Geht aber nur mit den Jungs, den Mädchen ist das zu derb.

Kannst du mir deine Stöckelschuhe und den Minirock leihen?, postet Simon, *muss zum Lesbenball.*

Hey, Simon, Toronto ist cool, schreibt Raffa, *sonst megalangweilig. Daddy will immer nur rumcruisen. Will lieber shoppen. Eine Mio Holzfäller und zehn Mio Bäume. Guck mal Foto. Die Säge ist von euch, sagt Daddy. Was macht Florida? Was Neues von Steffen gehört?* Simon war mal verknallt in Raffa, aber sie steht auf Steffen. Auf dem Foto ist ein älterer Kerl mit Seemannsbart. Er grinst wie der Teufel und zielt mit der Motorsäge auf Raffas Handykamera. Es ist tatsächlich eine Focke PS 7.

War mit dem Boot draußen, mailt Lene aus Auckland, *da gab's Delfine.*

Boot? Wir auch, mailt Simon, *und hier gab's auch noch Haie.* Sie sind mit einem Sam rausgefahren. Seiner Mum ist schlecht geworden vorher, und Claus hat sie nach Hause gefahren. Sein Dad wollte ja unbedingt mit raus, Delfine gucken. War ein ruhiger Tag, kaum Wellen. Sie waren so weit draußen, dass man nur noch den Himmel und das Meer sah.

»Gibt's auch Haie hier?«, hat Hanno gefragt.

»Haie sind scheu wie Jungfrauen«, sagte Sam, »aber wenn man will, kann man welche sehen.«

»Und wann ist das?«

»Wenn sie Blut riechen.«

»Und wann riechen die Blut?«

»Wenn man mir fünfzig Dollar gibt.«

Sam steckte die Scheine ein und schöpfte aus einem Plastikfass eine stinkende Brühe. Es vergingen zehn Minuten, dann tauchte eine dunkelgraue Flosse im Wasser auf. Sah aus wie der Kiel eines gekenterten Boots. Der Hai war lang wie ein Auto und drehte Runden um Sams Boot. Luisa klammerte sich an Angela. Einmal steckte der Hai den Kopf aus dem Wasser, er hatte schwarze Augen, riss das Maul auf, und Luisa schrie, worüber alle lachten.

Simon mailt das Lene. Er ist verknallt in sie. Bei ihr weiß er es nicht so richtig. Sie will es sich überlegen, bis sie zurück ist aus Neuseeland. Gerade kommt eine Nachricht von Sanna rein.

Kapstadt ist obercool, schreibt sie, *nur meine Eltern sind megastressig.* Nur noch diese Woche. Noch drei Tage. Dann fahren sie zurück. Gott sei Dank.

Aus Angelas Zimmer kommt ein Scheppern. Also ist sie wieder betrunken.

Claus Focke

Den Tag hat er auf der Terrasse der Shark Bar verbracht. Hanno und Conny haben die Kinder mitgenommen. Jetzt steht die Sonne schräg.

Sicherheiten. Auf den Häusern liegen Hypotheken, die Fertigungshalle und das Bürohaus haben sie verkauft, die Maschinen und die Lastwagen sind geleast. Sicherheiten. Lachhaft.

»Dann sollen uns die Chinesen also schlucken?«

»Das würde ich sehr bedauern, Herr Focke«, sagt Kleemann, »aber unser Bankhaus hat den Kreditrahmen leider schon deutlich überschritten.«

»Wir sind seit über sechzig Jahren Kunde bei Ihnen.«

»Sonst hätten wir's auch nicht getan«, sagt Kleemann.

Grenzen. Sicherheiten. Wenigstens hat er Kleemann so weit gekriegt, dass der mit der Zentrale in Frankfurt redet wegen der zwei Millionen.

»Noch einen Chablis«, sagt Focke, als er aufgelegt hat.

»You are welcome«, sagt Billy.

Ihre Brüste sind wirklich unglaublich.

Gerboth trägt das Tauchzeug zum Boot. Sie wollen runter zu den Korallen.

Kreditrahmen überschritten, langjährige Geschäftsbeziehung. Arschlöcher. Scheißbanken. Verdammt noch mal. Er war so nah dran. Wollte weg. In ein, zwei Jahren. Weg aus Wermelskirchen. Vielleicht Kapstadt. Ohne die anderen. Blutsauger. Hanno, Angela, Conny. Okay, okay, lächeln, Billy kommt. Das Personal der Shark Bar hat Hai-Shirts in verschiedenen Farben. Heute ist Gelb dran. Billy trägt Hotpants dazu, die ihren Hintern nur halb bedecken. Mein Gott, denkt Focke, sie hat den geilsten Arsch unter der Sonne.

»You are so beautiful«, sagt Focke und nimmt ihre Hand, als Billy den Drink serviert hat.

Er küsst sie auf die Hand. Sie lacht. Ihre Zähne sind schneeweiß. Ihre Haare gebleicht von der Sonne.

»You're welcome«, sagt sie und plinkert mit den Augen.

Sie hat nicht nur einen wahnsinnigen Arsch, sie hat auch noch gute Manieren, denkt Focke.

Stephan Gerboth

Solche wie Focke wollen immer die Besten sein. Wollen höher hinaus und tiefer runter als alle anderen. Focke hat keinen Blick für die Fischschwärme, die dort in allen Farben der Welt dahintreiben, er sieht nicht die Stachelhummer oder die Seesterne. Der sieht nur den Tiefenmesser. Hauptsache, tief. Der Meeresboden ist ein Teppich aus glitzerndem Kristall und schneeweißem Sand. Beim Wrack der *Loggerhead* gibt Stephan ihm ein Zeichen, dass er nicht hineinschwimmen soll. Er wundert sich, dass Focke es tatsächlich lässt.

»Am Freitag gehen wir runter zu dem Italiener«, sagt Focke, als sie später wieder im Boot sitzen, »dann geht's noch ein Stück tiefer.«

»Von mir aus«, sagt Stephan.

Das Wrack der *Re di Milano* liegt eigentlich zu tief für einen ungeübten Taucher wie Focke. Na ja, seine Sache. Hauptsache, er zahlt den Hunderter pro Stunde. Stephan packt die Ausrüstung auf den Pick-up. Focke geht zurück zur Shark Bar, Billy wartet da schon auf ihn, beim Mustang. Dass er Billy noch nie in etwas anderem gesehen hat als in den Haifisch-Shirts, denkt Stephan. Jetzt trägt sie ein Kleid mit gelben und blauen Längsstreifen, es reicht ihr nur knapp über Hintern und Brüste. Focke gibt Gas, und Billy legt den Arm auf das offene Fenster.

Claus Focke

Er hat geahnt, dass Billy laut sein würde. Und er mag das. Soll sie doch das ganze Hotel zusammenschreien. Dann müssen sie den Kindern am Planschbecken eben die Ohren zuhalten. Es ist so geil. Er ist geil. Focke lehnt sich zurück, Billy dreht sich um, dreht ihm den Rücken zu. Das Devil's Inn ist ein Designhotel voller alberner Möbel. Die Betten erinnern an Wikingerboote. Focke hat Billys riesigen Hintern vor sich. Das Kleid hat er ihr bis zum Hals hochgeschoben. Ihre Titten schlingern bei jeder Bewegung. Sie kann es besser als Conny. Hat er sich schon gedacht. Jede kann es besser als Conny.

Später rauchen sie im Bett, und dann sagt Billy, dass sie gleich noch mal könnte. Das Handy, verdammt noch mal. Vielleicht der Idiot von der Bank.

»Ach du bist's«, sagt Focke.

Es ist der Alte. Die Geigen dudeln.

»Was sagt die Bank?«, sagt der Alte.

»Sie wollen es sich noch mal überlegen.«

»Wir könnten eine Hypothek auf das Haus aufnehmen«, sagt der Alte.

»Da ist schon eine Hypothek drauf.«

»Das wusste ich nicht.«

»Hab's dir aber gesagt.«

»Früher brauchten wir keine Hypotheken, da haben wir alles bar bezahlt.«

»Früher gab's auch keine Chinesen.«

»Deine Mutter will dich sprechen«, sagt der Alte.

Billy macht sich wieder an ihm zu schaffen. Ihr Kopf bewegt sich auf und ab, auch der riesige Hintern zuckt schon wieder.

»Später«, sagt Focke, »ich muss jetzt mit der Bank reden.«

Sie verlassen das Devil's Inn nach zwei Stunden, da dämmert es schon. Auf dem Parkplatz hängen drei Penner in Campingstühlen ganz in der Nähe des Mustangs. Man weiß nicht, ob die Typen vierzig oder siebzig sind. Zwei Weiße und ein Schwarzer. Der Wind trägt ihren Gestank herüber. Einer der Weißen hat ein offenes Bein. Die Wunde schimmert blau, gelb und grün. Ein Straßenköter liegt schlapp auf dem Asphalt. Er könnte auch tot sein.

»Terry«, sagt der Schwarze und tritt dem Hund in die Seite. Der Hund springt auf. Am Kopf verschorft gerade eine kahle Stelle. Der Köter stellt sich auf die Hinterbeine, knickt die Vorderläufe ein und dreht sich ein paarmal um die eigene Achse. Die Penner lachen besoffen, zeigen ihre verfaulten Zähne. Zuletzt steckt der Schwarze dem Köter eine Kappe ins Maul, der Hund läuft zu Focke und Billy, stellt sich wieder auf die Hinterpfoten. Billy lacht. Focke lässt einen Fünfer in die Mütze gleiten, die Penner klatschten, heben die Papiertüten mit den Flaschen drin und stoßen auf die Spende an. Als Focke den Mustang vom Parkplatz rollen lässt, nimmt Billy seine Hand und schiebt sie unter ihr Kleid. Diese verdammten Chinesen, denkt Focke, die kriegen mich nicht.

Angela Focke

Sie hat Stiche im Kopf von dem Cognac gestern. Sauzeug. Es ist
warm heute Morgen. Neunundzwanzig Grad, eine feine Brise
vom Meer. Angela trägt Bikini. Die Sonne spiegelt sich im Pool.
Sie ist noch mal weggedöst auf der Liege, aber jetzt blinzelt sie
ins Licht, streicht über ihren Bauch. Die Haut ist weich und
faltig dort. Nach der Geburt von Luisa ist sie die Falten nicht
wieder losgeworden. Eine schwere Geburt. Als wollte Luisa nicht
in die Welt. Vielleicht spricht sie deshalb kaum was, weil sie eigentlich gar nicht da sein will.

Beim Frühstück hat Angela vorgeschlagen, nach Bush Gardens
zu fahren. Ein Familienausflug. Es gibt in Bush Gardens eine
riesige Achterbahn, die sich wie eine Schlange durch den Park
windet.

»Es sieht da aus wie in Afrika, sie haben auch wilde Tiere.«

»Woher willst du denn wissen, wie's in Afrika aussieht?«, hat
Claus gesagt. »Da warst du doch noch nie.«

Natürlich wollte er sie wieder verletzen. Luisa ist gleich in ihr
Zimmer gelaufen, und Claus ist mit dem Mustang davonge-
braust. Bestimmt hat er irgendwo eine neue Tussi aufgegabelt.

Mit Conny ist er jedenfalls nicht unterwegs. Sie kommt gerade
aus dem Haus, stöckelt am Pool entlang, ihr Badeanzug wechselt die Farbe, je nach Sonnenlicht. Conny lächelt. Angela kommt
es vor, als führe Conny ihren Körper spazieren.

»Guten Morgen, Schwägerin«, sagt Conny und haucht Angela
einen Kuss auf die Wange.

Sie legt sich auf die freie Liege neben ihr. Ihre Fußnägel leuchten
wie zehn kleine Sonnenuntergänge. Sie streckt sich und stöhnt.
Ein Schwarm Möwen kreischt über dem Pool, flattert weiter zum
Strand.

»Wo ist denn dein Mann?«

Auch wenn Angela mit der Frage gerechnet hat, weil Conny immer nach Claus fragt, so beiläufig wie möglich, bekommt sie Wut. Weil Conny sich etwas darauf einbildet, dass sie mit Claus schläft. Angela nippt an ihrem Schampus, setzt das Glas ab, streckt Arme und Beine aus.

»Wenn du es nicht weißt«, sagt sie, »woher soll ich's dann wissen?«

»Verstehe ich nicht.«

»Stell dich doch nicht dümmer, als du bist.« Die Wut, die in Angela aufsteigt, ist grell und giftig. Immer wollte sie eine Familie haben. Glücklich sein. Nicht das sein, was sie jetzt ist. Ihr kommen sogar die Tränen, so wütend ist sie. »Denkst du vielleicht, ich wüsste nicht, was hier läuft?«, sagt sie und bemüht sich um einen liebenswürdigen Ton.

»Was soll denn hier laufen?«

Connys Stimme verrät sie, das Zittern ist nicht zu überhören.

»Schätze mal, Claus ist mit 'ner anderen unterwegs. Vielleicht hat's ihm mit seiner Schwägerin nicht mehr gefallen im Bett.«

»Du bist ja verrückt geworden.«

»Claus hat mir gesagt, dass er mit dir schläft«, sagt Angela, »es macht ihn an, mir von den Flittchen zu erzählen, die er nebenher noch besteigt.«

»Aber es ist doch gar nicht wahr«, sagt Conny leise.

Volltreffer. Conny ist einfach zu dumm zum Lügen. Wie ein Käfer auf dem Rücken liegt sie da. Käfer ist gut, denkt Angela. Sie will den Käfer jetzt zertreten wie eine Kakerlake, die mit einem Knacken unter der Schuhsohle zerplatzt.

»Mich musst du nicht belügen«, sagt Angela, »reicht doch, wenn du deinen Mann belügst.«

»Hanno hat nichts damit zu tun.«

»So eine Schlampe wie dich hat ein lieber Mensch wie Hanno

wirklich nicht verdient«, sagt Angela und hält den Schampus gegen das Licht, sieht kleine Strudel und Perlen aufsteigen. »Darf der liebe Hanno wenigstens auch noch mal ab und zu ran? Oder gehört seine schöne Prinzessin jetzt ganz seinem kleinen Bruder?«

»Du bist widerlich«, stöhnt der Käfer und will sich aufrichten.

In Connys Augen schwimmen die Tränen. Ihre Brustwarzen drücken sich steif vor Wut gegen den Stoff des Badeanzugs.

»Weißt du, warum mein Mann mit dir schläft?«, sagt Angela leise, und lässt eine Pause, weil sie Conny dabei ansehen will, »er schläft mit dir, weil er's Hanno zeigen will. Weil's ihm Spaß macht, die Frau seines großen Bruders zu ficken.«

Connys Gesicht verzieht sich, der Mund geht auf, wird breit, ihre Zunge zittert hervor, ihre Augenlider werden zu Schlitzen, quetschen die ersten Tränen hervor.

»Du bist einfach nur widerlich«, schluchzt Conny.

Na bitte, jetzt heult sie. Conny schafft es, auf die Beine zu kommen, schwankt wie ein Boxer nach einem Hieb ins Gesicht. Den Oberkörper vorgebeugt wankt sie davon, heulend und schluchzend. Angela trinkt ihr Glas leer, als das dumme Ding die Tür ins Schloss fallen lässt.

Simon Focke

Max hat gemailt. Hat in Buenos Aires ein Mädchen klargemacht. Eine aus Honduras. Er will in Argentinien bleiben. Steffen hat bei Facebook ein Bild von der Klassenfahrt gepostet. Strandbad, fünfunddreißig Grad, Simon und Steffen und Max in Badehosen, sie halten sich bei den Armen. *Erinnerungen an einen schwulen äh, schwülen Tag*, hat Steffen geschrieben.

Simon will das kommentieren, da dröhnt vom Parkplatz her der

Mustang. Geile Karre. Wär Claus nicht so ein Idiot, Simon würde ihn fragen, ob sie nicht mal mit der Karre die Küste entlangfahren wollen.

Er geht auf den Balkon. Die Hitze trifft ihn wie ein heißer Krokodilsfurz. Geiler Spruch, Simon hat ihn gestern in einer Sitcom gehört. An der Wohnanlage gibt es übrigens tatsächlich Krokodile. Die kriechen in einem Wassergraben rum, zum Glück gibt's einen Zaun, der bis in den Himmel reicht.

Claus sitzt am Steuer, Sonnenbrille, Handy am Ohr und eine Kippe im Mundwinkel. Wie in einem alten Schinken aus den Siebzigern, denkt Simon. Jetzt rollt der Audi seines Vaters auf den Parkplatz. Seine Mum am Steuer. Sie hat's irgendwie eilig, ins Haus zu kommen. Sein Dad geht zu dem Mustang.

Claus drückt die Kippe aus, schiebt das Handy in die Hemdtasche, steigt aus. Die Brüder reden irgendwas, gehen zum Haus, bleiben unter dem Balkon stehen. Sehen ihn nicht da oben.

»Was ist jetzt mit dem Kredit?«, fragt Hanno.

»Was interessiert dich das?«

»Es ist auch meine Firma.«

Claus lacht.

»Guter Witz«, sagt er, »fällt dir nur zwanzig Jahre zu spät ein.«

»Aber wir können die Firma doch nicht den Chinesen lassen.«

»Hast du etwa Schiss?«

»Was machen wir, wenn die Chinesen einsteigen?«

»Du bleibst einfach das, was du bist. Also nichts«, sagt Claus.

»Sehr lustig«, sagt Hanno.

»Vielleicht wär's gut für dich, wenn dir die Chinesen mal die Eier langziehen.«

»Wenn du so ein schlauer Junge bist, warum stecken wir dann eigentlich so tief in der Scheiße?«, sagt Hanno.

Er hustet. Ein schwaches, absichtliches Husten. Während Claus ein heiseres Stöhnen hören lässt, beinahe ein Pfeifen. Ja, Claus pfeift. Einen hohen, sirrenden Ton.

»Wenn du und deine Schönheitskönigin die Firma nicht aussaugen würden bis auf den letzten Tropfen, wären wir auch nicht pleite«, sagt Claus mit einer leisen, gefährlichen Stimme.

»Vielleicht ist dir noch nicht aufgefallen, dass auch ich seit vierundzwanzig Jahren in der Firma arbeite. Und Conny schuftet auch für uns.«

Claus holt Luft, lacht. Ein lautes, unechtes Lachen.

»Schuftet?« Claus gibt ein dreckiges Lachen von sich. »Deine Schönheitskönigin ist doch zu blöd, Löcher in 'ne Rechnung zu machen und die abzuheften.«

»Das nimmst du zurück.«

Sicher ist Dad das Blut ins Gesicht geschossen, denkt Simon, wie immer, wenn er sich aufregt. Zwischen den beiden herrscht jetzt Schweigen. Ein lautloses, wütendes Schweigen.

»Jetzt kriege ich aber Angst vor meinem großen Bruder«, sagt Claus. Er schnäuzt sich, spuckt, saugt Luft ein. »Also gut«, sagt er dann, »das mit den Löchern in den Rechnungen nehme ich zurück. Es ist wirklich ungerecht. Löcher in Rechnungen machen kann deine Frau immer noch besser als ficken.«

»Was?«

»Ich habe gesagt, deine Frau kann besser Löcher in Rechnungen machen als ficken.«

Hanno heult auf, wie ein Hund heult, dann ist da ein Stöhnen, ein Schlagen und Klatschen.

»Du ...«, brüllt er, »du dreckige ...«

Das nächste Wort wird von einem Krachen übertönt. Dann hört Simon ein Knirschen. Als sei ein Stück Holz zerborsten. Sein Dad taumelt ihm ins Blickfeld, er ist schnell, zu schnell, er rennt rückwärts, versucht, sich nach hinten abzustützen, aber da fällt er schon in den Maschendraht. Der Zaun federt ihn zurück, er wankt, fährt die Arme aus, kippt zur Seite weg, knallt mit dem Kopf gegen einen Pfosten, stürzt auf die Knie, Blut quillt aus seiner Stirn.

Dann ist da eine Faust, die auf seinen Kopf eindrischt. Einmal, zweimal, dreimal. Von den Schlägen fliegt Hannos Kopf nach vorn, er kippt, fällt auf die Schulter, noch bevor er liegt, kommen vier, fünf schnelle Tritte, in den Bauch, in die Beine, überallhin. Claus dreht sich weg, hustet, spuckt aus, hebt die Sonnenbrille auf und verschwindet im Haus.

Simons Dad liegt vor dem Maschendraht. Die Hände um den Kopf, zusammengerollt wie ein Baby. Er trägt ein Shirt mit Krokodilen, die sich in einem Pool aalen. Blut ist auf das Hellblau getropft. Er wimmert. Sein Körper vibriert, so schüttelt ihn das Schluchzen, er legt die Hände noch enger um den Kopf, als erwarte er weitere Schläge und Tritte.

Simon schließt die Balkontür, lässt die Jalousie herunter. Im Zimmer ist es kühl und dunkel. Angenehm.

Lene hat gemailt: *Hi, Simon. Komme doch erst am letzten Ferientag zurück. Habe in Auckland einen Jungen kennengelernt. Er kommt aus Norwegen. Er heißt Bjarne. Sei nicht sauer. Hoffe, wir bleiben Freunde. Lene.*

Claus Focke

Das Meer ist ein Spiegel, in dem er das makellose Blau des Himmels sieht. Am Strand sind Jogger, Walker, die mit den Hunden. Vier, fünf Frauen sitzen da, mit ausgebreiteten Armen, und halten die Gesichter in die Morgensonne. Drei Jungs rennen ins Meer, Wasser spritzt auf, die Jungs hechten in das Blau. Weiter draußen gleitet ein Pelikan über die Bucht, stößt plötzlich nach unten, sticht den Schnabel ins Wasser, fliegt mit einem zappelnden Fisch davon. Es sind auch ein paar kleinere Boote auf dem Wasser. Ein Chicano spannt die Sonnenschirme. Ein paar Grauhaarige recken und strecken sich im Halbkreis, so wie es ihnen eine junge Blonde vormacht. Von der Hauptstraße kommt eine Kehrmaschine, kurvt auf den Parkplatz, macht einen Bogen um den Mustang.

Die Neue in der Shark Bar bringt Rührei, Speck, Bohnen und Kaffee. Molly. Nicht Fockes Typ. Zu groß, hat Schultern wie ein Footballer.

»Enjoy your breakfast«, sagt Molly mit der Stimme eines Kerls. Heute ist der Tag der Tage. Mittags will Kleemann ihm sagen, ob die Bank noch mal was rausrückt. Wenn's klappt mit dem neuen Kredit, bringen sie die Firma über den Winter. Im Frühjahr kommt die Kohle aus Kanada. Die Kanadier wollen tausend Sägen ordern. Der Deal ist so gut wie sicher. Und dann tritt er den Chinesen in ihre gelben Ärsche, denkt Claus.

Die Kehrmaschine kriecht vom Parkplatz. Simon und Gerboth schleppen die Ausrüstungen zum Boot. Claus hat sich gewundert, dass Simon kam und fragte, ob's dabei bliebe, dass sie zu dem Italiener tauchen.

»Klar«, hat Claus gesagt, »was denkst du denn?«

Der Junge kann ja nichts für seinen Vater. Bestimmt wär's ihm lieber, er hätte einen richtigen Kerl zum Vater und nicht so einen Schwanzlosen wie Hanno, denkt Claus.

Gerboth wirft den Außenborder an. Sie fahren vielleicht zehn Minuten, das Land ist ein dunstiger Streifen dort, wo Gerboth den Motor ausschaltet und den Anker ins Wasser lässt. Als Simon sich auf den Boden des Bootes kniet.

»Was ist Junge?«, sagt Gerboth.

»Mir ist sauschlecht«, keucht Simon.

Tatsächlich hat der Junge kaum noch Farbe im Gesicht.

»Bist aber kein Mädchen wie dein Alter, oder?«, sagt Claus und lacht.

»Sollen wir dich an Land zurückbringen?«, sagt der Tauchlehrer.

»Muss nicht sein«, sagt Simon, »ich bleibe hier im Boot.«

»Aber kotz uns nicht auf den Kopf, wenn wir da unten sind«, sagt Claus.

Anscheinend kommt der Junge doch nach seinem Vater, denkt Claus und zieht den Reißverschluss des Taucheranzugs zu. Gerboth hat einen Meißel eingesteckt, sie wollen sich ein paar Andenken vom Italiener holen. Die beiden Männer setzen sich rücklings zum Wasser, schlagen mit den Händen ein und kippen vom Boot.

Stephan Gerboth

Zuerst ist das Wasser klar, dann blau und schließlich eher grün. Die *Re di Milano* ist vor zehn, zwölf Jahren gesunken. Gehörte einem schwulen Modedesigner aus Mailand. Hat mit ein paar Jungs eine Koksparty auf der Yacht gefeiert. Eine Schildkröte treibt wie tot im Wasser, Segelfische, Schwärme von Tintenfischen und Fechterschnecken wehen vorbei. Das Wrack ist überkrustet von Korallen und Schwämmen. Alle möglichen Tiere gleiten durch die Bullaugen.

Focke schwimmt voraus. Aus seinem Mund perlen die Sauerstofffahnen. Das Wasser ist jetzt dunkelgrün. Als tauchten sie auf dem Grund eines Urwalds, denkt Stephan. Focke gibt ihm ein Zeichen, dass er ins Boot hineinwill. Er winkt ab. Aber der Typ macht's trotzdem, will durch die Öffnung in die Kajüte. Bleibt hängen, reißt sich fast die Flasche ab. Eigentlich sollte er den Idioten da absaufen lassen, denkt Stephan, als er Focke aus der Luke zieht.

Claus Focke

Wenn das hier doch nur das Wrack der *Bella Elisabeth* wäre, denkt er. So heißt der Kahn, auf dem sein Vater vor Palma de Mallorca hockt und Mozart hört. Zwanzigtausend. Früher, früher, früher. Er ist jetzt ganz nah dran. Das Wrack sieht aus wie ein ausgeweideter Fischkutter. Gerboth gibt ihm ein Zeichen, dass er nicht reinschwimmen soll. Aber weshalb sonst sind sie runtergegangen? Das Schiff hat an der Unterseite ein Loch, als sei's mit einem Torpedo beschossen worden. Claus schiebt den Kopf durch die Öffnung, bleibt hängen, verdammt noch mal.

Na gut, Gerboth zieht ihn raus. Er ist okay. Kriegt einen Hunderter die Stunde, dafür kann man das auch erwarten. Gerboth gibt ihm ein Zeichen. Langsam gleiten sie hinauf, dem Licht entgegen, das da schimmert.

Stephan Gerboth

Nur noch zehn Meter. Die Sonne ist zu sehen. Ein länglicher Schatten schiebt sich ins Licht. Ein zweiter Schatten. Wie Ruderboote. Nein, wie Ruderboote nicht. Eher wie Torpedos. Bewegliche Torpedos. Die sich umkreisen, aufeinander zugleiten, aneinander vorbei. Nein, das sind keine Torpedos. Natürlich nicht. Es sind Haie. Zwei. »Du hast alles richtig gemacht«, hat Sam gesagt. »Goldrichtig.«

Stephan gibt Focke ein Zeichen, aber der hat ihm den Rücken zugewandt und steigt ahnungslos zur Oberfläche auf.

Ruhig bleiben, nicht flüchten, den Haien in die Augen sehen.

Als sie oben sind, ist das Boot nicht an der Stelle, wo sie runter sind. Es ist sicher vierzig, fünfzig Meter entfernt. Seltsam. Stephan schiebt die Taucherbrille zurück. Focke hat sich zum Boot hingedreht, winkt dem Jungen. Keine Haie zu sehen. Vielleicht hat er sich ja auch geirrt, denkt Stephan.

»Hey«, ruft er, aber Focke hört ihn nicht.

Der hat den Kopf im Wasser und schiebt sich mit den Flossen hin zum Boot.

»Sie haben Respekt, wenn sie einem Stärkeren begegnen«, hat Sam gesagt. Stärker? Als Stephan einen der beiden Haie sieht, weiß er nicht, was es Stärkeres geben soll. Das Tier taucht weg, die Flosse des zweiten sticht aus dem Wasser.

Jetzt hat auch Focke die Haie bemerkt. Er schlägt die Arme ins Wasser, er schreit, als könnte das die Tiere vertreiben, versucht, zum Boot zu kraulen. Warum kommt ihnen der Junge nicht entgegen? Verdammt noch mal, denkt Stephan.

Die Haie ziehen ihre Kreise immer enger. Focke schlägt mit den Armen aufs Wasser, dreht sich auf den Rücken, paddelt mit den Flossen.

Jetzt ist da nur noch eine Flosse, die aus dem Wasser ragt. Stephan dreht sich, und der andere Hai ist hinter ihm. Rammt ihn, erwischt ihn bei der Schulter. Die Tauchermaske rutscht ihm vom Kopf. Er spürt nichts, keinen Schmerz. Nur Angst. Der Hai dreht bei, kommt wieder.

Als er nah genug ist, holt Stephan aus, schlägt mit dem Meißel zu, zielt auf das schwarze Auge, trifft den Hai genau da, hackt panisch wieder und wieder auf ihn ein, die Umgebung wird trübe, Licht, Sonne, sie blendet. Stich ihn tot, denkt er.

Der Hai ist weg, das Wasser rot, weit entfernt taucht eine Flosse auf und gleitet ins offene Meer hinaus.

»Hey«, schreit der Junge, »hey, hier. Hierher.«

Das Boot ist jetzt ganz nah. Der Junge greift ins Wasser, Stephan packt die Hand, lässt sich an Bord ziehen, kann sich nicht halten, fällt zu Boden, bleibt da liegen, für einen Augenblick wird ihm schwarz vor Augen.

»Da«, schreit der Junge, »da.«

Stephan rappelt sich hoch. Weiter draußen brodelt das Wasser wie in einer Waschmaschine. Fockes Taucheranzug ist kurz auszumachen, sein Kopf taucht auf, taucht wieder unter, Wellen schwappen ans Boot. Dann ist da nichts mehr, nur noch Ruhe. Und Möwen. Da sind Möwen. Ein riesiger Schwarm kreist über dem Boot, verdunkelt die Sonne, ist lauter als jedes andere Geräusch.

Angela Focke

Angela fragt sich, warum sie kein Mitleid mit ihm hat. Warum sie gar nichts fühlt. Nichts als Langeweile. Ja, sie würde gerne gehen. Auf die Straße, in die Sonne. Es langweilt sie maßlos, hier zu sitzen, zwischen den Schläuchen und Kabeln, bei den fiependen, blinkenden summenden Maschinen.

»Stirb doch«, hat sie zu ihm gesagt. Und das nicht nur einmal. Er aber sieht sie nur unbewegt an aus seinen starren Augen. Er will nicht sterben.

Die Krankenschwester kommt rein, wechselt die Infusion, zieht das Laken glatt. Lächelt Angela zu, geht wieder, die Tür schließt sich mit einem sanften Klicken.

Claus hat nicht mal eine Schramme im Gesicht. Nichts. Das Gesicht ist vollkommen unversehrt. Ein Laken liegt über seinem Körper. Darunter der Brustkorb, die Beckenknochen, ein rechter Arm, ein linkes Bein. Sogar seinen Schwanz kann sie erahnen, so wie sie neben im sitzt.

Sie hat in den Nachrichten gesehen, wie die Küstenwacht Jagd auf die Haie machte. Albern. Das war nur fürs Fernsehen. Einen Hai haben sie abgeschossen und ihn gleich an Deck des Bootes aufgeschlitzt. Das Tier hatte einen Kanister und ein Stück Surfbrett im Magen.

Aber nicht den linken Arm und das rechte Bein von Claus. Die hat sich der andere Hai geholt

Sie schließt die Augen. Die Maschinentöne werden zu Musik. Sie würde jetzt gern was trinken. Einen Drink auf den Hai nehmen. Einen Toast auf ihn aussprechen. Ein Lächeln kriecht auf ihr Gesicht, als sie das denkt.

Stephan Gerboth

Billy hat wirklich großartige Brüste. Sie fragt, ob er wisse, wie es dem Deutschen geht. Stephan kann nur mit den Schultern zucken. Er weiß es ja auch nicht. Billy hat Sam und ihm Bier hingestellt. Der Himmel ist grau. Vorhin hat es geregnet, ein kurzer, heftiger Schauer. Die Urlauber sind kreischend vom Strand geflüchtet. Der Himmel ist so grau wie das Meer, das eben noch wütende Wellen gegen den Strand drückte. Jetzt ist es ruhig und glatt wie der Bodensee.

Dass irgendwas nicht stimmt an der ganzen Geschichte, geht Stephan seit Tagen durch den Kopf. Mit dem Jungen stimmt was nicht. Simon hat ihm geholfen, seinen Onkel aus dem Wasser zu ziehen. Focke war ohnmächtig. Der Hai hat ihm das Bein am Knie abgerissen. Und den Arm noch oberhalb des Ellenbogens. In das offene Fleisch haben sie gesehen. Knorpel, Muskeln, Blut, Knochen. Der Junge hat ins Meer gekotzt.

Stephan hat Focke die beiden Stümpfe abgebunden, dass er ihnen nicht gleich auf dem Boot verblutet. Aber irgendwas stimmte nicht an der Sache, verdammt noch mal.

Gestern hat Stephan das Boot gesäubert. Unter der Sitzbank lag ein Stück Fleisch. Roh, zu einem Würfel geschnitten, wie von einem Gulasch. Das Fleisch war gammlig, Rindfleisch vermutlich, roch widerlich. Die Sonne hatte ja auch drei Tage aufs Boot geschienen.

»Wenn du den Touristen Haie zeigen willst, womit lockst du sie an, Sam?«

»Oh, da rühre ich ihnen ein feines Süppchen an«, sagt Sam, »Fischöl, Fischblut, Sardellen. Hauptsache, es ist viel frisches Blut drin.«

»Und was ist mit Fleisch?«

»Ist streng verboten. Wenn du sie mit Fleisch lockst, kommen sie immer wieder, die sind ganz scharf drauf.«

»Könnte es sein, dass da rohes Fleisch im Wasser war?«

»Wie soll es denn da hingekommen sein?«

»Vielleicht hat's jemand reingeworfen, als wir unten beim Wrack waren?«

»Das wär aber gar nicht nett von dem Jemand«, sagt Sam.

Billy rauscht mit dem Bier herbei. Heute trägt sie ein violettes Shirt. Der Hai hat's gut auf ihren Brüsten, denkt Stephan.

»Und warum hat der Hai ihn dann nicht ganz gefressen?«, fragt er.

»Der wollte wahrscheinlich nur mal probieren und hat sich dann doch lieber 'ne frische Robbe geholt als den Deutschen.«

Sam lacht. Sie heben die Gläser, sehen zum Horizont, wo der Wind ein paar Löcher in die Wolken gerissen hat. Erste Sonnenstrahlen kommen durch, es geht also weiter mit dem Sommer.

Simon Focke

Wind. Regen trommelt wütend gegen das Fensterglas. Hat Simon lange nicht gehört. Scheiß Jetlag. Immer wieder drückt es ihm die Augen zu. Aber er kann nicht schlafen. Er hat es ja versucht.

Auf dem Flug haben sie kaum geredet, bis Düsseldorf nicht. Sein Vater hat aus dem Fenster geglotzt, als gäb's da draußen irgendwas anderes zu sehen als Wolken und Dunkelheit. Seine Mum hat immer mal wieder geflennt. Vielleicht wegen Claus. Dann ist sie die Einzige, die wegen dem heult. Angela hat keine Träne vergossen und auch Luisa hat nicht geheult und sein Dad schon gar nicht.

»Sie kriegen ihn durch«, hat Hanno gesagt, als er vom Krankenhaus kam.

Ob er es gut oder schlecht fand, war ihm nicht anzumerken.

Aber das Bein und den Arm kriegen sie nicht wieder dran, denkt Simon. Die hat der Hai.

Sein Vater geht mit dem Hund raus. Er trägt eine Öljacke. Es gießt ja auch aus Eimern. Florida – The Sunshine State. Da kriegen sie ihn nicht mehr hin, auch wenn hier der Regen nie mehr aufhört. Hanno läuft unter der Laterne durch, lässt den Hund von der Leine.

Steffen hat bei Facebook ein Foto gepostet. Steffen, Max und Simon. Unter ihre Gesichter hat der Spacko Bikinigirls mit riesigen Brüsten montiert. *Drei megageile Mädchen*, hat Steffen geschrieben. Simon hat sich das Foto von einem Hai ausgedruckt und an die Wand über dem Computer gepinnt. Der Hai lacht mit offenem Maul. Verdammt noch mal, hat der ein schönes Lachen, denkt Simon. Wird nicht einfach für Claus, als Einarmiger und Einbeiniger Dad zu verprügeln und Mum zu ficken.

Jetzt muss er lachen, klickt auf den *Gefällt-mir*-Button unter Steffens Posting. Dann versucht er's noch mal mit Schlafen.

DIE WANDERUNG

(Torfmoos, Tirol/Köln)

Mosbachhütte

Hier oben ist er über den Wolken. Wie eine Schneelandschaft schaut die Wolkendecke aus, der Himmel darüber ist knallblau, und im Tal schimmert dunkelgrün der See.

»Da hat der Alpenriese vor tausend Jahren seinen Stiefel aufgesetzt«, hat Martin seinen Kindern vor diesem Ausblick mal erzählt. »In den Fußabdruck ist Wasser gelaufen, und daraus wurde der See.«

»Mensch, Papa«, sagte Sven, »das ist doch ein Märchen.«

»Ich glaube das«, sagte Stefanie.

Sven und Stefanie. Die Zwillinge. Und Angelika.

»Wo ist denn Ihre Frau?«, sagte Frau Auerbach, als Martin zum ersten Mal ohne Angelika das Zimmer in der Pension bezog.

»Sie ist jetzt meine Exfrau«, sagte er.

Köln-Mitte, Jobcenter

Auf seinem Schreibtisch standen zwei Bilderrahmen. Das erste Foto mit Angelika, Sven und Stefanie auf einem Badetuch, fröhlich winkend in Grömitz am Meer, das zweite zeigte das Kaisergebirge mit dem Ausblick auf den See. Als es mit Angelika vorbei war, tauschte er das erste Bild gegen eins von den Zwillingen aus.

Zwei Achtzehnjährige, die ihrem Vater stolz die Abizeugnisse in die Kamera hielten. Sven studiert heute in München, Stefanie macht ein Auslandssemester in Seattle.

Martins Schreibtisch im neuen Jobcenter befand sich in zweiter Reihe, dahinter gab es noch eine weitere. Gegenüber den Schreibtischen hundertzwanzig Sitzschalen aus beigefarbenem Kunststoff. Robustes Zeug wie im Stadion. Bezüge aus Leder oder Stoff hielten nicht lange, da stach die Kundschaft Löcher rein. Früher hießen die Kunden »Hilfsbedürftige« und davor »Sozialhilfeempfänger«. Da hatten noch alle Mitarbeiter Einzelbüros und wurden nicht »Fallmanager« genannt, sondern »Sachbearbeiter«. Mit den Einzelbüros war Schluss, als ein Rumäne Barbara Rettig ein Messer in den Bauch stieß. Barbara war im sechsten Monat schwanger. Das Baby war tot. Martin sah die Kollegin nie wieder. Sie hatte von dem Mann nur die Vorlage eines Mietvertrags verlangt, da man ihm sonst das Wohngeld streichen müsse. So waren die Vorschriften, aber das hatte der nicht einsehen wollen. Seitdem saßen die Fallmanager in einem Saal so groß wie eine Sporthalle. Ein Display zeigte den Kunden an, wann sie an der Reihe waren. Nur Klaus Reinders, der Chef, hatte sein Einzelbüro.

Ich hasse ihn, denkt Martin. Drei Jahre ist es her. Ich hasse, hasse ihn.

Mosbachhütte

Noch im Morgengrauen ist Martin mit seinem Golf zur Walleralm gefahren. Der Wagen hat ganz schön gejapst an der Steigung. Auf dem Parkplatz standen trotz der frühen Stunde schon drei Autos. Er parkte neben einem BMW. Neuestes Modell, bronzefarben, Stuttgarter Kennzeichen. Auf dem Rücksitz eine Hundedecke und eine Tüte Eukalyptusbonbons.

Der Stein war groß wie ein Tischtennisball. Martin hat ihn zwischen Daumen und Zeigefinger geklemmt und ist einmal um den BMW herumgegangen. Der Lack knirschte, eine tiefe Rille blieb zurück. Bevor er den Stein ins Gebüsch warf, schlug er damit noch den linken Scheinwerfer ein. Danach fühlte er sich besser.

Jetzt geht er den Weg zur Hütte hinauf, zwei Stunden sind es bis nach oben. Irgendwo klopft ein Specht. Das seien die sieben Zwerge, hat er den Kindern mal erzählt, und dass sie klopften, damit Schneewittchen sie ins Haus ließe. Ein Traktor schnauft an ihm vorbei. Kühe staksen zum Wassertrog. Als Martin über die Wiese läuft, weichen sie zur Seite.

Noch nie hat er so was getan, ein Auto zerkratzt. Oder sonst etwas Verbotenes. Sein ganzes Leben hat er sich korrekt gehalten. Der Chef war da allerdings anderer Meinung.

»Reinders, ich hasse dich«, flüstert Martin und zieht einer Kuh den Wanderstock über den Rücken. Das Tier stöhnt auf und rennt davon.

Köln-Mitte, Jobcenter

Keine der Kolleginnen traute sich nach Dienstschluss allein auf die Straße. Lieber ließen sie sich von ihren Männern mit dem Auto abholen oder von den Kollegen zur Bushaltestelle bringen. Sie bräuchten jetzt Begleitschutz, hieß es zum Feierabend hin. Es war allerdings nicht so, dass die Männer keine Angst vor der Kundschaft hatten. Sie gaben es nur nicht zu.

»Ich weiß, wo du wohnst«, hat ein Marokkaner mal zu Martin gesagt.

»Ja und?«

»Ich komm hin und schlag dich tot.«

»Wo wohne ich denn?«, hatte er gefragt, weil er es für einen Bluff hielt.

»Rudolf-Steiner-Weg 36.«

Martin war richtig schlecht geworden.

Die Kolleginnen hatten auch oft geheult, sie bekamen ja so einiges zu hören: *Schlampe, Drecksau, Hure.* Meist taten alle, als hätten sie nichts gehört. Und wenn man es gar nicht mehr aushielt, ließ man sich krankschreiben. Die Polizei war häufig da, fast jeden Tag wurde eine Tür eingetreten oder eine Scheibe eingeworfen. Als das zu teuer wurde, hängte der Hausmeister die Türen einfach aus. Einmal hat ein Pakistani den Schreibtisch von Heiko Walbrecht mit einer Axt zerhackt. Weil Heiko die Geburtsurkunde sehen wollte.

Martin kann auch Geschichten erzählen. Er hatte mal einen Kunden namens Jürgen Pinzner. Der sah eigentlich ganz harmlos aus, so ein wabbeliger Spinner, der noch mit fünfzig bei der Mutter wohnte. Pinzner kam jeden Tag. Wegen Wohngeld, Heizkostenzuschuss, Kleiderzuschuss, Gebührenbefreiung oder einfach nur so. Eigentlich wollte er sich immer nur beschweren, wie ungerecht das Leben zu ihm war.

»Du willst mich aushungern«, sagte er, als Martin ihm einen Kleiderzuschuss ablehnte.

»Aber so sind nun mal die Vorschriften, Herr Pinzner, das hat mit mir nichts zu tun.«

»Du legst es doch drauf an, mich fertigzumachen.«

»Ich richte mich nach dem Gesetz. Und danach haben Sie Ihre Ansprüche ausgeschöpft, Herr Pinzner.«

»Du bist doch das Gesetz, du Sau.«

Zwei Tage vor Weihnachten war Pinzner dann kurz vor Büroschluss aufs Amt gekommen.

»Ich hab hier ein Geschenk für dich, Brebeck«, hatte er gesagt und gegrinst, »will mich bedanken für die gute Betreuung im letzten Jahr.«

Sein Geschenk war ein Kanister Benzin. Den kippte er auf dem Teppich aus und warf ein brennendes Streichholz drauf. Martin hatte es gerade noch aus dem Fenster geschafft und bei minus vier Grad eine halbe Stunde auf dem Sims gestanden, bis ihn die Feuerwehr da endlich runterholte.

Mosbachhütte

Hier oben auf der Alm ist Frieden. Der Gebirgsbach plätschert, die Kühe haben die Mäuler im Gras. Die Wolken lösen sich auf und geben den Blick frei aufs Tal. Der Mosbachbauer spannt die Sonnenschirme auf, es wird ein heißer Tag. Martin ist der erste Gast, er bestellt eine frische Milch.
»Die ist von der Bruni«, sagt der Mosbachbauer, lacht und zeigt auf eine Kuh mit dreckigen Hinterläufen.
Ein Jeep zockelt den Weg hinauf. Wanderer gehen am Gatter lang. Martin lässt sich die Sonne aufs Gesicht scheinen. Der Mosbachbauer schaltet das Radio ein. Die Musik ist lauter als das Singen der Vögel, das Gebimmel der Kuhglocken und das Plätschern des Bachs.

Köln-Mitte, Jobcenter

Es hätte nicht passieren dürfen, so viel weiß Martin auch. Er hatte doch sogar an einem Deeskalationskurs für Fallmanager teilgenommen. Passiert war es trotzdem. Am 17. Januar, 12 Uhr 15 – eine Viertelstunde vor der Mittagspause. Da kam Koch, ein Stammkunde. Stefan Koch, 42, zwanzig Jahre arbeitslos. Immer schick, Hemden von Boss, feine Lederschuhe, die Haut gebräunt, der Kopf in einer Rasierwasserwolke. Dass bei dem was nicht stimmte, war klar. Schon drei Mal hatte Martin ihm die Bedarfsermittler geschickt. Doch gefunden hatten die Kollegen nichts, jedenfalls nichts, weshalb man Koch das Arbeitslosengeld II hätte kürzen können.

In Kochs Ohren steckten Kopfhörer. Es dröhnte Rockmusik.

»Was soll das?«, sagte Koch und legte Martin das Schreiben auf den Tisch.

Martin musste nicht aufsehen. Er hatte die Aufforderung zur Umschulungsmaßnahme ja geschickt. Reinigungsbranche. Andernfalls würde die Stütze gestrichen. Martin war ganz ruhig geblieben.

»Was das soll, hab ich gefragt.«

Koch klopfte auf das Papier. Martin konnte Bon Jovi heraushören. Der Bildschirm seines Computers verschwamm ihm vor den Augen. Je länger Koch da stand, desto stärker wuchs seine Wut. Wie Lava brodelte sie auf einmal in ihm hoch, ihm wurde ganz heiß. Dann hatte er die Finger auf die Tastatur gelegt. *Hau ab* geschrieben, *hau ab, hau ab, hau ab.* Eine endlose Reihe. Aber Koch dachte nicht im Traum daran, abzuhauen. Er blieb einfach stehen und beugte sich über den Schreibtisch.

Der Fotorahmen neben dem Computer fiel um und landete auf dem Rücken. Sven und Stefanie lächelten nun zur Decke des Jobcenters.

»Ich rede nicht mit Ihnen, bis Sie die Musik ausmachen, Herr Koch«, hatte Martin gesagt.

Langsam pulte der Mann die Hörer aus den Ohren.

»Haben Sie was gesagt, Herr Fallmanager?«

Martin roch sein Rasierwasser, das Haarwasser, das Mundwasser. Von all seinen Kunden roch Koch am besten. Ein Spuckebläschen war ihm aus dem Mund gesprungen und auf Martins Schreibtischunterlage gelandet.

»Ich habe Sie darum gebeten, die Kopfhörer rauszunehmen.«

»Ach, so einer bist du«, sagte Koch, »so 'n ganz Wichtiger, oder? Dass du mir was vorschreiben willst ...«

»Ich will Ihnen nichts vorschreiben, Herr Koch, ich ...«

»Was glaubst du Arschloch eigentlich, wer du bist? Glaubst du, ich lass mich zu 'ner Putze umschulen?«

»Das müssen Sie nicht, Herr Koch«, sagte Martin. »Niemand kann Sie zwingen. Sagen Sie einfach nein, wir kürzen Ihnen das Arbeitslosengeld II, und die Sache ist erledigt.«

»Erledigt?«, sagte Koch und grinste. »Ich zeig dir gleich mal, wer hier erledigt ist.«

»Wollen Sie mir drohen, Herr Koch?«

»Du hast Angst.«

»Vor Ihnen nicht.«

Es stimmte sogar. Martin war so heiß gewesen, und er war so wütend geworden, dass er nicht die leiseste Angst verspürte.

»Solltest du aber, du Wichser«, sagte Koch.

Normal war das nicht, dass Koch so mit ihm redete. Normal war aber auch nicht, wie sehr die Wut in Martin hochkochte. Nichts war mehr normal an diesem Vormittag im Januar.

Martin weiß bis heute nicht, weshalb er nicht den Knopf drückte, um die Security zu alarmieren. An jedem anderen Tag hätte er das getan. Dann wäre nichts geschehen. Alles wär noch gut. Aber der 17. Januar hatte schon anders begonnen als alle anderen Tage in Martins Leben. Am Abend zuvor war Angelika nicht nach Hause gekommen, zum ersten Mal in zweiundzwanzig Jahren Ehe. Er hatte auf dem Bett gelegen, aus dem Fenster geschaut und die Sterne gezählt. Bis er es nicht mehr aushielt.

»Ja?«, hatte Angelika ins Handy gesagt, nicht erst ihren Namen wie sonst. Im Hintergrund Musik, ein Schlager, ein Akkordeon, Männerstimmen, Frauenstimmen, Lachen und Singen.

»Angelika, ich ...«, hatte Martin gesagt.

»Lass mich in Ruhe«, hatte sie geantwortet und aufgelegt.

Er hatte gewusst, dass sie ihn verlassen wollte. Sie hatte es ihm vor Weihnachten gesagt. Am 1. Advent. Sie habe es schon lange tun wollen, habe nur auf den Auszug der Kinder gewartet. Aber er liebe sie doch, hatte Martin gesagt. Das nütze ihr jetzt auch nichts mehr, sagte sie. Dann war erst mal nichts passiert. Weihnachten, Silvester, Neujahr, nichts. Sie lebten weiter wie zuvor, und Martin hatte es irgendwann für eine Laune von ihr gehalten.

»Hey«, sagte Koch, »was ist jetzt mit der Umschulung?«

»Was soll damit sein?«

»Was mit dem Wisch hier ist?«

»Aber es steht doch alles drin. Sie machen eine Umschulung zum Gebäudereiniger und ich jetzt Mittagspause.«

»Nein, du machst jetzt keine Mittagspause.«

Kochs Stimme war heiser, als er das sagte. Wer die beiden aus der Entfernung sah, für den war es eine ganz normale Unterhaltung zwischen Fallmanager und Kunden.

»Lassen Sie mich bitte durch, Herr Koch.«

»Mach ich nicht«, hatte der geantwortet und Martin den Weg versperrt.

Und dann war es passiert. Keiner hätte ihm das zugetraut, er selbst sich am allerwenigsten. Er war ja eher schmächtig und auch kein Riese, nur eins dreiundsiebzig groß. Riesig war nur seine Wut, diese unbezähmbare heiße Lavawut. Nicht nur wegen Koch. Der war so viel Wut gar nicht wert. Nein, Martin Brebeck war plötzlich wegen allem wütend gewesen. Wegen der Demütigungen und Beschimpfungen in all den Jahren auf dem Amt, den tausend Lügen und tausend Drohungen. Und dann war da auch noch die Wut auf den Chef gewesen. Und auf Angelika. Verdammt noch mal, er liebte sie doch. So viele andere liebten ihre Frauen nicht mehr. Man musste doch nur mal zuhören bei den Kollegen.

»So, Sie lassen mich jetzt durch, Herr Koch«, hatte er gesagt.

»Jetzt kriege ich aber Angst«, hatte der nur erwidert und gegrinst.

Der erste Schlag ist immer der wichtigste. Martin hatte ihm die Faust so fest ins Gesicht gedroschen, dass ihm das Handgelenk umknickte. Koch fing sofort an zu bluten, und an seinem Hals trat die Schlagader hervor. Hätte Brebeck ein Messer gehabt, er hätte es hineingestoßen. Stattdessen ein zweiter Schlag. Koch stand nur da, mit erstauntem Gesicht, reglos und zitternd zugleich. Martin schlug ein drittes Mal zu und erwischte ihn an der Gurgel. Koch röchelte und stöhnte. Dann rammte er ihm das Knie zwischen die Beine, Koch kippte zur Seite, und noch während er fiel, trat Martin gegen seinen Kopf, die Brust, das Bosshemd. Er hätte nicht aufgehört. Ganz sicher. Er hätte dem Mann den Kopf zertreten. Doch da zerrten ihn Arme weg, die Arme von Müller und Walbrecht, sie rissen ihn nach hinten und zogen ihn in den Personalraum.

»Was ist denn bloß in dich gefahren, Martin?«, hatte Müller gerufen. »Du bringst den noch um.«

Ja, genau das hatte er gewollt. Ihn umbringen.

Lechenweg

Der Anblick der Berge rührt ihn, das Gestein der Spitzen, die aus dem Wald ragen. Bäume wachsen ja nur bis auf zweitausend Meter. Mancher Gipfel trägt eine Haube aus Schnee. Für den Kölner Dom hat sich der Baumeister vielleicht ein Panorama wie das hier zum Vorbild genommen, denkt Martin. Nachdem mit Angelika Schluss war, hat er sich in der Nähe vom Dom ein Apartment genommen: ein Zimmer, Kochnische, WC. Rund um das Gotteshaus war immer alles voller Touristen, vor allem Japaner und Chinesen. Die sich verrenkten, um den ganzen Dom aufs Foto zu bekommen. Und beim Karneval pinkelten oder kotzten die Besoffenen in die Hauseingänge. Schön war das nicht, an der schönsten Stelle der Stadt zu wohnen.

Der Dom ist nicht weit vom Jobcenter, und Martin dachte zu der Zeit noch, eines Tages wieder dort zu arbeiten. Wenn erst Gras über die Sache gewachsen war. Sein Apartment befand sich in einer lausigen Straße. Vor dem Haus ein Taxistand, gegenüber ein türkischer Markt, die Straße runter gab es noch mehr Geschäfte, Kebabbude, Aachener Printen, Kölnisch Wasser, American Steakhouse. Alles da. Und im Erdgeschoss ein Kiosk mit *Deutscher Currywurst*. Nachts arbeitete da Mustafa Zitouni, ein gelernter Koch aus Algerien. Der war sein Kunde im Jobcenter gewesen, hatte immer Atteste vorgelegt, er könne nicht arbeiten. Herr Zitouni verkaufte also deutsche Currywurst. Ohne seine Suspendierung hätte er den Algerier angezeigt, keine Frage. Schon lange hatte er ihn in Verdacht gehabt, dass er heimlich arbeitete. So wie der immer nach Bratfett gestunken hatte. Das war doch alles ungerecht. Auch dass Angelika, wenn sie sich schon von ihm trennte, das Haus behielt. Aber so hatten sie es festgelegt, in Zeiten, da Martin sich nicht im Traum hätte vorstellen können, dass ihre Liebe mal zu Ende gehen könnte.

Die Sonne sticht ihm ins Gesicht. Er geht den Lechenweg am Bachlauf hoch. Zwei Arbeiter waten mit Gummistiefeln im Wasser, rammen einen Pfosten in den Grund. Ein anderer lässt die Motorsäge aufheulen. Nach einer Viertelstunde ist der Lärm nicht mehr zu hören, wird übertönt vom Gezwitscher der Vögel auf einem Zaun. Martin bückt sich nach Steinen. Erschrocken flattern die Vögel davon, als eine ganze Handvoll auf sie niedergeht.

»Grüß Gott«, sagen Wanderer, denen er etwas später begegnet. Er antwortet nicht. Zertritt eine Raupe, eine Schnecke und dann

noch eine Schnecke. Fliegen surren um seinen Kopf, er schlägt nach ihnen. Zwei mittelalte Weiber hocken an einem Hang und pflücken Blaubeeren. »Grüß Gott, grüß Gott.«
Er hält nichts von Gott, der hat ihm noch nie was gebracht. Immer wenn man Gott braucht, ist er nicht da. Im Jobcenter hat er nie einen Gott gesehen. Schweigend läuft er weiter. Auf einer Lichtung sieht er Rehe. Wieder wirft er einen Stein. Die Rehe jagen davon.

Das Dach des kleinen Schobers ist mit Betonplatten beschwert, drinnen sind Strohballen. Martin hält das Feuerzeug an einen Ast mit trockenen Blättern, schiebt ihn ins Stroh und wartet, bis Rauch aufsteigt. Immer mal wieder dreht er sich um. Je weiter er sich von dem Schuppen entfernt, desto mehr Rauch ist da.

Köln-Mitte, Amtsgericht

Die Gerichtsverhandlung in der Sache S. Koch gegen M. Brebeck war ein Vierteljahr später. Koch erschien im Rollstuhl, mit schiefem Hals, als könne er den Kopf nicht halten. Dazu ein Zittern in den Armen und unentwegtes Händekneten. Niemand außer Martin sah das hämische Grinsen. Mehrere seiner Kollegen mussten als Zeugen aussagen. Keiner hatte gesehen, dass er den Kunden geschlagen hat. Dann rief man den Chef rein.
»Ich würde gern im Interesse meines Mitarbeiters Brebeck sagen, dass es Notwehr war«, sagte der, »aber bedauerlicherweise kann davon keine Rede sein. Der Kollege Brebeck hat wie von Sinnen auf den Herrn Koch eingeschlagen.«
Versuchter Totschlag, schwere Körperverletzung, dreizehn Monate auf Bewährung. So das Urteil.
»Aber nur, weil Sie keine Vorstrafen haben, Herr Brebeck«, hatte der Richter gesagt.

Bei diesen Worten hatte Koch laut gelacht. Und sich dann aus dem Saal schieben lassen. Wahrscheinlich war er draußen aufgesprungen und zu seinem Auto gelaufen.

Zipfererhof

Martin ist der einzige Gast auf dem Hof. Die Fassade ist verwittert von all den Wintern. Vor dem Trecker schläft ein Schäferhund. Martin kennt das Tier seit Ewigkeiten. Stefanie hat ihm früher Stöckchen geworfen, wenn sie hier oben waren. Der Wirt ist ein gebeugter Kerl mit aschblondem Haar. Als er Martin das Glas bringt, schwappt die Milch über den Rand. Unter einem Obstbaum liegt Spielzeug. Ein gelber Traktor, ein Ball, in der Sandkiste Schaufel und Harke. Eine Ziege steht angebunden am Zaun.

Zur Milch isst Martin Apfelstrudel. Der ist innen noch gefroren. Er könnte sich beschweren. Von dem Gebeugten ist nichts mehr zu sehen. Aus dem Wald dampft eine schlanke Wolke Rauch. Niemand löscht hier einen einsamen Schober.

Als ihm klar wurde, dass es kein Zurück gibt ins Jobcenter, hat Martin überlegt, was er tun soll. Er kennt sich doch nur mit Gesetzen aus, Sozialgeld und Arbeitslosengeld I & II. Wo kann man einen wie ihn denn sonst gebrauchen? Hin und wieder traf er sich mit Heiko Walbrecht an einer Kaffeebude, wenn der Feierabend hatte im Jobcenter. Dann überlegten sie zusammen. Sie hießen jetzt übrigens nicht mehr Fallmanager, hatte Heiko gesagt, sie hießen jetzt »persönliche Ansprechpartner«. Aber die Kundschaft würde weiter *Arschloch* sagen, sagte Martin. Da haben sie laut gelacht. Irgendwann erzählte Heiko, einer aus seinem Kegelverein habe Krebs und wolle seine Zoohandlung verkaufen. Nie im Leben wäre Martin auf die Idee gekommen, eine

Zoohandlung zu führen. Er mochte eigentlich keine Tiere. Die Zoohandlung war in Köln-Sülz, wo Gutsituierte Meerschweinchen, Rennmäuse, Kaninchen, Vögel oder Zierfische für ihre Kinder kauften. Zwanzigtausend hat Martin für den Laden gezahlt. Seine eiserne Reserve. Er glaubte, er würde sich schon an die Tiere gewöhnen. Aber so war es nicht. Nach zwei Monaten kam ein Kontrolleur vom Veterinäramt. Eine anonyme Anzeige: *Nicht artgerechte Haltung von Meerschweinchen.* In der Stadtteilzeitung gab es einen Bericht dazu, danach war's vorbei mit der Kundschaft. Martin verkaufte den Laden weit unter Wert an einen Ägypter. Sein Erspartes war dahin. Ihm blieb nichts anderes übrig, als zum Jobcenter zu gehen und sich arbeitslos zu melden.

Ein merkwürdiges Gefühl, die Tische der Fallmanager von der anderen Seite zu sehen. *Ihr persönlicher Ansprechpartner heißt Andreas Möller* stand in Deutsch, Türkisch, Arabisch und Russisch auf einem Schild. Möller war neu im Jobcenter, ein junger Kerl von dreißig Jahren. Vielleicht hat er sogar meinen Posten übernommen, dachte Martin. Es tue ihm alles wahnsinnig leid, sagte Möller, und er sei ja quasi einer von ihnen.

»Soll ich die Wanderkarte abstempeln?«, fragt der Wirt vom Zipfererhof. Martin hat ihn gar nicht kommen hören, schüttelt den Kopf. »Zahlen bitte.«

Von Osten geht ein leichter Wind, Regenwolken türmen sich auf. Die Rauchwolke über dem Wald ist verweht. Martin geht über die Wiese zur Sandkiste, nimmt die Harke, schlägt der Ziege einmal die Zinken in die Seite und zieht ihr das Ding dann über den Schädel. Das Tier fährt hoch, will davon, das Seil würgt ihm den Hals, es springt auf und ab, röchelt und kreischt, Blut tropft vom Bauch ins Fell. Martin geht weiter. An der Gabelung entscheidet er sich für den Aufstieg zur Dachsteinhütte.

Köln-Mitte, Jobcenter

Nach der Urteilsverkündung hatte der Chef Martin ins Jobcenter bestellt und ihm die Entlassungsurkunde überreicht. Er hatte einen schwarzen Anzug getragen, als seien sie bei einer Beerdigung.

»Tut mir sehr leid, Brebeck, dass das mit Herrn Koch so eskaliert ist«, sagte Reinders.

»Wieso nennen Sie einen wie Koch ›Herrn Koch‹ und mich nur ›Brebeck‹?«

»Das ist mir gar nicht aufgefallen«, antwortete der Chef.

Es wäre das Beste gewesen, die Entlassungsurkunde zu nehmen und das Jobcenter zu verlassen. Das weiß er auch.

»Also, dann sage ich jetzt mal *Herr Brebeck*«, hatte der Chef hinzugefügt und dabei gegrinst, »für Ihre Zukunft wünsche ich Ihnen alles Gute, Herr Brebeck.«

Martin nahm die Hand, die der Chef ihm entgegenstreckte, und quetschte und drehte sie, bis das falsche Lächeln aus dem Gesicht des Chefs verschwand.

»Lassen Sie mich los, Brebeck, Sie machen doch alles nur noch schlimmer.«

»Schlimmer geht es nicht mehr«, sagte er. Die Schläfenadern des Chefs schwollen an, die Haut rötete sich, Schweißperlen traten ihm auf die Stirn. Martin verdrehte die Hand immer weiter. Der Chef beugte den Körper und ging in die Hocke.

»Lassen Sie das, Brebeck, sonst schreie ich«, hatte er gejault. Schließlich fiel er auf beide Knie, genau so, wie Martin es haben wollte. »Bitte«, hatte der Chef geheult, »bitte, bitte, Brebeck.«

»*Herr Brebeck*, heißt das.«

»Ja, natürlich. Bitte lassen Sie mich los, Herr Brebeck. Bitte.«

Sonnenleuchterweg

Eine Familie kommt den Weg hinab, voran geht ein Junge von

zehn Jahren, im Abstand von zwanzig Metern folgt die Mutter, ein paar Schritte darauf der Vater und weit dahinter noch ein Junge von dreizehn, vierzehn Jahren, der an einem Stock schnitzt. So war's bei ihnen nie, denkt Martin. Die Brebecks haben immer viel miteinander geredet beim Wandern, sie haben gelacht und gesungen, sich Rätsel aufgegeben oder Witze erzählt. Oder er hat sich für die Kinder Geschichten ausgedacht. Martin lässt auch die einsame Familie grußlos hinter sich. In den letzten Tagen hat es stark geregnet, an manchen Stellen stehen lehmige Pfützen, der Wald riecht frisch und würzig. Die Bergbahn kriecht aus dem Tal herauf, zwei Radfahrer rollen bergabwärts.

Er hatte damit gerechnet, dass der Chef ihn wegen Körperverletzung anzeigen würde. Dann wäre die Bewährungsstrafe dahin gewesen und sie hätten ihn ins Gefängnis gesteckt. Aber nichts war passiert. Keine Anzeige, nichts.

Er wirft einen Ast den Hang hinunter, tritt schwere Steine los, die vom Berg springen, manche heben ab, fliegen drei, vier Meter weit, manche knallen gegen ein Gatter, das einen Hof umzäunt. Vom Lärm alarmiert, kommt eine Frau aus dem Haus und ruft etwas. Doch ihre Stimme dringt nicht bis nach oben. Er geht weiter in den Wald hinein, der Weg wird jetzt flacher, gleich beginnt die Schlucht, das Rauschen des Gebirgsbachs ist schon zu hören.

Eine Frau hätte er auch gern mal wieder. Aber wer will schon einen um die fünfzig, der nichts auf der Tasche hat, der von Arbeitslosengeld II lebt. Martin weiß von seinen früheren Kunden, was die für Frauen haben. Dicke primitive Weiber mit schlechten Zähnen und fettigen Haaren.

Im letzten Winter hat er mal nachts am Computer gehockt und sich Pornos angeschaut. Da hat er es nicht mehr ausgehalten ohne Frau. Er zog sich an und ging die zehn Minuten bis zum Gereonswall. Das hatte er noch nie gemacht, im ganzen Leben nicht. Im Monacor suchte er sich eine Brünette aus. Vielleicht der erste Fehler, sich ein Mädchen mit der Haarfarbe der Exfrau zu nehmen.

»So, was wollen wir zwei Hübschen denn Schönes machen?«, hatte Saskia gesagt.

»Zieh das da mal aus«, hatte er geantwortet und am Oberteil ihres Bikinis gezupft.

»Mit Ausziehen kostet's einen Fünfziger extra.«

»Mehr Geld hab ich aber nicht.«

»Für Hundertfünfzig zieh ich mich auch ganz nackt aus.«

»Ich hab aber nicht mehr als fünfzig«, sagte Martin noch einmal. Das war dann wohl der zweite Fehler, zu wenig Geld. Saskia zog ein Gesicht, spielte an ihm herum, und Martin war plötzlich mit den Gedanken bei Angelika.

»Was ist denn los mit dir?«, fragte Saskia nach ein paar Minuten, »das wird wohl nichts, oder?«

»Dann lass es«, hatte Martin geantwortet und war gegangen.

Zwei Gleitschirmflieger schweben über dem Tal, drehen ihre Bahnen, ein Schirm hat die Farben des Regenbogens, der andere sieht aus wie eine Banane. Martin setzt sich auf einen Stein, holt das Messer aus dem Rucksack, schneidet ein Stück von der Hartwurst. Ein wahnsinnig scharfes Messer, denkt er, geht wie durch Butter.

Rosenhofalm

Sven hatte sich immer für die Bergbahn begeistert. Jetzt sitzen andere Familien mit anderen Kindern im Waggon und gruseln sich beim Blick in die Tiefe. Stefanie hat nie aus dem Fenster gesehen, wenn sie zusammen fuhren, blieb immer ganz nah bei Angelika mit ihrer Höhenangst. Martin und Sven aber standen am Fenster und lachten, wenn es über eine Schwelle ging und die Bahn für den Bruchteil einer Sekunde zu schweben schien.

Von der Bergstation ist es nur ein halbstündiger Spaziergang bis zur Rosenhofalm. Das geht sogar mit Kinderwagen. Alle wollen dorthin. Vielleicht sind es die roten Sonnenschirme. Aus der Ferne sehen sie aus wie Klatschmohn.

Am ersten Urlaubstag waren sie immer hier. Die Kinder bestellten Würstl, Angelika den Kaiserschmarrn und Martin ein Weizen. Er verstehe das Wandern nicht, hat Sven jedes Mal gesagt, man laufe den Berg an der einen Seite hinauf und an der anderen Seite wieder hinab. Da könnten sie doch gleich unten bleiben. Darüber mussten Angelika und Martin herzlich lachen, damals, als alles noch gut war bei ihnen.

Martin beobachtet die Familien am Rosenhof, die Rentner, die jungen Leute unter den Klatschmohnsonnenschirmen, die Bier trinken, Würstl und Kaiserschmarrn verspeisen.

»Sie könnten eine Umschulung machen, Herr Brebeck«, hat Möller im Jobcenter gesagt, »zum Tierpfleger. Sie hatten doch die Zoohandlung.«

»Aber ich hasse Tiere.«

»Eigentlich müsste ich die Umschulung aber von Ihnen verlangen, Herr Brebeck, Sie kennen die Gesetze«, hat Möller gesagt, ihn aber trotzdem in Ruhe gelassen.

Martin geht zur Toilette. Außer ihm ist niemand dort, und er tritt gegen das Waschbecken, bis es aus seiner Halterung bricht. Um ein Haar wäre ihm das Becken auf die Füße gefallen, er kann gerade noch zur Seite springen. Das Porzellan zersplittert, gleichzeitig schießt das Wasser aus der Wand.

Martin nimmt die Steigung, lässt den Lärm hinter sich, die Volksmusik, die plärrenden Kinder, die vollgepackten Tabletts, das dumme Gerede der Spaziergänger, und taucht ein in die Stille des Waldes, wo es kühl und schattig ist und menschenleer.

Buchauer Weg

Irgendwas pocht gegen ein Holz. Ein sanfter Wind raschelt durch die Blätter. In engen Kurven schlängelt sich der Weg an einem Felsen entlang, führt vor dem Anstieg hinunter zu einer Schlucht mit tosendem Gebirgsbach. Das Wasser spritzt gegen die Steine. Darüber führt ein Steg, das Holz ist nass vom Spritzwasser. Drahtseile sind mit Eisenklammern in den Fels geschlagen.

Der Buchauer Weg ist nass und glitschig, der Aufstieg steil und gefährlich. Martin geht langsam, aber stetig, bleibt nie stehen. Die Felsen ragen weit in die Schlucht hinein, werfen dunklen Schatten. Schweiß steht ihm im Gesicht, als er auf der Höhe ist. Er zieht ein Tuch aus dem Rucksack, trocknet sich ab. Die Schlucht fällt hier siebzig, achtzig Meter ab. Vom Bach kommt nur ein leises Rauschen. Er nimmt den Weg zur Stacheralm, da gibt es frische Buttermilch und selbstgemachten Käse. Noch eine Stunde Aufstieg ist es bis dahin. Für einen Moment sieht er zwei Wanderer auf der Strecke, gleich darauf sind sie hinter der Kurve verschwunden. Er geht schneller, bis er sie wieder sieht. Ein Mann und eine Frau. Sie tragen Rucksäcke, sind fünfzig Schritte voraus, er hält Abstand, verliert sie auf dem kurvigen Weg immer wieder aus den Augen. Sie gehen nicht schnell und nicht langsam. Angelika und der Chef. Er hat die beiden lange nicht gesehen. Anscheinend hat Angelika sich die Haare färben lassen. Schwarz steht ihr gut. Ein Haarband hat sie sich gekauft. Es leuchtet rot. Den Chef hat er kleiner in Erinnerung, dicker auch und mit weniger Haaren. So kann man sich täuschen. Hinter der nächsten Kurve ist er plötzlich ganz nah an ihnen dran, sie sind stehen geblieben. Martin bleibt ebenfalls stehen. Der Chef vor einem Baum, er pinkelt. Angelika ist schon ein paar Schritte weiter, sieht in die Schlucht, zieht das Haarband ab, ordnet die Haare, legt es wieder um. Dann holt der Chef sie ein, hakt sich unter. Sie sehen zusammen in die Schlucht. Er schubst sie scherzhaft, Angelika kreischt kurz, dann lachen sie und gehen weiter. Im Vorbeigehen reißt der Chef eine Blüte ab und reicht sie ihr. Diesen Weg ist Martin schon oft gegangen. Noch eine halbe Stunde bis zur Stacheralm. Es war ein regenreicher Sommer, die Insekten schwärmen. Hin und wieder schlägt Angelika um sich, einmal läuft sie mit gesenktem Kopf ein paar Schritte voraus. Dann wieder Gelächter. Der Chef und Angelika bleiben stehen, stellen die Rucksäcke ab. Der Chef holt etwas daraus hervor, legt es auf einen Stein, läuft zu Angelika, umarmt sie, sie lächeln in Richtung der Kamera. Dann lachen sie und küssen sich wieder.

»Ich würde im Interesse meines Mitarbeiters Brebeck gern sagen, dass es Notwehr war, aber davon kann keine Rede sein.« Es gibt niemanden auf der Welt, den Martin mehr hasst als den Chef. Er kommt den beiden noch näher. Sie bemerken ihn nicht, blicken in die Schlucht, der Chef zeigt nach unten zum Bach und nach oben zum Himmel, Angelikas Kopf lehnt an seiner Schulter.

Martins Herz schlägt schneller, als seine Füße gehen, er ist fünf, sechs Schritte entfernt, da hört ihn der Chef, dreht sich um und lächelt. In dem Moment stößt er die beiden an, drückt gegen ihre Rücken, es gibt kaum Widerstand, als hätten sie nur darauf gewartet, dass jemand sie in die Schlucht stößt, dass sie fliegen wie riesige Vögel, mit ausgebreiteten Armen und Beinen. Er hört sie schreien, sieht zum Himmel, dann kehrt die Stille des Waldes zurück.

Torfmoos

Er bestellt Kaffee und Zwetschgenkuchen. Im Café Monika gingen fast all ihre Wandertage zu Ende. Die Kellnerin heißt Gundula. Die Sonne steht schräg über dem Dorf, wird gleich hinter den Gipfeln verschwinden. Aus dem Supermarkt schleppen Urlauber schwere Plastiktüten, auf der Minigolfanlage spielt einsam ein alter Mann. Martin ist allein auf der Terrasse. Die Kellnerin sammelt die Zuckerstreuer ein und legt die Abendkarte aus. Die dicke Gundula trägt ein gelbes Dirndl. Ihr Haar hat sie zu einem Zopf geflochten. Drei Teenager kommen den Weg herauf.

»Haben Sie Red Bull?«, ruft eins der Mädchen über den Zaun.

»Leider nicht«, sagt Gundula.

»Da ist München aber besser ausgestattet«, ruft das Mädchen zurück.

Lachend gehen die drei weiter. Martin denkt an Stefanie, an Sven. Nein, so schlecht hätten sie sich nicht benommen, er und Angelika waren den beiden immer ein gutes Vorbild.

»Alles noch recht bei Ihnen?«, fragt Gundula.

»Noch einen Kaffee, bitte.«

»Das war ein schöner Tag heute«, sagt sie und sieht zu den Bergen, hinter denen gerade die Sonne versinkt.

»Besser geht es kaum«, sagt Brebeck.

»Im Radio haben's durchgesagt, morgen wird's auch wieder schön«, sagt die Kellnerin.

»Bestes Wetter zum Wandern«, sagt Brebeck, »nicht zu heiß und nicht zu kalt.«

»Trotzdem sind heute zwei Leut' abgestürzt. Beide tot. Hab's grad im Radio gehört.«

»Wie ist es denn passiert?«

»Ist allen ein Rätsel. Kinder haben die Leute drunten in der Schlucht gefunden.«

»Vielleicht sind sie ausgerutscht. Der Boden ist glitschig vom Regen«, sagt Martin.

»Es waren Franzosen, aus Marseille«, sagt Gundula, »auf Hochzeitsreise. Kommt manchmal vor, dass sich Leute zu weit über die Schlucht beugen.«

»Traurig«, sagt Martin, »wenn sie gerade auf Hochzeitsreise waren, hatten sie das ganze Glück noch vor sich.«

»Wollen's noch einen Strudel zum Kaffee?«

HILFE, HILFE

(Regensburg)

Es riecht nach süßem Parfum, Schweiß und frisch geschälten Orangen. Nur aus den Kleidern der Raucher kriecht kalter Zigarettendunst. Bei jedem Stopp stehen sie vor dem Bus und saugen sich die Lungen voll. Und es riecht nach Menschen, die mit geöffneten Mündern in ihren Sitzen schlafen. Einige schliefen schon, als Zuzana in Augóstow den Bus bestieg. Der Bus fährt ruhig über Land, dreißig, vierzig Kraniche schweben über die Felder, lassen sich an einem Fluss nieder. Auf dem Wasser liegt weißlicher Dunst. Es sieht komisch aus, wenn die Kraniche bei der Landung ins Stolpern geraten. Dann ändert der Bus seine Richtung, und Zuzana verliert die Vögel aus dem Blick. Sie lehnt sich zurück, versucht zu schlafen wie die anderen. Aber sie wird nicht einschlafen, das weiß sie. Geräusche und Gerüche können ihr den Schlaf rauben. Selbst in der Nacht, als der Bus über Warschau und Łódź nach Poznań rollte, war nicht dran zu denken. Also blättert sie noch einmal die Illustrierte durch. Betrachtet Schauspielerinnen, die ihre Gesichter der Kamera entgegenrecken, liest über siamesische Zwillinge aus Detroit, die an den Köpfen verwachsen sind, einen Fernsehmoderator aus Warschau, der mit ausgebreiteten Armen seine Villa präsentiert. Dann die Koch-, Schmink- und Modetipps und das Fernsehprogramm. »Zuza, du bist so hübsch, du musst unbedingt Schauspielerin werden«, hat ihre Mutter gesagt. Ach, Mama. Immer hat sie übertrieben. Sah alles nur so, wie sie es sehen wollte. »Was haben wir's schön hier«, hat sie auch immer gesagt und meinte den Wohnblock in der Klonowa. Nein, da war es nicht schön. Nicht mal aus der Ferne. Wenn Zuzana von der Schule kam und von weitem die hundertachtzig Balkone sah, den abblätternden Putz, den grauen Dampf aus den Kaminen, die Balkone mit ihren improvisierten Sonnendächern aus Pappen, Brettern, Tüchern und Flaggen, mit ihren Wäscheleinen, die sich unter tropfendem Zeug spannten, fürchtete sie den Block wie ein gefräßiges Monster mit hundertachtzig hungrigen Mäulern. Wie soll denn ein Mädchen aus solch einem Haus zum Film kommen? Sie blickt zum Himmel, der jetzt wolkenlos blau ist, und bekreuzigt sich. Das ist für dich, Mama. Ihre Mutter ist dort oben, und bestimmt sieht sie ihr Kind im Fernbus von Vilnius nach München. Zuzana fährt bis Nürnberg, sie wird dort abgeholt. Noch nie im Leben war sie so weit weg. Sie hat es im Internetcafé nachgesehen: knapp tausend Kilometer. Bei dem Gedanken muss sie schlucken. Für ihre Mutter war sie immer die Beste und Schönste. Keine konnte schneller rennen, keine hatte bessere Noten, kein anderes Mädchen war hübscher als ihr Kind. »Meine Zuzana spricht so gut Deutsch, weil sie dort Schauspielerin werden will«, hat sie den Nachbarn oft erzählt. Das mit dem Deutsch stimmt, alles andere nicht. Deutsch hat sie von den Ansagerinnen bei MTV gelernt. Es gibt ja Satellitenempfang in der Klonowa. Auch das Schminken, die Kleidung, die Schuhe, sogar die richtigen Bewegungen hat sie sich abgeschaut. Mama. Bis zuletzt hat sie den Nachbarn gesagt, es seien nur Kopfschmerzen. Von einem Tumor wollte sie nichts wissen. Als würde der wieder verschwinden, wenn sie nur nicht drüber sprach.

Ein Knacken in den Lautsprechern reißt sie aus den Gedanken. »Pässe bereithalten«, sagt der Busfahrer.

In fünfzehn Minuten sind sie an der Grenze bei Frankfurt an der Oder.

***

In fünf Tagen hat Adam Starek Geburtstag. Dreiundsechzig wird er. Ganz schön alt, da gibt es schon mehr Erinnerungen als Pläne. Zum Glück gibt's nichts, was unbedingt noch geschehen müsste. Bis auf die Liebe vielleicht. Es ist lächerlich, als alter Mann noch auf die Liebe des Lebens zu warten. Er erhebt sich zu schnell, war auf dem Sofa im Wintergarten eingenickt, wie so häufig nach den Gängen mit dem Hund, jetzt ist ihm schwindlig. Er stützt sich am Fensterrahmen ab, sieht hinaus. Der Garten ist schon fast ein Park. Da sind Rotbuchen mit weit ausladendem Geäst, ein knappes Dutzend Birken, Fichten, am Ende des Grundstücks eine Reihe Ahorne. Alle Bäume sind gesund und ausgewachsen, im Sommer spenden sie reichlich Schatten. Auf einer Anhöhe liegt die zweite Terrasse. Jakub hat letzte Woche die Platten neu verlegt. Was nicht nötig gewesen wäre, denn sie wird nie benutzt. Als Christian und Sabine noch Kinder waren, gab es dort eine Tischtennisplatte, eine Schaukel und eine Sandkiste. Später ließ er auf der Terrasse einen Grillplatz bauen. Solange er Barbara hatte, kamen oft Gäste. Bis in die tiefen Sommernächte hinein genossen sie das Leben, feierten mit Nachbarn, Kollegen oder befreundeten Paaren. Jakub hockt auf dem Rasenmäher. So häufig muss das Gras gar nicht geschnitten werden. Aber Jakub findet immer irgendwas zu tun im Haus oder im Garten. Er schneidet sogar die Rasenkanten mit der Schere nach. Jakub ist ein paar Jahre jünger als er, war schon da, als seine Mutter noch allein im Haus wohnte und er mit Barbara und den Kindern in München lebte. Jakub war verheiratet, aber seine Frau ist ihm vor ein paar Jahren weggelaufen. Mehr weiß Starek auch nicht.

Er öffnet das Fenster, der Geruch von frisch geschnittenem Gras weht herein. Zum Motor des Mähers dröhnt aus der Nachbarschaft ein Laubsauger. Spätsommer. Er mag das. Die tief hängende Sonne, die Blätter, die welk an den Ästen baumeln und auf die Herbstwinde warten. All das erinnert ihn an eine unbeschwerte Kindheit, in der es hier Kastanien, Eicheln und Bucheckern regnete. Das Haus hat sein Vater entworfen. Das Architekturbüro Starek baute nach dem Krieg Siedlung um Siedlung in München, Nürnberg und Stuttgart. Mit den Eltern reiste er auch nach Übersee, nach Amerika und Australien, als noch kaum jemand Fernreisen machte. Und immer logierten sie in den besten Hotels. Sein Vater fuhr einen Mercedes 300 SE, seine Mutter ein weinrotes Karmann Ghia Cabrio. Ein großzügiges Haus hat er hier. Zwei Geschosse, ein Dutzend Räume, zwei Garagen, im Keller Sauna, Schwimmbad, Klavierzimmer. Die Besonderheit ist der Wintergarten, der halbrund in den Park drängt. Vom Obergeschoss aus sind Donau und Dom zu sehen. Sogar eine amerikanische Architekturzeitschrift hat sich seinem Elternhaus gewidmet. Und einmal haben Leute vom Film angefragt, ob es als Kulisse für eine Landarztserie zu mieten sei. Nein, das Angebot hat er abgelehnt.

»Hilfe, Hilfe.«

Er schließt das Fenster, lauscht nach oben. Man kann die Uhr nach ihr stellen. Sie schläft exakt drei Stunden nachts, drei am Morgen, drei vormittags und drei am späten Nachmittag. Jetzt ist es achtzehn Uhr.

»Hilfe, Hilfe.«

Sie zieht die beiden Silben in die Länge. Das macht diese Melodie. Er hört sie seit zweieinhalb Jahren. Immer, Tag und Nacht.

»Hilfe, Hilfe.«

»Ja doch, Mutter«, sagt er, »ich komm ja schon!«

***

Je weiter der Bus nach Süden kommt, desto schöner wird Deutschland. Schade, dass es dunkel ist. Wie gern würde Zuzana mehr sehen. Felder, Wiesen, Hügel, Flüsse, Dörfer. Wie eine Modellbahnlandschaft, so ordentlich und schön. Sie fragt sich, weshalb sogar die Felder gepflegter wirken als zu Hause. Sie mag es ordentlich. Das hat sie von Mama. Ihre Kleider waren nach Farben sortiert, ihre Puppen nach Größe. Sie mag die Ordnung und sie mag das Land. Städte machen ihr Angst. Zuzana spürt die Müdigkeit, der Himmel über Nürnberg ist schwarz, und das Licht der Laternen am Busbahnhof blendet. Die Häuser haben Fassaden aus Glas und Metall und enden in der Dunkelheit. Die Straßen sind gefegt, alles ist sauber. Die Luft riecht besser als in Suwalki, trotz der Dieselschwaden aus dem Auspuff. Beim Aussteigen wär sie fast gestürzt, so kraftlos sind ihre Beine nach der Reise.
»Bist du Zuzana Brychczy?«
Er spricht ihren Namen falsch aus. Gerade hat sie sich noch gefragt, wie der Mann, der sie abholen soll, sie überhaupt erkennt.
»Ja, die bin ich.«
»Jakub Nowak«, sagt der Mann und gibt ihr die Hand.

Ein schönes Auto, in dem sie jetzt gefahren wird. Groß und hoch wie ein Lieferwagen, bequem wie ein Wohnzimmer. Die Musik und all die bunten Lichter im Cockpit erinnern sie an eine Bar. Es riecht nach Leder.
»Warst du schon mal in Deutschland, Zuzana?«, fragt der Mann. Er bemüht sich, ihren Namen richtig auszusprechen. Auf seinem Hemdkragen liegt ein zweites Kinn, er hat fleischige Hände und schmale Augen. Sein Blick rast von einem Punkt zum anderen. Das erinnert sie an die Katze von Tante Szarmach.

»Wir sind jetzt Kollegen, Zuzana«, sagt der Mann und klopft ihr auf die Hand.

»Was arbeiten Sie denn, Herr Nowak?«, fragt sie und zieht ihre Hand weg.

»In Deutschland heißt es Mädchen für alles.«

»Aber Sie sind doch gar kein Mädchen.«

»Das will ich wohl meinen«, sagt er und lacht.

Sanft gleitet der BMW dahin, unhörbar die Straße, fast lautlos der Motor. Als säße sie in einem Film ohne Ton. Sie würde gern die Augen schließen. Sie will aber nicht einschlafen, nicht jetzt, nicht hier.

»Ist die Oma lieb?«, fragt sie, um sich wach zu halten.

»Die Frau Starek?«

»Ist das ihr Name, Frau Starek?«

»Ich nenn sie so.«

»Und, ist sie lieb?«

Der Mann lächelt, blickt zu ihr, zwinkert einmal, singt dann fast mit einer feinen, hohen Stimme: »Hilfe, Hilfe.« Dann lacht er wieder.

***

Die Töne flirren umeinander wie im Schwarm, denkt er, ein Bienenschwarm aus Klaviertönen, den es zur Königin drängt, um dann jäh auseinanderzutreiben, dahinzuschweben, in verschlepptem Tempo, dabei leiser und leiser werdend. Keith Jarrett. The Köln Concert. 1975, im Winter, er war dabei. Mit Barbara. Sie machte sich nichts aus Jazz, trotzdem kam sie mit. Damals liebten sie sich noch. Zumindest hielten sie es für Liebe.

Auf dem Kies der Auffahrt knirschen Reifen. Jakub mit dem neuen Mädchen. Alle paar Monate kommt ein anderes. Aus Polen, Rumänien, Tschechien. Er tritt ans Fenster und schiebt die Vorhänge zurück. Ein kleines zierliches Mädchen ist es diesmal. Jakub geht voran, das Mädchen schleppt den Koffer.

»Hilfe, Hilfe.«

Er dreht die Lautstärke auf, Keith Jarrett, Runde um Runde, bis er Mutters Schreien nicht mehr hört.

***

Die Frau Starek ist lieb. Und so süß. Sie erinnert Zuzana an ihre eigene Großmutter. Die brachte immer Äpfel mit. Sie freuten sich, auch wenn die sauer waren oder Würmer hatten. Ihre Oma ist im Himmel, genau wie Mama. Frau Starek ist neunundachtzig. Sie nennt sie heimlich Oma. Ein ganz kleiner und schmaler Mensch. Einer von denen, die sofort zittern, wenn der Wind kühler wird. Das kennt Zuzana. Auch sie fühlt sich jetzt klein und schmal. Über Frau Stareks Bett hängt ein Foto, das sie oft betrachtet. Darauf ist sie viel größer und kräftiger als jetzt. Lächelnd sitzt sie am Steuer eines Sportwagens, hat den Arm auf die Tür gelegt, trägt Sonnenbrille und ein Kopftuch mit weißen Punkten. Wenigstens das Lächeln ist ihr geblieben. Das Alter hat tausend Falten in ihr Gesicht gegraben. Die Form ihres Kopfes erinnert an eine Walnuss. Und ganz feines und dünnes Haar hat die Oma. Da muss man vorsichtig sein mit dem Kamm. Zuzanas Namen kann sich die Frau Starek nicht merken. Sie sagt Renate zu ihr.

Der Sohn von Frau Starek ist auch schon alt, und auch sein Kopf hat diese Walnussform. Das liegt wohl in der Familie. Oft hat er seine Brille weit vorn auf der Nase sitzen. Sieht lustig aus, als hätte er vier Augen. Herr Starek war mal Professor. Steht auf dem Briefkasten. Er ist sehr lieb zu seiner Mutter. Nie vergisst er, sie auf die Wangen zu küssen, wenn er in ihr Zimmer kommt. Er singt sogar mit ihr. Ich weiß nicht, was soll es bedeuten, singt die Oma gern.

Als Zuzana letzten Sonntag mit Jakub zur Tür reinkam, den Koffer in der Hand, schrie jemand um Hilfe. Sie hat sich furchtbar erschrocken. »Keine Angst«, hat Jakub gesagt und wieder nach ihrer Hand gelangt, »ist bloß die Frau Starek.« Nun ist Zuzana fünf Tage hier und hat sich dran gewöhnt, dass sie um Hilfe ruft, wenn sie erwacht. Seine Mutter könne ruhig auch mal was anderes rufen, hat Herr Starek gesagt, Hallo oder Renate oder Adam. Aber sie rufe nun mal um Hilfe. Heute Morgen hat sie zu ihrem Sohn dann auch noch »Guten Tag, Herr Doktor« gesagt. »Ich bin doch nicht der Doktor, Mutter, ich bin dein Sohn.« – »Nein, nein, nein, der ist in Russland gefallen.« – »Aber ich bin doch erst nach dem Krieg geboren, Mutter.« – »Das müsste ich wohl wissen«, hat sie geantwortet. Da mussten sie lachen, zuerst Herr Starek, danach Zuzana und dann die Oma auch. Sie ist wirklich ein netter Mensch. Wenn Zuzana ihr ein Lächeln schenkt, bekommt sie auch eins zurück. Gern streichelt die Oma ihr auch über die Hände, wenn sie sie füttert oder wäscht.

Zuzana hat ein sehr schönes Zimmer. Wie in einem Hotel. Ein großes Bett, einen Fernseher, eine Musikanlage, einen Sekretär. Und sogar ein eigenes Bad. Die Stareks müssen sehr reich sein. »Wie sieht es denn aus bei euch da oben?«, ruft jetzt Herr Starek. »Die Oma ist gleich fertig«, ruft sie runter.

Sie hat die Oma schick gemacht für das Geburtstagsessen. Frau Starek trägt eine karierte Bundfaltenhose, die weiße Bluse, ein lindgrünes Strickjäckchen mit Rüschen, eine feine Perlenkette. Zuzana hat ihr sogar ein wenig Rouge aufgetragen und Lippenstift. Ganz glücklich hat sie da geguckt. Zuvor hat sie ihr das Gebiss gereinigt. Als sie mit allem fertig war, musste sie noch mal die Windeln wechseln, frische Unterwäsche anziehen und auch eine andere Hose.

Vorsichtig gehen sie nun die Treppe herunter. Die Oma zittert am ganzen Körper, ihre Arme fühlen sich an, als hätten sich die Muskeln von den Knochen gelöst und würden nur noch von der Haut gehalten.

»Du siehst wunderbar aus, Mutter«, sagt Herr Starek und küsst sie auf die Wange.

»Wer sind Sie denn?«

»Das ist Ihr Sohn, Frau Starek«, sagt Zuzana.

»Bist du sicher, Renate?«

»Ganz sicher«, antwortet sie.

***

Mit den Geburtstagen im Hotel Goldener Hirsch hat er angefangen, als mit Barbara Schluss war. Vor neun Jahren. Obwohl sie nur zu diesen Feiern kommen, haben sie Stammplätze. Rechts von ihm seine Mutter und Christian, wenn der nicht wieder zu spät kommt. Neben Christian der Platz seiner aktuellen Freundin. Letztes Jahr war es eine Schweizerin aus Luzern. Zu seiner Linken sitzen Sabine und Sam, ihr Amerikaner. Zuzana hilft seiner Mutter beim Essen. Das Mädchen hockt ein wenig gekrümmt am Tisch, hat die Hände unter dem Tuch. Sicher hat sie noch nicht oft im Restaurant gegessen, denkt er und lächelt sie an. Die Polin lächelt zurück. Schon lange haben sie kein Mädchen mehr gehabt, das so liebevoll zu seiner Mutter war. Die Unterhaltung mit Sabine und Sam schleppt sich mühsam dahin. Wie jedes Jahr. Schon zweimal war die Kellnerin da, um die Bestellung aufzunehmen. Aber sie warten noch auf Christian.

»Sam macht in einem Nazifilm mit«, sagt Sabine, »er spielt einen amerikanischen Soldaten, der sich in ein deutsches Mädchen verliebt.«

»Das ist ja fast wie im richtigen Leben«, sagt er.

Sabine runzelt die Stirn, schluckt, kämpft mit den Tränen. Warum auch immer. Wie konnte aus seinem kleinen Mädchen nur eine so unglückliche Frau werden?

»Und wie geht's bei dir mit der Schauspielerei?«

Er hat seine Tochter auf die teuren Schauspielschulen in Paris und Los Angeles geschickt. Jetzt laufen ihr endgültig die Augen über, Tränen rinnen über ihr Gesicht.

»Ich finde keine guten Rollen«, schluchzt sie.

»Ach, das wird schon«, sagt er und legt den Arm um sie.

»Wir haben Hunger, Hunger, Hunger«, singt seine Mutter, »haben Hunger, Hunger, Hunger, haben Durst ...«

»Mutter«, sagt er, »bitte.«

***

Zuzana hat Sehnsucht. Nach ihrer Mama. Und ihrer Oma. Und nach Tante Szarmach. Das war ihre Familie. In einem Restaurant gegessen haben sie nie. Aber oft zusammen gekocht. Mama konnte das wunderbar. Auf ihrem Teller liegt eine Entenbrust mit Klößen, Soße und Rotkraut. Leider kommt sie mit dem Essen kaum nach. Sie muss ja die Oma füttern.

»Ach, Mutter, nicht«, sagt Herr Starek, als sie mal einen Augenblick nicht aufgepasst hat.

Frau Starek hat das Glas auf dem Teller abgestellt, Soße ist über den Tisch gespritzt. Auf der Decke und ihrer Bluse sind braune Spritzer.

»Wir gehen zur Toilette«, sagt Zuzana.

»Ich komm mit«, sagt Christian und zieht den Rollstuhl seiner Großmutter vom Tisch weg.

»Hilfe, Hilfe!«, ruft sie und wedelt mit der Gabel.

Christian hat keinen Walnusskopf. Er trägt eine Basecap und kam erst, als die Entenbrust bereits serviert war. Er klopfte kurz auf den Tisch und fing dann sofort an zu essen. Sie hat sich gewundert, dass er seinem Vater nicht gratulierte. Er schiebt die Oma mit dem Rollstuhl in den Waschraum vor der Damentoilette. Zuzana feuchtet Papier an, verreibt die Flecken auf der Bluse.

»Wie heißt du?«, fragt er.

»Ich heiße Renate«, sagt Frau Starek.

»Nein, Oma, du heißt Eleonore«, sagt er, »ich meinte das Mädchen.«

»Ich heiße Zuzana«, sagt sie und hält das Gebiss seiner Großmutter unter den Wasserhahn.

»Schöner Name«, sagt er, »Zuzana.« Er versucht, ihren Akzent nachzuahmen. »Und wieso sprichst du so gut Deutsch, Zuzana?«

»Das hab ich bei MTV gelernt.«

***

»Wo ist denn deine Schweizerin?«, sagt Starek zu seinem Sohn.

»Welche Schweizerin?« Christian grinst, als hätte es seine letzte Freundin nie gegeben. Na ja, so ist das eben zwischen ihnen, denkt er, dass sie kaum noch was zu reden haben miteinander, er und sein Herr Sohn. Während Christian ständig grinst, als sei das eine Antwort auf alles, schaut Sabine aus, als trüge sie allein das Leid der Welt. Merkwürdig, seine Kinder, denkt er. Eine Leidende und ein Grinser.

»Noch etwas Wasser, Frau Starek?«, fragt Zuzana.

»Wer sind Sie denn?«

Starek mag Zuzana, er mag auch ihren zierlichen Körper mit den kleinen, festen Brüsten. Und ihren Mund. Mein Gott noch mal, alter Junge, schießt es ihm durch den Kopf, sei nicht albern, sie ist ein unbedarftes Mädchen und noch viel zu jung, doch erst Anfang zwanzig.

Sabine und Sam hören nicht auf, sich anzuschweigen. Christian hat sich zu Zuzana gebeugt, spielt mit seiner Baseballkappe und flüstert. Sie streichelt Mutters Hände.

»Nein«, sagt sie plötzlich zu ihm und schüttelt den Kopf.

***

Zuzana weiß schon, was er will. Auch wenn sie erst einundzwanzig ist und noch keinen festen Freund hatte. Mama wollte nicht, dass sie einen aus dem Ort nimmt und dort ihr Leben lang bleibt. Nur bei Laszlo hat sie eine Ausnahme gemacht. Mit seinem Motorrad sind sie heimlich raus an den See auf halbem Weg nach Zubryn. Sie wollte doch endlich auch mit einem Jungen schlafen. Aber als sie den Rock hochzog und den Slip abstreifte, war es Laszlo schon gekommen. Sie hatte gehofft, es würde anders sein beim nächsten Mal. Doch das war es nicht. Bis Laszlo sich nicht mehr meldete.

Christian hat unter dem Tisch nach ihrer Hand gefasst. Sie hat sie weggezogen. Er hat sein Knie gegen ihren Schenkel gedrückt. Sie hat das Bein weggerückt. Dann hat er seine Schulter gegen ihre gelehnt. Da ist sie näher ran an seine Großmutter.

»Die Rechnung, bitte«, ruft Herr Starek.

Sie wäre lieber mit Herrn Starek und der Oma mitgefahren. Aber Christian hat sie zu seinem Sportwagen geschoben. Weiß. Ganz flach. Was hätte sie denn machen sollen? Der Wagen röhrt und springt bei jeder Straßendelle. Und aus den Boxen dröhnt Discomusik.

»Na«, schreit er, »gefällt's dir?«

Sie nickt und versucht zu lächeln. Er stiert sie an, starrt auf ihre Brüste, auf ihre Beine. Sie hat Angst, dass sie von der Straße abkommen, und zerrt an ihrem Rock. Eine Hose wär sicher besser gewesen. Christian hält vor seinem Elternhaus und dreht die Anlage leiser.

»Hast du einen Freund?«

»Ja«, sagt sie.

»Wie heißt er?«

»Laszlo.«

»Was Festes?«

»Wir wollen heiraten.«

»Mich hat meine Freundin gerade abgeschossen«, sagt er.

»Das tut mir leid.«

»Wir können noch was trinken. Ich kenne den einzig guten Klub in der Stadt.«

»Ich muss der Oma ins Bett helfen«, sagt sie, »und dann bin ich müde.«

***

John Abercrombie, Ghost Dance. Er hat auch mal Gitarre gespielt. Seine Gibson Les Paul muss irgendwo auf dem Dachboden liegen. Vielleicht holt er sie mal wieder runter. Im Zimmer ist nur mattes Licht. Er liegt auf dem Sofa und hört seinen Jazz. Er sieht die Spitzen des Doms. Der Himmel ist milchig grau. Er mag diese Stadt. Sie ist ihm lieber als München. Kleiner, ruhiger. Nicht mal die Touristen auf der Steinernen Brücke, vor dem Dom, am Schloss und in den schmalen Gassen stören ihn. Nur im Sommer und an den Wochenenden meidet er die Altstadt. Morgens geht er mit dem Hund und nimmt im Orpheé einen Kaffee im Stehen. Stefanie arbeitet am Ausschank. Die hat einen barocken Busen und schenkt ihm ein Lächeln, wenn er reinkommt, und auch eins, wenn er geht. Manchmal fährt er mit dem Zug nach München zu einer, die sich Carla nennt. Sie hat ein Apartment im Olympiapark. Ein üppiges Mädchen mit hartem, fränkischem Akzent, sicher dreißig Jahre jünger, genau weiß er es nicht. »Ich bin deine Therapeutin«, hat sie mal zu ihm gesagt, »aber Krankenscheine nehm ich nicht.« Carla lacht gern, manchmal bringt er ihr Geschenke mit. Zuerst baden sie, dann legen sie sich aufs Bett, danach sehen sie noch fern. Carla hat ihm Tabletten besorgt, damit es besser klappt bei ihm. Manchmal fühlt er sich dann wie mit zwanzig. Aber gegen die Einsamkeit kommt auch sie nicht an.

Draußen beschleunigt ein Auto, wenig später röhrt ein Moped übers Kopfsteinpflaster. Das polnische Mädchen ist auch einsam. Er kann das sehen. Zuzana hat ihm gesagt, sie habe nur eine Tante in Polen zurückgelassen. Die Mutter ist ihr früh gestorben. Einen Vater hat sie nicht erwähnt. Was will denn Christian von dem Mädchen? Verdammt noch mal. Der hat doch in Schwabing seine magersüchtigen Blondinen mit den falschen Brüsten und geschwollenen Lippen. Soll er die rumkutschieren. Christian. Sein fremder Sohn. Gar nicht lange her, da hat er sich gefragt, ob er seine Kinder überhaupt liebt. Eine Antwort ist ihm nicht eingefallen.

Zuzana mag er. Er könnte mit ihr in die Stadt fahren, um ihr etwas zu kaufen, was die deutschen Mädchen tragen. Warum denn nicht? Mit einem Mal ist er beseelt von dem Gedanken, sie zum Lächeln zu bringen. Er stellt sich vor, wie Zuzana in ihrem Bett liegt, jetzt, in diesem Augenblick, ihr Zimmer nur ein paar Schritte entfernt, er könnte zu ihr gehen, sich zu ihr legen, sie umarmen. Lächerlich, lächerlich. Er legt den Kopf zurück. Was für alberne Gedanken, mein Gott. Er ist ein alter Mann. Pensioniert, emeritiert. Zu alt für den Lärm der Hörsäle. Und sie? Mehr als vierzig Jahre jünger. Jünger noch als Carla.

Er nimmt Abercrombie vom Plattenspieler, schiebt das Cover ins Regal. Was dann geschieht, wird er später, als er im Bett liegt und ins Dunkle blickt, belächeln. Als wär er's gar nicht selbst gewesen, der da auf Socken auf den Gang und bis zum Zimmer seiner Mutter schleicht, den Kopf an ihre Tür hält, das Schnarchen hört. Für die Mädchen haben sie den Raum neben ihrem Zimmer hergerichtet. Er lauscht, alles ruhig. Legt die Hand auf den Türgriff. Mach auf, mach auf. Sein Herz hämmert. Und was ist, wenn sie sich erschreckt? Wenn sie schreit? Lass es, tu es nicht, denkt er. Aber da hat er die Klinke schon ganz unten, hört ein leichtes, metallisches Klacken. Abgeschlossen. Er atmet flach. Lächelt. Dann hat ein Mädchen aus einem Dorf in Ostpolen einen alten Mann vor einer großen Dummheit bewahrt. Vorsichtig lässt Starek die Klinke wieder hochkommen. Aus Mutters Zimmer ein Husten, dann schnarcht sie weiter. So, wie er kam, schleicht er in sein Zimmer zurück. Aus Sabines ehemaligem Kinderzimmer hört er ein Schluchzen. Dazu hin und wieder flüsternd die Stimme von Sam. Sein unglückliches Mädchen, denkt er und schließt die Tür hinter sich.

***

Sie erwacht, bevor die Oma um Hilfe ruft. Sie ist müde. Nachts war jemand an der Tür. Hat die Klinke gedrückt. Danach konnte sie nicht mehr einschlafen. Christian, das weiß sie. Zum Glück hatte sie abgeschlossen. Trotzdem. Den Atem hat sie angehalten und zu Mama gebetet. Die hat sie beschützt. Vielleicht sollte sie es Herrn Starek sagen. Christian hat sie auf die Wange geküsst, als er ihr aus dem Wagen half. So schnell konnte sie den Kopf gar nicht wegdrehen. Sein Parfum roch gut. Sie weiß auch nicht. Vielleicht kann er ihr noch gefallen. Es geht nur zu schnell.

»Hilfe, Hilfe.« Die Oma schreit nicht wie sonst. Sie flüstert eher. »Hilfe, Hilfe.«

»Ich bin's doch, Frau Starek, die Renate«, sagt Zuzana.

Sie beugt sich zu ihr runter, und da schlägt ihr die Alte ins Gesicht. Drei, vier, fünf Mal. Tränen schießen Zuzana in die Augen. Nie hätte sie ihr eine solche Kraft zugetraut.

»Nicht schlagen, Frau Starek«, sagt sie und hält ihre Hände fest.

»Hilfe, Hilfe«, flüstert die Alte.

»Sie müssen keine Angst haben.«

Aber die Oma hat Angst. Sie schwitzt, und gleichzeitig ist sie kalt. Vielleicht will sie sterben heut Morgen. Als ihre Mutter starb, hat sie auch so gezittert. Sie umarmt die alte Frau, riecht schlechten Atem. Modrig, denkt sie. Aber kann denn jemand verwesen, der noch gar nicht gestorben ist?

»Was ist denn los?«, fragt er.

Sie hat ihn nicht kommen hören, in ihren Ohren war nur das Rasseln aus dem Mund der Alten.

»Deiner Oma ist nicht gut.«

»Kann ich was helfen?«

»Ruf deinen Vater.«

Sie spürt seine Nähe, während sie sich über die Alte beugt.

»Einen verdammt geilen Arsch hast du«, sagt er.

Sie glaubt, sie hat sich verhört. Das kann er doch nicht sagen, während die alte Frau Starek vielleicht sterben wird.

»Hol deinen Vater«, sagt sie noch mal, »deine Oma stirbt.«

Er lacht, drängt jetzt gegen sie, legt sich auf sie, ganz leicht nur, aber sie klemmt fest zwischen ihm und der Oma und sie riecht seinen Atem, Bier, Zigaretten, auch das schöne Parfum. Da sind Finger im Bund ihrer Hose, sie ist noch im Schlafanzug, ohne BH und Unterwäsche. Seine Hand fasst nach ihren Brüsten, streicht ihr über den Bauch, schiebt sich tiefer, ist ihr schon im Schritt, sucht die Öffnung. Er ist schnell und grob.

»Lass mich los, sofort«, sagt sie. »Sonst schreie ich.«

Das hätte sie nicht sagen sollen. Christian legt ihr die andere Hand auf den Mund, presst die Kante gegen ihre Nase. Sie kriegt kaum noch Luft. Unter ihnen zittert und hustet die alte Frau.

»Hilfe, Hilfe.«

Er lacht. Jetzt lässt er sie los.

»Ja, Oma, ist ja gut«, sagt er.

Er muss schon an der Tür sein, so hört es sich an. Als Zuzana sich nach ihm umdreht, ist er nicht mehr da.

***

Sabine ist blass, hat ein geschwollenes Gesicht, verweinte Augen, die Haare sind am Hinterkopf zusammengebunden. Flüchtig küsst sie ihre Großmutter und ihren Vater auf die Wangen. Zuzana übersieht sie.

»Soll ich auch für Sam decken?«, fragt er.

Sie sieht Starek an. Ungläubig. Als hätte er etwas unglaublich Dummes gesagt. Sie schüttelt den Kopf, ihr Gesicht wird breit, droht zu zerfließen, sie springt auf, stampft die Treppe hinauf.

»So, Mutter, dann wollen wir mal unseren Ausflug machen«, ruft er dann. Freitags unternimmt Starek mit ihr und den ausländischen Mädchen Ausflüge. Sie fahren mit dem Dampfer auf der Donau, danach gibt es Kaffee und Kuchen im Goldstein. Seine

Mutter schenkt ihm ein Lächeln. Es ist das Lächeln ihrer jungen Jahre, denkt Starek. Seltsam, dass alles an ihr alt geworden ist. Nur das Lächeln nicht.

Er hilft ihr in den Rollstuhl, während Zuzana noch die Sachen packt: Windeln, ein Handtuch, alles in eine Umhängetasche. Sie sieht blass aus und müde und noch trauriger als sonst, denkt er.

»Geht's dir nicht gut, Zuzana?«

Sie sieht ihn an, schüttelt leicht den Kopf.

»Ich mach mir nur Sorgen wegen Ihrer Mutter«, sagt sie, »ich dachte, sie stirbt.«

»So schnell stirbt die nicht.«

Er zögert, dann zieht er sie heran, drückt sie an sich. Sie sträubt sich, das spürt er, doch dann lässt sie locker, liegt in seinen Armen, drückt ihre Brüste an seine Rippen. Starek riecht ihr Haar, das Shampoo, sanft hält er seine Wange an ihre Schläfe. Federleicht fühlt sie sich an.

»Was ist denn?«, fragt er, als er sie schluchzen hört.

»Ach, nichts«, sagt sie und windet sich aus seinen Armen.

Sie dreht ihm den Rücken zu, wischt sich über die Augen, läuft hinaus.

***

Im Wagen hat ihm Sabine erzählt, dass Sam nach Wien ist. Zu einer Tontechnikerin.

»Vielleicht ist die Familie Starek nicht für die Liebe geschaffen«, sagt sie und trägt ihre Leidensmiene.

Er sagt nichts.

»Mama und du, ihr habt euch ja auch scheiden lassen«, fügt sie hinzu, weil ihr Vater nicht antwortet.

»Das hat doch nichts mit der Tontechnikerin von Sam zu tun«, sagt er.

»Bitte sprich nicht von ihm.«

Sie fahren zwei, drei Minuten schweigend weiter.

»Ihr wart uns Kindern kein gutes Vorbild«, sagt sie dann, und ihre Stimme verschwimmt zu einem Heulen.

»Ja«, sagt er, der ihr nicht widersprechen will, nicht noch mehr Tränen bitte, »ja, könnte sein.«

»Siehst du, jetzt sagst du es selbst.«

Er biegt von der Kumpfmühler Straße in die Bahnhofsstraße ab. Junkies lehnen an einer Laterne. Einer winkt mit der Bierdose.

»Hast du dich eigentlich noch mal verliebt, seit Mama ausgezogen ist?«

Ja, möchte er sagen, erst gestern, in ein polnisches Mädchen. Ich hab es im Arm gehalten heute Morgen, und seitdem kann ich an nichts anderes mehr denken.

»Nein«, sagt er.

* * *

Gut, dass sie Tante Szarmach noch hat. Mit wem sollte sie denn sonst reden, über das, was ihr passiert ist? Im Keller bei der Sauna gibt es ein Telefon. Dort ist der Ruheraum mit vier Steinliegen. Die Wände bemalt mit Nackten, die unter Palmen mit Volleybällen werfen, zum türkisblauen Wasser laufen oder auf weißem Sand liegen. An einem Strand mit Palmen war sie noch nie. Natürlich kommen ihr die Tränen, als sie ihrer Tante von Christian erzählt.

»Du musst es dem Vater sagen, Zuzana, oder der Polizei.«

»Nein«, sagt sie, »dann schicken sie mich zurück.«

Lange telefonieren sie. Ihre Tante ist wirklich der liebste Mensch, den sie hat auf der Welt. Irgendwann denkt sie nicht mehr an Christian, und sie lacht mit ihr über die Geschichten von früher, als Mama noch lebte. Erst als sie sich verabschieden, kommen ihr noch mal die Tränen. Sie bleibt noch eine Weile beim Telefon sitzen und denkt nach, ob sie es Herrn Starek wirklich sagen soll.

»Das war aber ein langes Gespräch«, sagt er und lehnt in der Tür. »War das dein Verlobter in Polen?«

***

Starek zieht die Jacke aus der Einkaufstüte. Die Größe hat er nur schätzen können, hoffentlich passt sie. »Tragen das die jungen Mädchen?«, hat er die Verkäuferin beim Hintermoser gefragt. »Es ist sogar der neueste Trend«, hat sie behauptet. Er streicht über den Stoff, die Knöpfe, Reißverschlüsse, Schlaufen, das Logo. Amerikanisch. Verknallter alter Gockel, denkt er. Eine Karte hat er auch noch gekauft, der Dom, die Donau, das Ufer tief verschneit, ein strahlend blauer Postkartenhimmel. Hat ein paar Zeilen für sie geschrieben. Nein, das war dann doch zu albern, er hat die Karte zerrissen.

Er nimmt die Jacke. Auf dem Flur hört er seine Mutter schnarchen. Bei Zuzana hält er das Ohr an die Tür. Er klopft. Ganz leicht, er will sie nicht erschrecken. Immer noch nichts, nur Stille.

***

»Nach hinten«, sagt er, und als sie sich nicht gleich bewegt, fasst er sie bei der Schulter und drückt sie gegen die Wand. Sie weiß ja, dass es falsch war, das Telefon zu benutzen. Aber auf ihrer Handykarte waren nur noch zwei Euro. Und sie hatte doch Sehnsucht. Fast jeden Abend hat sie die Tante vom Ruheraum aus angerufen, seit das mit Christian passiert ist.

»Siehst du das hier?«, sagt er und wedelt mit seinem Smartphone. »Damit kann ich sehen, dass du für zweihundertachtzig Euro telefoniert hast.«

Zweihundertachtzig Euro. Sie bekommt dreihundert die Woche für die Pflege. Sie versucht, die Tränen runterzuschlucken.

»Hör auf zu heulen«, sagt er. »Zieh dich aus.«

»Was?«

»Du sollst dich ausziehen. Sonst sag ich's meinem Vater.«

Alles rast ihr durch den Kopf. Die Tante, Herr Starek, die Oma und die Polizei. Auch Suwalki. Nein, das nicht, nur nicht zurück nach Suwalki. Trotzdem schüttelt sie den Kopf.

»Dann eben nicht«, sagt er und wendet sich zur Tür.

»Warte«, flüstert sie und zieht sich jetzt doch das Shirt über den Kopf.

Er schiebt sie in die Sauna. Nur ein fahles Licht leuchtet dort. Sie friert. Er zieht einen Hocker ran, setzt sich zu ihren Füßen. Sein Kopf ist dicht bei ihren Knien.

Sein Atem ganz nah an ihrer Haut. »Jetzt mach schon«, flüstert er heiser.

Christian nimmt ihre Hand und legt sie ihr zwischen die Beine. Blind tut sie es, wie er es haben will. Erst als da etwas Helles ist, reißt sie die Augen auf. Sein Handy. Er fotografiert sie mit seinem Handy.

»Jetzt aber mal bitte lächeln«, sagt er, grinst und lässt wieder und wieder den Blitz aufzucken.

***

»Hilfe, Hilfe.«

Das Vibrafon hat ihn in den Schlaf geklingelt. Gary Burton. Easy as Pie. Die Nadel knistert in der Auslaufrille.

»Hilfe, Hilfe.«

Dann ist es jetzt sechs, denkt er. Wieso geht Zuzana nicht zu seiner Mutter? Er tritt auf den Flur, klopft an ihre Tür.

»Hilfe, Hilfe.«

Das mochte Mutter noch nie, das Warten. Wollten seine Eltern ausgehen und Vater verspätete sich nur zehn Minuten, war seine Mutter längst wutentbrannt auf ihr Zimmer gelaufen und hatte die Abendgarderobe aufs Bett geworfen.

»Hast du Durst, Mutter?«, sagt er.

»Nein.«

»Was denn?«

»Nichts.«

»Und warum hast du gerufen?«

»Ich hab nicht gerufen«, sagt sie.

Starek hält ihr die Trinkflasche an die Lippen, begierig schlürft sie das Wasser.

»Ich danke Ihnen, Herr Doktor«, sagt sie, als er die Flasche absetzt.

Zuerst ist es nur ein Kichern, aus dem dann, immer lauter, ein heiteres Lachen wird, sie lacht und lacht und lacht, hat sich verloren im Labyrinth der Erinnerungen. Und wo bleibt Zuzana?

Er läuft durchs Haus, sie ist nicht im Wohnzimmer, nicht in der Küche und nicht in der Bibliothek. Er sieht hinaus, wo Jakub die Schubkarre über den Rasen schiebt. Er geht in den Keller, auch dort alles ruhig. Bis etwas Helles aufblitzt, ein zuckendes Weiß. Aus der Sauna. Jetzt noch mal und noch mal.

Zuzana schlägt die Hände vors Gesicht, als er die Tür der Sauna aufreißt. Da sind schwarze Striemen auf ihren Wangen, verwischte Mascara. Als hätte sie schwarze Tränen geweint. Und Christian? Er trägt diese alberne Kappe auf dem Kopf. New York Yankees. Der Junge sieht zu ihm auf, sein ewiges Grinsen im Gesicht.

Unendlich lange starren die beiden sich an, so kommt es ihr vor. Herr Starek hat einen wütenden Blick. Nein, nein, nicht Wut. Es ist Hass. Es gibt da einen Unterschied. Wut kommt plötzlich, Hass ist länger da und geht vielleicht nie wieder fort. Herr Starek nimmt die Brille ab, klappt sie zusammen, schiebt sie in die Jackentasche. Für Zuzana Zeit genug, ihre Sachen zusammenzuraffen, das Shirt über den Kopf zu streifen, die Jeans hochzuziehen. Als er mit der flachen Hand zuschlägt, fällt Christians Kopf zur Seite, sein Handy schliddert über den Boden, rutscht unter den Zuber. Als Christian sich wieder aufrichtet, sitzt die Kappe nicht mehr auf seinem Haar, und sein Vater schlägt noch mal zu. Weg, bloß weg, denkt sie. Zuzana tastet sich an der Wand entlang, ohne die beiden Männer aus den Augen zu lassen. Christian befühlt seine Wange. Aus seiner Lippe rinnt Blut und tropft auf sein Shirt. Mit der Hand, die eben noch die Wange befühlte, drischt er jetzt ins Gesicht seines Vater. Mit der Faust. Jetzt ist es der Kopf von Starek, der zur Seite fällt.

Zuzana schreit, schiebt die Tür der Sauna auf, hört ein tiefes, trauriges Stöhnen, ein Klatschen, noch mehr Stöhnen, nur heller. Im Ruheraum stößt sie gegen eine Steinliege, reißt die Tür auf. Falsch. Die falsche Tür. Es ist die zum Garten. Jakub schiebt draußen die Schubkarre über den Rasen. Sie hinkt hinaus, das Knie brennt von dem Stoß. Jakub ruft etwas. Sie versteht ihn nicht, hinkt weiter, mit nackten Füßen über spitze Steine, der weiße Sportwagen, von der Straße ein Motorengeräusch. Wieder ruft Jakub. Endlich ist sie ums Haus herum, wo sie nichts mehr hört und nichts mehr sieht.

***

Nein, denkt Starek, sie sind nicht mehr Vater und Sohn. Nie wieder. Sie sind jetzt Feinde. Für immer. Nicht ein einziges Mal hat er eins seiner Kinder geschlagen. Bis jetzt. Christian soll verschwinden, denkt er, für immer verschwinden. Er will keinen Sohn mehr haben.

»Hau ab«, schreit er. »Und komm nie wieder. Ich bin nicht mehr dein Vater.«

Der Junge lächelt. Was sonst? Auf seiner Lippe ist Blut. Schön, denkt er, soll Starek bluten.

»Ich hau ab, wann ich es will«, sagt Christian.

In seinen Augen ist ein Flackern. Hass. Er hasst seinen Vater auch. Der Hieb trifft ihn am Kinn. Ein wuchtiger Schlag. Für einen Augenblick werden ihm die Knie weich. Und dann spuckt er Starek ins Gesicht.

»Einen Waschlappen wie dich brauch ich nicht als Vater.«

Starek schlägt zurück, ohne Zögern, schmettert jetzt die Faust ins Grinsen. Er schlägt für Zuzana, nicht für sich. Da erwischt ihn ein Hieb an der Gurgel und nimmt ihm die Luft. Er spürt einen Arm am Hals, Christian drückt zu, er lässt nicht locker, auch als er nach hinten weicht.

»Lass deinen Vater los!«

Jakub. Die Stimme von Jakub. Aber Christian lässt nicht los. Er hat ja nie getan, was man von ihm verlangt. Und jetzt ist die Wut zu groß, zu monströs, um ihn aus der Armbeuge zu entlassen, das spürt er. Christian würgt ihn, drückt ihm die Luft ab, zwingt ihn auf die Knie, bis er am Boden liegt und röchelt.

»Du sollst ihn loslassen«, brüllt Jakub.

Plötzlich lockert Christian den Griff und lässt ihn los. Er kann sich nicht auf den Beinen halten, wankt, strauchelt, sucht nach Halt, streckt die Hände aus, bekommt jedoch nichts zu fassen, fällt.

»Komm her, du Penner«, hört er Christian wie von Ferne sagen, »los, komm schon.«

Schemenhaft sieht er Jakub ausholen. Doch Christian greift ihm in den Arm, dreht ihn zur Seite. Dann sieht er nichts mehr.

Als er erwacht, hockt Christian auf der Holzbank und heult wie ein kleiner Junge.

»Es … war Notwehr«, sagt er. Notwehr. Christian dehnt das O in die Länge. So kriecht das Wort durch die Sauna, schleicht umher, eine Schlange aus Buchstaben. Notwehr. Das Wort will Wahrheit werden, will keine große Lüge sein. So war es schon immer mit ihm. »Du hast doch gesehen, Papa, es war Notwehr.«

»Ich hab gar nichts gesehen«, sagt Starek.

***

Nach Mitternacht erst fährt der Polizeiwagen mit Christian davon. Der Leichentransport ist da schon lange weg. Die Kommissarin wollte alles wissen von Zuzana. Über Christian, Jakub und Herrn Starek. Sie hat ausgesagt, was Christian getan hat.

»Muss ich zurück nach Suwalki?«, hat sie die Frau gefragt.

»Dafür bin ich nicht zuständig.«

»Hilfe, Hilfe«, ruft die alte Frau Starek.

»Was ist denn?«

»Ich hab geträumt, ich bin im Himmel.«

»Und wie war es da?«, fragt Zuzana, die das jetzt gerne wüsste.

»Ich kann mich nicht erinnern.«

Zuzana nimmt die Oma in den Arm. Jetzt erst merkt sie, dass sie schwitzt. Der Schweiß rinnt ihr über den Nacken, den Rücken, übers Gesicht. Kein Wunder. Zuzana hat ja noch die Jacke an, die Herr Starek ihr geschenkt hat. Er will ihr die Berge zeigen, wenn es geschneit hat, die Zugspitze, den Watzmann und den Großglockner. Dafür hat sie schon mal eine richtig schöne, warme Jacke.

»Kannst du Ski fahren, Zuzana?«

»Leider nicht.«

»Dann zeig ich's dir«, hat er gesagt und sie in den Arm genommen.

KRAWALL

Jessi

Manchmal glaubt Jessi, sie wohnt im Wald. In der Mitte der Yorckstraße verläuft ein Grünstreifen mit meterhohen Bäumen, da ist im Sommer dichtes Grün, Vögel zwitschern gegen den Straßenlärm an, Omas führen ihre Hunde spazieren. Und die kacken dann alles voll. Einer hat mal gesungen *Überall Scheiße, man muss eigentlich schweben,* und das stimmt.

Seit einigen Wochen verstecken sich Aufpasser vom Ordnungsamt im Gebüsch und schreiben den Omas Strafzettel wegen der Hundehaufen. Wahrscheinlich haben sich Jogger beschwert. Vor ein paar Jahren joggte hier noch niemand. Aber jetzt laufen morgens und abends Männer in schicken Joggingsachen vorbei, mit teuren Handys und Kopfhörern auf den Ohren. Tagsüber sind mehr Frauen unterwegs, auch die in schicken Sportklamotten. Manche schieben dabei Kinderwagen vor sich her. Das sieht lustig aus, wenn die mit den Karren um die Hundescheiße kurven und irgendwann trotzdem reintreten.

Über Kinder hat Jessi mit Akin noch nicht gesprochen. Sie sind ja erst seit vier Monaten und drei Tagen zusammen. Sie hat ihn im Crawl kennengelernt. Das ist eine Disco an der Gneisenaustraße. Akin ist so süß. Pechschwarze Haare, schwarze Augen, voll durchtrainiert. Er riecht auch gut. Manchmal könnte sie nur an ihm rumschnüffeln, so gut riecht er.

Halb sechs. Sie rechnet die Tageskasse zusammen. Seit sie das neue Schild über dem Laden haben, verkaufen sie das Doppelte. Das liegt an den Joggerinnen. Manchmal kommt auch die Sängerin einer Band zum Einkaufen, die Jessi schon mal im Fernsehen gesehen hat.

Naturschön steht über dem Laden. Früher stand da *Obst und Gemüse*. Sie haben alles weiß gestrichen. Freunde von Akin haben Halogenlampen angeschraubt, die das Obst glänzen lassen. Und es gibt jetzt eine Sprinkleranlage, die jede halbe Stunde das Obst mit Wasser bestäubt.

»Sieht aus wie frisch gepflückt«, hat Akin gesagt. Unter das *Naturschön*-Schild hat er noch *Obst und Gemüse aus biologischem Anbau* drucken lassen.

»Das stimmt doch gar nicht«, hat Jessis Vater gesagt.

»Hört sich aber besser an«, hat Akin gemeint.

Akin ist ganz schön schlau. Das hat auch ihr Vater geschnallt. Vorher waren sie oft knapp bei Kasse gewesen. Papa hatte schon dran gedacht, den Laden dichtzumachen. Jessis Vater ist eigentlich gar nicht ihr Vater. Er heißt Carsten. Vorne Glatze, hinten Pferdeschwanz. Carsten ist vor Ewigkeiten von Bielefeld nach Berlin abgehauen. Hatte irgendwas mit der Bundeswehr zu tun. Er spielt E-Gitarre. Oft steht Jessi allein im Laden, und im Lager dudelt Carsten auf der Klampfe. Dass sie zu ihm *Papa* sagt, kam so: Jessis Mutter hieß Peggy. Die hatte einen Freund aus Ägypten, Ouassim. Von dem wurde sie schwanger. Ouassim ließ ihre Mutter sitzen, als Jessi drei war, und dann traf sie Carsten. Als Jessi mit zwölf einmal fragte, wieso sie eigentlich eine dunklere Haut hat, sagte ihre Mutter, das sei bloß eine Pigmentstörung. Kurz darauf bekam Peggy Brustkrebs und starb zwei Monate später. Carsten hat ihr dann die ganze Geschichte erzählt. Ob sie trotzdem weiter *Papa* zu ihm sagen dürfe, hat Jessi gefragt, woraufhin er in Tränen ausbrach und sie schon dachte, er würde nie wieder aufhören mit dem Heulen. So war sie über Nacht ein Waisenkind und Halbägypterin geworden.

Wo bleibt denn Akin? Sie will zum Nollendorfplatz, und er soll sie hinfahren. Sie ist da mit den Mädels verabredet. Und danach wollen sie und Akin noch ins Crawl.

»Typisch deutsch«, sagt er, wenn Jessi sich aufregt, dass er unpünktlich ist. Akin ist Türke. Aus Neukölln. Jessi war mal im Urlaub in der Türkei. Antalya. Akin war da noch nie.

»Ich bin halb Türke und halb Deutscher«, sagt er, »wenn ich mal Kinder hab, wird zu Hause nur Türkisch geredet.«

Na ja. Das sieht Jessi schon mal anders. Aber so weit sind sie noch nicht. Sie schaut auf die Yorckstraße, bevor sie die Jalousie runterlässt.

Von Akin nichts zu sehen.

Che

Klar, Che ist nicht sein richtiger Name. Wär ja auch seltsam, wenn ein deutscher Polizist seinen Sohn Che genannt hätte. Er hieß mal Gero. Aber nur, solange er in Waiblingen lebte. Gero Bechtle. Seit Berlin aber nennt er sich Ge. Er redet auch kein Schwäbisch mehr. Schwäbisch ist hier nicht angesagt bei den coolen Leuten. Aus dem Ge haben seine Leute in der Solmsstraße dann Che gemacht. Gefiel ihm noch besser. Che Guevara. Krasser Typ, er hat alles über ihn gelesen. Berlin ist auch krass. Wenn schon in Deutschland, dann hier. In Kreuzberg gibt's keine Reihenhäuser, keine Kehrwoche, keine Besserverdiener. Nun ja, Besserverdiener inzwischen schon. Immer mehr sogar. Urban Living in Kreuzberg. Gelaber von Immobilienfritzen. Er hat sogar schon Porsche Cayennes im Kiez gesehen. Made in Stuttgart.

Die scheinen ihn irgendwie zu verfolgen. Manche Häuser sehen aus wie in Prenzlauer Berg mit ihren bonbonfarbenen Wänden. Aber wenigstens kann man da gut drauf sprayen. Ihr Vermieter hat ihnen gerade die Miete erhöht. Sofia hat den Brief gleich in den Müll geworfen.

Im Winter war Ches Mutter zu Besuch. Trotz der Cayennes und der schicken Boutiquen fing sie an zu heulen. Sein Vater habe gesagt, in Kreuzberg wohnten nur Asoziale, jammerte sie, aber in Wirklichkeit sei es noch viel schlimmer. Hier wohnten ja nur Ausländer. Che ruft sie nur noch selten an. Und bei seinem Vater ist sowieso jedes Wort verschwendet. Als Che die »kommunistische Seuche« kriegte, wie sein Vater das nannte, hatten sie jeden Tag diskutiert.

»Findest du es etwa richtig, dass zehn Prozent der Deutschen fast alles gehört und die anderen haben fast nichts?«, hat Che gesagt.

»Ich neide keinem was …«, sagte sein Vater.

»Aber die Hälfte der Menschen besitzt nur 1,6 Prozent …«

»Zu denen gehören wir ja wohl nicht«, hat sein Vater gesagt und das Haus, den Mercedes, den Wohnwagen und die Mitgliedschaft im Tennisklub aufgezählt. Der kapierte es einfach nicht, das passte nicht in sein Bullenhirn. Sein Vater ist Kommissar. Leiter des Referats Betrug und Eigentumsdelikte.

»Und ihr Bullen passt noch auf, dass den Reichen keiner was von ihrem Scheißreichtum wegnimmt!«

»Bist du jetzt Kommunist geworden?«, hat sein Vater gebrüllt, und mit all den schwäbischen Sch-Lauten hörte sich das gleich doppelt bescheuert an.

»Ganz schön nazi, dein Alter«, sagte Sofia nur, als Che ihr das erzählte.

Sofia. Sie sieht so verdammt süß aus. Vor allem, wenn sie schläft, so wie jetzt. Einmal hat Che ihr das gesagt. Aber da ist sie richtig sauer geworden.

»*Süß*, wenn ich das schon höre. Lass bloß die Chauvischeiße bei mir.«

Wenn Sofia gefragt wird, wo sie herkommt, sagt sie: Karl-Marx-Stadt. Auch wenn das heute Chemnitz heißt. Ihr Vater war ein hohes Tier bei der Armee drüben. Silvester '89 hat ihn einer aus politischen Gründen zusammengeschlagen. Sagt er jedenfalls. Seitdem sitzt er im Rollstuhl und sabbert sich aufs Hemd. Aber im Kopf ist er klar. Hat sogar ein Blog im Netz: *Fuer-ein-sozialistisches-Deutschland.de*. Na ja, das ist nicht so ganz Ches Sache. Zu viel DDR. Zu viel Militär. Che ist Pazifist. Aber wenigstens ist Sofias Vater nicht so ein angepasster Fettsack wie sein Alter, so ein Spießerbulle aus Waiblingen.

»Dann passen wir ja richtig gut zusammen«, hat Che gesagt, »wenn wir von einem Kommunisten und einem Nazi abstammen.«

Das fand Sofia auch wieder nicht lustig, weil man ja wohl ihren Vater nicht mit seinem vergleichen könne.

Sie dreht sich auf die andere Seite, die Haare liegen über ihrem Gesicht, ihre Hand sucht nach seiner. Che starrt an die Decke, hört ihren Atem und schläft noch mal ein.

Jessi

Sie hat feucht durchgewischt und die Sprinkleranlage ausgeschaltet. Dann ist sie unter die Dusche, hat sich die Haare gemacht, sich geschminkt und den Minirock und das Shirt mit den Pailletten angezogen. Noch immer dröhnt die E-Gitarre aus dem Gemüselager. Jessi muss lachen. Sie weiß ja, was sie gleich zu sehen kriegt. Sie schiebt die Tür auf. Papa hat die Lightshow an, kniet am Boden, die Gitarre auf dem Bauch, den Kopf im Nacken, der Zopf pendelt in seinem Rücken. Er spielt einen Song, den sie nicht kennt. Bestimmt was von früher. Papa lebt in der Vergangenheit. Er ist ein guter Gitarrist und ein verdammt mieser Gemüsehändler.

»Bin gleich weg«, ruft sie.

Ihr Papa erwacht aus seinem Gitarristentraum. Er kommt mit in die Küche und blättert das Kassenbuch auf.

»Gut gemacht, Prinzessin«, sagt er und schiebt ihr einen Fünfziger rüber. »Mach dir 'nen schönen Abend.«

»Wir gehen zum Inder am Nollendorfplatz.«

»Nicht meine Geschmacksrichtung.«

»Du sollst ja auch nicht mit.«

»Darf ich meine Prinzessin denn wenigstens hinfahren?«

Sie schüttelt den Kopf, streichelt seinen Arm und gibt ihm einen Kuss auf die Stirn. Bloß nicht in Papas Lieferwagen rumkutschiert werden und dann nach verrottetem Kohlrabi stinken.

»Akin fährt mich.«

»Und wo bleibt er?«

»Ist mal wieder zu spät.«

»Vielleicht arbeitet er noch.«

»Weiß nicht, ob er überhaupt was arbeitet.«

»Bestimmt arbeitet der was.«

»Du arbeitest doch auch nichts.«

»Da hast du auch wieder recht.«

Sie lachen beide drüber.

Lothar Kurrat

Den Computer hat er bei Ebay geschossen. Gebraucht, für hundert Takken. Eine verdammt lahme Kiste ist das. Für eine Seite braucht der zwei Minuten. Pornos angucken ist da nicht drin, das Ding bleibt dauernd hängen. Nur Fotos gehen. Ist aber immer noch billiger als Hefte kaufen. Früher hat Kurrat sich jede Woche ein neues Heft geleistet. Das Stück für fünfzehn Euro. Die Sammlung hat er noch. Nur manchmal noch guckt er da rein. Die Mädels in seinen Heften sind wie alte Bekannte.

Mit den fünftausend Euro könnte er sich endlich den Aspire 6310 leisten. Der hat tausend Gigabyte. Mit dem, was Kurrat an Stütze kriegt, kann er den Aspire nicht bezahlen. Zumal die Kohle letztes Jahr auch noch gekürzt wurde. Alle müssten den Gürtel enger schnallen, hat der Bürgermeister gesagt. Seitdem achtet Kurrat drauf, ob man davon schon was sieht beim Bürgermeister. Ist ja jeden Tag in der Zeitung. Sektempfang, Galadiner, Staatsbankett. Bis jetzt ist ihm nichts aufgefallen.

Lothar Kurrat ist dreiundfünfzig, seit sieben Jahren ohne Job. Und daran werde sich so schnell auch nichts ändern, hat die persönliche Ansprechpartnerin im Jobcenter gesagt.

Er fährt den Computer runter. Neuerdings heult das Ding dabei wie ein untergehendes Modellboot. War mal sein Hobby. Modellboote. Auf dem Rummelsburger See. Nicht weit von der Frankfurter Allee, wo Kurrat wohnt. Einraumwohnung. Lang ist's her. Da war er noch Pförtner bei Moden Piepenbeck. West-Berlin, nahe dem KaDeWe. Gute Lage. Trotzdem gab's irgendwann die Pleite. Seine Pförtnerloge war hinten. Schön schattig war's da. Viel zu tun hatte er nicht, es sei denn, es kamen mal zwei Lieferanten gleichzeitig.

Vor der Wende war Kurrats Arbeitsplatz in der Schadowstraße, Ost-Berlin. Von da kann man zum Brandenburger Tor spucken. Er hockte in einem Kassenhäuschen, wie man es von Parkplätzen kennt. Nur dass da kein Parkplatz war. Und schattig war's auch nicht. Im Sommer wurde das Häuschen zum Grill, im Winter zur Tiefkühltruhe. Er musste fotografieren, wer in der Scha-

dowstraße 36 ein und aus ging. Dort hatte das Westfernsehen
sein Büro. Ein halbes Jahr nach der Wende ist Kurrat noch mal
hin. Vielleicht aus Sentimentalität. Das Häuschen war noch da.
Und jetzt gab's da auch 'nen richtigen Parkplatz. Sogar die Ka-
rena-Flasche stand noch da, die er an seinem letzten Arbeitstag
zurückgelassen hatte. Noch halb voll. Woher hätte er denn wissen sollen, dass es sein letzter Tag war? Dass es mit dem ganzen
Staat über Nacht zu Ende sein würde.

Er zieht den Vorhang zurück. Nur zwischen zwei und fünf Uhr
nachts fahren mal weniger Autos auf der Frankfurter. Fünftausend
Euro, die könnte er wirklich gebrauchen. Für den Computer und
vielleicht auch für eine neue Wohnung. Fünftausend Euro Belohnung, haben die im Fernsehen gesagt. Man brauche den Bürger an
der Straßenecke, der hinsieht und die Polizei alarmiert, sagte der
Polizeipräsident. Dazu wurde eine Halle gezeigt, die aussah wie
ein normales Parkhaus. Mit dem Unterschied, dass alle Autos
ausgebrannt waren. Jede Nacht brennen irgendwo in der Stadt
Autos. Seit Wochen schon. Und nicht einen einzigen Brandstifter hat die Polizei geschnappt. Dilettanten. Das wär ihnen drüben
nicht passiert, denkt Kurrat. Man müsse vielleicht mal über eine
Ausgangssperre für Jugendliche nachdenken, hat einer der Poli-
tiker in der *Abendschau* gesagt. Und der Bezirksbürgermeister
sprach sich für die New Yorker Null-Toleranz-Strategie aus. Natürlich hat der von der linken Liste dagegen geredet. Kurrat hat
alles gesehen und gelesen über die Brände. Er hat ja Zeit. Auch
dass der Bürgermeister wegen der Autobrände seinen Toskana-
Urlaub abgebrochen hat und nach Berlin zurückgekehrt ist.

Im Fernsehen reden sie schon wieder darüber. Im Interview vor
dem Roten Rathaus sagt der Senator, die Polizei müsse Drohnen mit Wärmebildkameras gegen die Brandstifter einsetzen,
wenn das so weiterginge. Und Hubschrauber. Kurrat muss la-

chen. Ob man nicht auch die Bundeswehr zur Sicherung mit einbinden könne, sagt der Lobbyist des Autoverbands und kaut auf irgendwas herum.

»Das wär ja dann wie Krieg«, sagt die Reporterin.

»Es ist ja auch Krieg«, sagt er, »ein Krieg gegen uns Autofahrer.«
Fünftausend Euro. Eine Menge Geld. Kurrat schaltet den Fernseher aus. Gleich sechs Uhr. Dann muss er wohl mal los.

Jessi

Akin war nicht nur unpünktlich, er ist gar nicht gekommen. Jessi ist ganz schön sauer. Ein Teil von Papas Fünfziger ist also schon fürs Taxi draufgegangen. Wenigstens ist es jetzt lustig. Mit ihren Freundinnen Jeanette, Linda, Simona, Zoey sitzt sie im Amrit. Künstliche Elefanten, künstliche Wasserfälle, künstliche Palmen. Irgendein Gezirpe. Alle Tische sind besetzt, es ist laut und lustig. Blöd nur, dass der Bezug der Sitzbank an ihren Beinen klebt. Sie hätte eine Jeans anziehen sollen statt des Rocks.

Im Amrit haben sie einen süßen neuen Kellner. Bahrat. Der ist ein wenig schüchtern. Zoey macht ihm aus Spaß schöne Augen. Deswegen vergisst er andauernd, was sie bestellt haben.

Sie lachen und lachen und lachen. Simona hat jetzt auch einen türkischen Freund. Tahsim. Der ist aber lange nicht so locker wie Akin.

»Auf Schweinefleisch kann ich ja noch verzichten«, sagt Simona, »aber Tahsim sagt, bei seinen Eltern muss ich ein Kopftuch tragen.«

»Und machst du das etwa?«, fragt Zoey.

»Hab gesagt, von Kopftüchern krieg ich Haarausfall.«
Alle lachen.

»Hat er denn einen Job?«, fragt Linda.

»Nein, aber er kann wahnsinnig gut küssen.«

Noch mal wird gelacht. Jessi denkt an Akin. Sie ist schon nicht mehr ganz so sauer auf ihn. Vielleicht ist ja was mit dem Escort. Fünfzehn Jahre ist der alt. Zweimal sind sie damit schon liegen geblieben. Einmal auf der A9 nach Nürnberg, als sie zum Hertha-Auswärtsspiel wollten, und dann noch mal am Wannsee bei ihrem ersten Date.

Akin ist verrückt nach Autos. Er träumt von einem Porsche Panamera. Sie haben sich sogar schon einen angesehen im Porschezentrum Unter den Linden. Braunmetallic war der, für zweiundneunzigtausend Euro. Als Akin sich reingesetzt und ein bisschen am Lenkrad gedreht hat, kam sofort einer von der Security.

»Was soll das werden?«, hat der gesagt.

»Gibt's den auch in anderen Farben?«, hat Akin gesagt.

»Und dann?«

»Dann würde ich vielleicht einen kaufen.«

»Das soll wohl ein Witz sein!«, hat der Gorilla gesagt.

Jessi hat Akin aus dem Laden gezogen, bevor es Ärger gab. Akin hätte dem Typen allzu gern eine verpasst. Der Tag war dann gelaufen. Akin hat kein Wort mehr gesagt, so mies hat er sich gefühlt.

Jessi isst Chicken Dahiwala. Schmeckt vorzüglich. Immer mal wieder sieht sie auf ihr Handy. Nichts. Sie hat Akin schon drei Nachrichten geschickt. Langsam macht sie sich Sorgen. Bahrat bringt ein Tablett Arrak. Auf Jeanettes Kommando kippen die Mädchen den Schnaps in einem Zug runter. Es brennt im Hals und treibt Jessi Tränen in die Augen. Sie lachen.

Und Bahrat kommt schon mit der nächsten Runde.

Lothar Kurrat

Neukölln, Wedding, Westend, Treptow-Köpenick, Moabit, Prenzlauer Berg. Dreiundvierzig Autos wurden in den letzten drei Nächten abgefackelt. Kurrat hat für jedes ein Kreuzchen auf die Karte geklebt. In Charlottenburg aber klebt keins. Also ist er auf dem Weg dorthin. Für so was hat er einen Riecher. Ist doch klar, dass die Polizei in den Vierteln, wo schon viel passiert ist, jetzt doppelt so viel Streife fährt. Sogar eine Hundertschaft der Bundespolizei ist im Einsatz. Da gehen die Chaoten in andere Viertel, ist doch klar. Also: Charlottenburg.

Von dem Gerumpel der S-Bahn wird Kurrat schlecht. Normalerweise macht er alles mit dem Rad, ein Auto hatte er nie. Er stand mal auf der Liste für einen Trabbi, hätte er im Mai '91 gekriegt. Aber da gab's die DDR nicht mehr. Pech.

Kurrat faltet die Karte mit den schwarzen Kreuzchen auf. Dass die Chaoten die dicken Bonzen-Schlitten abfackeln, das kapiert er ja noch. Mercedes, BMW, Jaguar. Und die Firmenwagen der Deutschen Bank, von Bayer oder der Bewag. Aber warum zünden sie die Passat Kombis und Mondeos der Familienpapis an?

Am Savignyplatz steigt er aus. In den Straßenrestaurants sind alle Tische besetzt. Manchmal genehmigt er sich eine Currywurst im Frankfurter Eck. Aber nur wenn Gesine am Grill steht, dann kriegt er die Wurst zum halben Preis. Schicke Gegend hier. Goethestraße, Leibnitzstraße. Schicke Leute, schicke Geschäfte, schicke Autos. An der Ecke Pestalozzistraße schlendern ihm zwei Typen entgegen, die alle Zeit der Welt zu haben scheinen. Die sind auch scharf auf die fünftausend, so was erkennt er sofort. Gelernt ist gelernt. Die gucken ihn genauso an wie er sie. Fehlt nur noch, dass sie sich grüßen.

Die Ecke hier ist also schon mal besetzt, denkt er und läuft weiter. Er kriegt Durst und biegt in die Krumme Straße ein. Da ist ein Kiosk. Die Schlagzeile der BZ heißt: *Krieg gegen uns Autobesitzer*. Für das *Krieg* haben sie gelborangeviolette Farbe genommen, Flammen lodern über die Ränder der Buchstaben. Darunter das Foto eines verkohlten Audi Q8. Und eins vom Bürgermeister. Nein, denkt Kurrat, der hat den Gürtel nicht enger geschnallt, der hat sogar richtige Hamsterbacken. Und den hat er mal gewählt. Wird nicht wieder vorkommen.

Der Kiosk hängt voller Zeitschriften, Süßigkeiten, Handyhüllen und irgendwelchem anderen Krimskrams. Hinter dem Fensterchen sieht er ein Gesicht, das ihn an die Taliban erinnert, wie man sie manchmal in der *Tagesschau* sieht.

»Ein Bier«, sagt Kurrat.

»Kindl Bock, Berliner, Herrenhäuser, Köstritzer, Lausitzer, Wernesgrüner?«, fragt der Taliban.

»Dann Wernesgrüner.«

Das Bier ist dreißig Cent teurer als im Frankfurter Eck, aber wenigstens kühl. Mit dem Feuerzeug ploppt Kurrat den Kronkorken auf, lehnt sich an den Stehtisch und zündet sich eine Zigarette an.

Unten an der Ecke stehen die Rentnersheriffs und tun so, als ob sie sich die Auslage einer Reinigungsfirma ansehen. Idioten. Irgendwann drehen sie ab, und Kurrat kommt sich plötzlich selber idiotisch vor. Fünftausend Euro. Lächerlich. Geh doch nach Hause, Lothar, denkt er, geh heim und guck dir deine Heftchen an und danach noch 'ne Currywurst von Gesine. Dann eben kein Aspire 6310 und keine neue Wohnung. Als würde gerade ihm jemand den Gefallen tun und vor seinen Augen ein Auto abfackeln. Ihm hat noch keiner einen Gefallen getan, denkt Kurrat, noch nie, im ganzen Leben nicht.

Che

Sofia lacht über seinen Pullover. Zitronengelb, von Tommy Hilfiger. Dazu die Hilfiger-Jeans und die weißen Sneaker von Puma.

Die Klamotten hat ihm seine Mutter zum Abi geschenkt. Che setzt auch noch die Brille mit Fensterglas auf. Während er sich kämmt, ist Sofia dran mit Anziehen. Er beobachtet sie im Spiegel. Süß sieht sie aus, so nackt. Sie ist zierlich, einen Kopf kleiner als er. Sie hat winzige Brüste, schmale Hüften. Ein Kätzchen. Aber das dürfte er nicht zu ihr sagen. Süße, Kätzchen, Mäuschen, Liebling, Schatz. Das alles darf er nur denken.

Vorhin hat er mit ihr geschlafen. Vor Sofia hatte Che einige Mädchen in Waiblingen. Langweilige Ziegen, die von einem Häuschen, einem Mercedes und zwei Kindern träumten. Und die sich im Bett so lahm bewegten, als hätten sie das alles schon. Sofia ist wild. Sie kratzt und beißt und japst und stöhnt und schwitzt und keucht bei der Liebe. Er will nie mehr eine andere. Auch das würde er ihr gerne sagen, doch auch das wär ihr wahrscheinlich zu kitschig.

»Ist was?«, sagt sie und lächelt ihn an.

»Ach nichts.«

»Ich mag dich.«

»Ich dich auch.«

Verdammt noch mal, vielleicht sollten sie einfach abhauen aus Berlin. Nie mehr Winter, die im Oktober anfangen und bis April andauern. Grau, düster, Regen, Schnee, Frost. Griechenland wäre geil. Paros. Da ist Che mal gewesen mit ein paar Jungs aus Waiblingen. Surfen. Obergeil war das. Da ein kleines Häuschen mieten und eine Surfschule aufmachen. Wieso nicht? Im Sommer die Kohle für den Winter verdienen. Ein ganz einfaches Leben führen. Nur er und Sofia. Obst und Gemüse anbauen, vielleicht eine Ziege halten.

»Sofia?«, sagt er.

»Ja?«

»Ach nichts.«

Sie streift das Sommerkleid über. Es ist rot, mit weißen Kreisen und gelben Sonnen. Könnten auch Butterblumen sein. Sie hat es bei Karstadt geklaut.

»Voll die Tussi«, hat sie gesagt und gelacht, als sie es anprobierte.

Sie sieht süß aus. Mit Kleid, ohne Kleid, eigentlich sieht sie immer süß aus, denkt Che. Süß, süß, süß. Jetzt schlüpft sie noch in die Segeltuchschuhe. Die hat sie auch geklaut. Zu dem Kleid würden eigentlich besser Schuhe mit Absätzen passen, hatte sie noch gesagt. Aber damit könne sie ja nicht rennen.

»Riecht noch 'n bisschen streng«, sagt sie und grinst.

Er geht nah an sie ran, schnuppert an ihrem Kleid. Benzin.

»Mmh«, macht er, »wie du duftest.«

Sie lachen, dann küssen sie sich.

Jessi

Natürlich geht sie erst mal nicht dran, als Akin anruft. Sein Gesicht grinst auf ihrem Display. Er ist süß, aber das ist noch lange kein Grund, ihre Verabredung zu vergessen.

»Nun mach schon«, sagt Zoey.

»Er soll ruhig noch ein bisschen zappeln«, sagt Jessi und lacht. Sie ist benebelt vom Arrak. Drei oder vier Runden hat Bahrat schon rangeschafft. Jessi kann gerade über alles lachen. Vor allem über Bahrat. Zoey ist so gemein zu ihm. Hätte er nicht so dunkle Haut, sähe man sicher seinen knallroten Kopf.

Wieder vibriert Jessis Handy.

»Bist du noch da drin?«, sagt Akin.

»Was denkst du denn.«

»Ich hab's nicht geschafft. Geschäfte. Tut mir leid.«

»Ich bin mit dem Taxi gefahren. War verdammt teuer.«

»Scheiße, ich geb sie dir zurück.«

»Wo bist du?«

»Vor der Tür.«

»Dann komm doch rein.«

»Geht nicht.«

»Warum nicht?«

»Hab ʼne Überraschung für dich.«

»Was denn?«

»Musst du schon selber gucken.«

»In fünf Minuten«, sagt Jessi.

Che

In der Großbeerenstraße gibt es den Friseursalon Küfü. Che muss grinsen, als sie sich da im Schaufenster spiegeln. Ganz klar, ein Touristenpärchen, nett, jung und adrett, vielleicht aus Waiblingen. Das Pärchen schlendert nach der Besichtigung des Brandenburger Tors, des Pergamonmuseums, des Reichstags und des KaDeWe nun noch durch Kreuzberg. Vielleicht sollte er ein Foto machen und es den Alten nach Waiblingen schicken, denkt er. Für die Küche. Passt doch perfekt zu den Sonnenuntergangsbildern vom Alten und zu Mutters Knetmännchen. Sofia trägt eine schwarze Lacktasche. Hat sie im Tessina an der Hagelberger geklaut. Eine totale Tussibude. Die Tasche kostet vier Hunderter und sieht aus, als seien da ihre Lippenstifte drin, ihr Lidschatten, das Blackberry, das iPad, die Mastercard, die Kundenkarten von Starbucks, Esprit und Sixt.

Vor dem Gemütlichen Eck an der Kreuzung Wartenburgstraße steht ein Polizeiwagen auf dem Gehweg. Eine Polizistin sitzt am Steuer, ihr Kollege fummelt an einem Kaugummiautomaten herum.

»Langsamer gehen«, sagt Che, »wir sind doch Touris.«

»Jetzt spinn doch nicht«, sagt Sofia.

Die Bullen kriegen sowieso nichts mit. Die Frau scheint zu schlafen, während der Bulle an dem Automaten rüttelt. Überall im Leben wird man beschissen, denkt Che und muss lachen. Die Kaugummiautomaten bescheißen sogar die Bullen. Am Tempelhofer Ufer nehmen Sofia und er den Bus zur Gedächtniskirche.

Jessi

Es ist dunkel, aber noch warm. Vor den Cafés und Restaurants wird geraucht, getrunken, gelacht. Wasserpfeifen am Sasnimi, Espresso bei Lorenzo, Zigarillos am Feinstein. Auf dem Platz drehen Skater ihre Runden, ein paar Schwule laufen den Gehweg auf und ab. Irgendwo scheint ein Fest zu sein. Jessi kommen zwei Kerle in hautengen Lederhöschen entgegen. Sie haben kurzgeschorene Vollbärte, reden Französisch und tragen halbhohe Lackstiefel.

Beim Falafelhaus blinken Scheinwerfer. Akin? Aber das ist doch gar nicht sein Escort, was soll das?, denkt Jessi, was ist das für ein Auto? Sie geht an den Wagen ran. Die Scheiben sind abgedunkelt, das Fenster an der Fahrerseite gleitet nach unten. Tatsächlich, Akin.

»Na, was sagst du?«

Er sieht sie an und lacht. Jessi sagt nichts. Soweit sie es erkennen kann, ist das ein Porsche Panamera. In Schwarz.

»Krieg ich keinen Kuss?«, fragt er.

Jessi beugt sich ins Fenster, spürt seine Zunge, hält sich am Türholm fest, um nicht von Akin in den Wagen gesaugt zu werden.

»Steig ein!«

»Was ist das für ein Auto?«

»Steig erst mal ein.«

Im Wagen ist es wunderbar kühl. Es riecht nach Parfum und Leder, und der Sitz ist unglaublich bequem. Alles da draußen sieht sie wie durch eine Sonnenbrille. Akin lässt den Motor an, der leise schnurrt. Die Beleuchtung der Armaturen glimmt auf, Musik ertönt, Shakira. Jessi mag das Lied. Der Panamera rollt an, gleitet still dahin, kein Geräusch von draußen dringt herein, die Schwulen auf dem Gehsteig, das Lachen, Hupen, Rufen, die Taxen, die Mopeds, die Musik aus den Bars, die Radfahrer, alles lautlos. Als sei das eine andere Welt da draußen, denkt Jessi. Nach Shakira kommen die Black Eyed Peas. Die mag sie auch. Hinterm Nollendorfplatz gibt Akin Gas. Sie fliegen durch das nachthelle Berlin, vorbei an Taxen und Reklamelichtern, sie gleiten die Potsdamer rauf, aus der die Leipziger wird, biegen links ab in die Friedrichstraße, auf Akins Seite bald das Brandenburger Tor.

»Wo fahren wir hin?«, fragt Jessi, obwohl es ihr eigentlich egal ist.

»Wir machen 'ne Stadtrundfahrt«, sagt Akin lachend und drückt aufs Gas, so dass es sie in die Sitze presst.

Der Fernsehturm blinkt, Akin biegt ab, Karl-Liebknecht-Straße, Alexanderplatz, noch mal abbiegen, Karl-Marx-Allee. Dann immer geradeaus. Die Straßen sind breiter hier, denkt Jessi, die Häuser hoch und einförmig, es dauert ewig, bis es weniger wird mit den Häusern, bis die Straße dunkler ist. Da sind sie fast schon in Hoppegarten. So weit im Osten war Jessi noch nie.

»Geile Karre, was?« Akin lacht.

»Wem gehört die?«

»Ausgeliehen. Von einem Freund. Wollte meiner ägyptischen Göttin mal was bieten.«

Süß. Ägyptische Göttin. Jessi streckt sich auf dem Sitz aus. Vier, fünf Arrak. Was für ein spaßiger Abend. Und jetzt hat sie Lust. Auf alles, auf Akin.

»Der hat 550 PS. Das ist ein Turbo S.«

»Ja«, sagt Jessi, »ja.«

Später, als die Köpenicker die Berliner Straße kreuzt, ordnet sich Akin links ein. Rot, Zeit für einen Kuss. Eine Hupe. Grün. Er gibt Gas, sie wenden, rauschen zurück in die Stadt. Die Berliner Nacht schimmert unter einem sternenklaren Himmel.

Was für eine geiler Abend, denkt Jessi.

Che

Im Bus will Sofia die Beine übereinanderschlagen, aber dafür ist der Rock zu eng. Sie hat ja keine Übung im Röcketragen, denkt Che und grinst.

»Was grinst du schon wieder?«, flüstert sie, obwohl sie es doch weiß, und boxt ihn in die Rippen.

Fast alle Plätze sind besetzt. Die Fahrgäste stieren auf ihre Handys. Wie anders die Leute aussehen als in Waiblingen, denkt Che. Es kommt ihm vor, als hätte er dort nie einen Bettler gesehen. Nicht mal einen armen Menschen. Als seien alle Waiblinger Porsche gefahren. Oder wenigstens Mercedes. Hier muss man doch nur mal im Vorbeifahren die Augen aufmachen. Da. Ein Alter mit dem Kopf in einem Abfallcontainer beim Tengelmann. Dreißig Meter weiter vier, fünf Trinker an einer Parkbank. Einer liegt wie tot auf dem Weg. An der Gedächtniskirche steigen sie aus. Che nimmt Sofias Hand.

»Was soll das denn?«

»So machen das die Touris.«

Sie lachen, schlendern mit dem Strom den Ku'damm rauf. *Leistung aus Leidenschaft* steht auf dem Display bei der Deutschen Bank.

Im Eingang schläft ein Obdachloser mit Hund. Abends schaffen sie es nicht mehr, die Leute da wegzuhalten. Vor dem Kempinski servieren Kellner in steifen weißen Jacken. Letztes Jahr war Brad Pitt da. Filmfestspiele. Die Tussen haben die Beine übereinandergeschlagen und sehen gelangweilt aus. Die dazugehörigen Typen genauso, nur dass sie breitbeinig in den Sesseln liegen. Auf den Tischen flackern Lichter. Es werden Drinks serviert. Che und Sofia weichen einem Gast aus, dem der Hausdiener den Rollkoffer zieht. Eine junge Schwarze im roten Cocktailkleid stöckelt hinterher. Sie zieht einen Windhund an einer glitzernden Leine. Wahrscheinlich Diamanten, denkt Che und muss lachen. An der Reklametafel der Credit-Suisse-Filiale lehnt ein junger Typ, Araber wahrscheinlich. *Zukunft sichern – erfüllen Sie sich Ihre Träume.* »Pass auf deine Tasche auf«, sagt Che. »Hier wird geklaut.«

Sie lachen. Knesebeckstraße, Bleibtreustraße. Abends kommen die Sportwagen raus. Vor dem Reisebüro stehen zwei Bullen. Mal nachsehen, wo es in den Ferien hingehen könnte. *Where happiness means the world.* Aus der Wielandstraße schleicht eine Alte heran. Sie hat einen Einkaufswagen, auf dem sich Plastiktüten stapeln. Die Bullen halten die Alte an. Schicken sie zurück, weg vom Ku'damm. Der Alten gefällt das nicht. Che will hin, Sofia hält ihn fest.

»Lass das«, sagt sie.

»Aber sie kann langgehen, wo sie will«, sagt er, »sie ist ein freier Mensch.«

»Jetzt nicht.«

Sofia zieht ihn da weg. Sie hat recht, es wäre zu blöd, ausgerechnet jetzt den Bullen in die Arme zu laufen. Die Alte schiebt den Einkaufswagen zurück in die Wielandstraße, bleibt vor einem Juwelierladen stehen und wartet, dass die Bullen verschwinden. Che und Sofia biegen in die Giesebrechtstraße ab, gehen von da auf die Kantstraße. Che denkt an Olga. Das heute machen sie für Olga. Wohnt auch in der Solmsstraße. Parterre, Hinterhof. Seit drei Wochen sitzt sie im Frauenknast in Pankow, Arkonastraße. Ladendiebstahl. Olga konnte ihren Kindern nichts mehr zu essen kaufen. Da ist sie in den aktiv-Markt an der Yorckstraße. Vier Wochen hat sie gekriegt. Die Kinder müssen so lange ins Heim. Vier Wochen Knast für ein tiefgefrorenes Hähnchen, zwei Schachteln Kekse, ein Glas Erdbeermarmelade, drei Tafeln Schokolade und ein Toastbrot. Der Prozess dauerte zweiundzwanzig Minuten. Che hat auf die Uhr geguckt.

»Ganz schön viele Bullen hier«, sagt Sofia, als sie in die Kaiser-Friedrich-Straße abbiegen und einen Mannschaftswagen sehen.

»Die kriegen langsam Angst vor uns«, sagt Che und klopft Sofia auf die Tasche.

Jessi

Unter den Linden liegt hinter ihnen. Gleich halb elf. Immer noch eine Menge los. Bei dem schönen Wetter wollen alle draußen sein. Zwei Blöcke vor dem Brandenburger Tor biegt Akin ab, fährt die Wilhelmstraße runter. Also geht es nach Hause, denkt Jessi. Aber am Halleschen Tor biegt er nach rechts ab.

»Wollen wir nicht zu mir?«

»Ich kann die Karre doch nicht in Kreuzberg abstellen«, sagt er. »Wenn da 'n Kratzer drankommt, reißt mir mein Kumpel den Kopf ab.«

»Das wäre wirklich schade«, sagt Jessi und greift nach Akins Hand, küsst sie.

Dann soll er eben weiter rumfahren, von ihr aus bis ans Ende der Welt. Das stellt sie sich übrigens so vor: weißes Haus an blauem Meer, blauer Himmel, immer Sonne; ungefähr fünf Kinder, die natürlich nicht Türkisch sprechen, zweisprachig, gut, das lässt sie sich noch gefallen; sie hat eine Haushaltshilfe, und Papa kriegt ein eigenes Haus im Garten, mit Tonstudio und richtiger Bühne.

Als Jessi die Augen wieder aufmacht, fahren sie gerade an der Gedächtniskirche vorbei, dann kommt schon der Zoo. Sind immer noch 'ne Menge Autos unterwegs. Taxen, Busse, Cabrios. Akin umkurvt den Ernst-Reuter-Platz, nimmt die Ausfahrt Bismarckstraße. Cafés, Restaurants, Geschäfte ziehen vorbei, so schnell, sie kann kaum die Namen lesen.

»Achtung, Bullen«, sagt er.

Jessi sieht nichts. Akin zieht das Lenkrad scharf herum, und Jessi wird in den Gurt gedrückt.

»Was ist denn mit den Bullen?«, fragt sie, als er wieder langsamer fährt.

»Ach nichts.«

Sie kommen an eine Absperrung. Dahinter wird die Straße dunkler, weil Laternen ausgefallen sind. Dorthin fährt Akin und parkt den Porsche zwischen einem Kia und einem Mazda. Das Vibrieren des Motors verebbt. Jessi hört die Zentralverriegelung klacken. Auch wenn sie damit gerechnet hat, muss sie kichern, als sich ihr Sitz langsam nach hinten bewegt, die Rückenlehne sich schrägstellt, während sich gleichzeitig die Sitzfläche nach vorne schiebt. Akin kommt auch in die Waagerechte, sie lachen, nehmen sich in den Arm, der erste Kuss. Mein Gott, sie kann es kaum noch erwarten.

Lothar Kurrat

Er hat noch ein zweites Wernesgrüner bei dem Taliban getrunken. Und fünf Zigaretten geraucht. Wäre gut, wenn er nicht mehr rauchte. Wegen der Zigaretten ist Kurrat ab dem Zwanzigsten immer pleite, aber er kann es einfach nicht lassen. Na ja, mit den fünftausend wird das anders.

Das Bier macht ihm steife Beine. Er geht bis zur Zillestraße, überquert die Kaiser-Friedrich-Straße. Vier Spuren, ganz schön laut. Er lebt schon sein ganzes Leben in Berlin, aber in diesem Kiez war er noch nie. Von den beiden Sheriffs hat er nichts mehr gesehen. Dafür wird die Gegend mieser. Hochhäuser, Drogerien, der Eissalon für immer geschlossen. Er muss mal. Das Bier. Hätte er bedenken müssen. Das durfte ihm im Häuschen an der Schadowstraße nicht passieren, dass er während der Dienstzeit mal eben zur Toilette ging. Eine Verletzung der Dienstpflicht wäre das gewesen. Also hat er in ein Einmachglas gepinkelt, wenn's gar nicht anders ging.

Ein Typ im weißen Anzug führt seinen Köter aus. Ein Mops. Sind wieder schwer in Mode, die Viecher. Der Mops zerrt an der Leine, hechelt zu Kurrat hin.

»Foxxi«, ruft das Herrchen mit hoher Stimme.

Ein Schwuler, denkt er. Er versteht nicht, warum jemand schwul wird. Ihm sind die Frauen lieber. Blöd nur, dass er nichts Festes findet. Jetzt ist er so weit von der Kaiser-Friedrich-Straße entfernt, dass von dem Straßenlärm nichts mehr zu hören ist. Die Häuser werden wieder feiner und die Autos teurer. Nur an den Hauptstraßen wohnen solche wie er. Weiter hinten sind die Altbauten frisch renoviert. Schick, schick. Er verschwindet zwischen den Mülltonnen und pinkelt. Der Schwule kommt mit seinem Mops zurück. Foxxi zerrt an der Leine, will zu ihm hin.

»Jetzt gib Ruhe«, sagt das Herrchen, zerrt an der Leine, dass dem Köter die Luft wegbleibt.

Kurrat zieht den Reißverschluss hoch. Eigentlich kann er nach Hause gehen, denkt er, gleich ist es elf, und hier passiert jetzt sowieso nichts mehr. Er geht bis ans Ende der Straße. Da ist eine

Absperrung, dahinter Kopfsteinpflaster. Ein unbebautes Stück Land. Umzäunt von einem Drahtzaun, drei Meter hoch. Ein Fußballfeld. Autos parken vor den Häuserreihen. Schöne Altbauten, schöne Autos. Mercedes Cabrio, BMW X5 M, Range Rover, sogar ein Porsche mit vier Türen. Kurrat tritt näher an den Wagen, der eingekeilt dasteht zwischen einem rostigen Kia und einem türkisblauen Mazda. Porsche Panamera Turbo S. Zwanzig Schritte weiter, wo die Laterne kaputt ist, setzt er sich auf eine Bank und massiert sich die Füße.

Che

Er muss an den Friseursalon Küfü denken, als sie an einem Laden entlanggehen, der sich Hair & Soul nennt. In der Straße gibt es noch mehr Yuppieläden. My Thai, Vinotheka, Scorsese, Goldesel. Die Bars heißen Minze, Overmeyer oder Goldbroiler. Selbst der Zeitungskiosk heißt hier Newscorner. Die Schlagzeilen hinter Klarsichthüllen, falls es mal regnet. *Mutprobe oder sozialer Protest?* steht auf der taz, *Krieg den Autobesitzern* auf der BZ.

Sofia zieht einen Schuh aus, reibt den Fuß an ihrem Schienbein.

»Müssen wir noch weit laufen?«

»Hier sind mir noch zu viele Leute auf der Straße.«

Che sind die beiden Männer auf der anderen Seite aufgefallen. Einen Spaziergang machen die nicht. Drehen sich andauernd um, sehen in Hauseingänge, gerade bückt sich der kleinere unter einen BMW-Geländewagen.

»Ich kann nicht mehr lange laufen«, sagt Sofia, »ich hab eine Blase am Fuß.«

»Sollen wir umkehren?«

»Nein«, sagt sie, »jetzt sind wir schon so weit.«

Fritschestraße. Es ist gleich halb zwölf. Auf manchen Balkonen flackern Kerzen. An der Straßenecke ist es düster, zwei Laternen sind ausgefallen. Zwei, drei Dutzend Autos parken da. BMW, Renault Twingo, Mercedes SLK, VW Golf, Citroën C3, ein alter Opel Astra, noch ein Mercedes, Kia, Porsche. Mmh. Einer von den ganz neuen ist das. Der Sportwagen mit vier Türen. Damit die Angeber ihren Kindern auf der Autobahn zeigen können, dass sie stärker und besser und schneller sind als alle anderen.

»Der da«, flüstert Che.

»Okay«, sagt Sofia und zieht die Tasche von der Schulter.

Sie gehen näher ran. Alles still. Auch auf den Balkonen rührt sich nichts. Außerdem wird es schnell gehen. Sehr schnell. Sie werden in der U-Bahn sitzen, bevor die Feuerwehr überhaupt bei ihren Wagen ist. Das schwarze Porscheungeheuer schläft. Haifischaugen, denkt Che und holt drei Mollys aus Sofias Tasche.

Ein Geräusch. Ein Knacken von einem Zweig oder so was.

»Was war das?«, flüstert Sofia.

»Küss mich«, sagt er und sie tut's.

Lothar Kurrat

Halb zwölf schon. Da ist ein Pärchen. Es schlendert an den Autos lang, bis zu der dunklen Stelle. Kurrat kann nicht viel sehen von den beiden. Hören kann er auch nichts, dafür sind sie zu weit weg. Irgendwie unschlüssig, wie die da rumstehen. Kurrat macht zwei, drei Schritte, unter seinen Füßen bricht ein Zweig. Scheiße, denkt er. Jetzt küssen sie sich. Noch mal Scheiße, denkt Kurrat. Die sind bloß zum Knutschen hergekommen.

Dann ist da plötzlich eine Stichflamme. Direkt am Panamera. Mit gasigem Zischen wie aus einem kaputten Rohr. Weiß und gelb ist die Flamme, in der Spitze blau und rot. Dann noch eine Flamme, und noch eine. Kurrat springt auf, stößt sich das Knie am Mülleimer neben der Bank. Verdammt noch mal! Scheiße, Scheiße, daran hat er nicht gedacht, dass er vielleicht hinter den Tätern herlaufen muss, dass er sie festhalten muss für die fünftausend Euro. Mit dumpfem Fauchen schlägt das Feuer über dem Dach des Porsches zusammen. Die Flammen sind jetzt überall. Unter dem Wagen, auf der Motorhaube, an den Türen, am Heck, auf dem Dach. Als von der Fritschestraße ein Wagen ranrauscht, ein schwerer, flacher BMW mit stechenden Scheinwerfern, steht das Pärchen für ein, zwei Sekunden im Licht, als habe jemand den Film angehalten. Dann kommt Bewegung in die beiden, das Mädchen schleudert seine Tasche weg, sie rennen los, der Junge voran, er zieht das Mädchen mit sich, es hinkt.

Der BMW steht. Mit fauchendem Motor und den Scheinwerfern, die den brennenden Panamera beleuchten. Dann jagt er mit quietschenden Reifen weiter. Kurrat läuft auch, kämpft gegen den Schmerz im Bein. Der Junge und das Mädchen rennen mit weiten Schritten, zu schnell für Kurrat, zu langsam für den BMW. Als sie an einer größeren Parklücke vorbeilaufen, zieht der BMW nach rechts und schießt über den Bordstein auf den Gehsteig. Er rast auf die beiden zu, Funken fliegen, Glas splittert, Schreie, etwas Rotes und Gelbes fliegt durch die Luft, dann Stille.

Der BMW steht, die Bremslichter leuchten. Erst rot, dann weiß. Rückwärtsgang. Der Wagen schleudert auf die Straße zurück, wieder quietschen die Reifen, und er schießt davon. Kurrat hat nicht aufgehört zu laufen, da ist ein Wimmern, das lauter wird, irgendwo da zu seinen Füßen. Es ist Krieg, denkt er, Krieg um Autos. Dann ist er bei dem Körper in dem roten Kleid. Er kniet sich zu dem Mädchen. Er will sie nicht ansehen und tut es trotzdem: Blut, Haare, Haut, Stofffetzen.

»B – UA 7733«, sagt Kurrat.

Das sagt er, immer wieder, bis der erste Polizist da ist.

Che

Ich bin tot, denkt Che. Er spürt nichts. Am ganzen Körper nicht. Alles stumm, kein Geräusch. Er weiß, dass er tot ist. Er würde gern was hören, was sehen. Aber da ist nichts. Unter Wasser. Ja, er ist unter Wasser. Er versinkt in einem See aus warmem Wasser. Oder ist das Blut? Sofia? Sofia, wo bist du? Bist du schon auf der Insel? Ja, ja, da bist du ja. Am Strand von Paros. Du winkst mir, das rote Kleid mit den Butterblumen leuchtet wie eine rote Sonne. Sofia winkt ihm mit dem Surfbrett. Che streckt die Arme nach ihr aus, doch das Blut, in dem er treibt, ist zähflüssig wie Gel, er kriegt die Arme nicht hoch. Sofia, warte doch. Jetzt ist sie weg. Sofia, bitte, nicht weggehen. Süße. Kleine. Schatz. Maus. Engel. Ich liebe dich. Da ist ein Haifisch. Er bewegt sich auf Rädern, hat blinkende Scheinwerferaugen. Ein Porsche-Haifisch. Made in Stuttgart. Nie zuvor hat Che sich vorgestellt, wie sich das Sterben anfühlt. Er ist doch viel zu jung, um das zu denken. Und Sofia auch. Sofia, wo bist du? Wir wollen doch nicht sterben. Sag doch was. Wir wollen doch leben. Ich liebe dich, Sofia. Süße.

Lothar Kurrat

»Gibt's hier auch 'ne Toilette?«, sagt der jüngere Kommissar.

»Halbe Treppe abwärts.«

»Wusste gar nicht, dass es so was noch gibt«, sagt der Kommissar, »Toiletten auf halber Treppe.«

Der Kommissar lacht, und Kurrat antwortet nicht. Der ältere Kommissar klappt das Notizheft zu. Es ist alles gesagt. Der Porsche ist ausgebrannt. Anwohner haben noch versucht zu löschen, aber gegen das Feuer kamen sie nicht an. Die Feuerwehr dann auch nicht.

»Drei Brandsätze gleichzeitig«, hat der Kommissar gesagt. »Da kommt jede Hilfe zu spät.«

Erst als das Wrack nur noch qualmte, haben sie gemerkt, dass Menschen in dem Porsche waren. Ein türkischer Junge und ein ägyptisches Mädchen. Ihre Leichen lagen auf dem Rücksitz. Kurrat hat Fotos von den beiden im Frühstücksfernsehen gesehen. Der Junge war ein vorbestrafter Autoknacker und das Mädchen wahnsinnig hübsch. Und noch so jung. Einundzwanzig.

»Respekt«, sagt der Kommissar, »dass Sie sich in dem Chaos das Nummernschild des BMW merken konnten. Sonst hätten wir die nicht so schnell gekriegt.«

»Gelernt ist gelernt«, sagt Kurrat.

»Was haben Sie denn gelernt?«

»Nichts.«

B – UA 7733. Im Wagen zwei Slowaken. Sie wurden auf der Autobahn hinter Innsbruck gefasst. Wollten über Wien nach Bratislava.

Der Kommissar geht ans Fenster, schiebt die Gardine zurück.

»Ganz schön viel Verkehr hier, oder?«

»Mir gefällt's«, sagt Kurrat.

»Na dann.«

Der kleine Türke hat den Porsche im Westend gestohlen. Ist leider an den Falschen geraten. Der Porsche gehörte einem Tschechen, 'ner ganz großen Nummer. Prostitution, Waffen, Mädchenhandel, Drogen. Aber sie könnten ihm nichts nachweisen, haben die Kommissare gesagt. Der habe Leute, die sich für ihn die Hände dreckig machten. Leute wie die beiden Slowaken. Sie waren auf der Suche nach dem Porsche. Der hatte einen Sender und war über GPS zu orten. Dem Tschechen waren schon zwei Porsche gestohlen worden, das sollte ihm nicht noch mal passieren. Das konnte der kleine Türke ja nicht ahnen. Jetzt ist er tot. Und seine schöne ägyptische Freundin auch.

»Sie war übrigens gar keine Ägypterin«, sagt der Kommissar zur

Gardine, »sie hieß Jessica Vogt und war halb Deutsche. Ihr Stiefvater führt einen Obstladen an der Yorckstraße. Armes Mädchen. Sie kann ja am wenigsten dafür.«

Das andere Mädchen ist auch tot. Totgefahren. Das wusste Kurrat schon, als er sie auf dem Gehweg liegen sah. Auch so ein hübsches Ding. Im Frühstücksfernsehen kam das Bild von ihr. Sofia. Bei dem Unfall nach dem Anschlag sei die Chaotin ums Leben gekommen, hat die Moderatorin gesagt. Unfall. Das war kein Unfall. Das war Mord. Das hat Kurrat auch der Reporterin gesagt, die ihn noch in der Fritschestraße befragte. Aber das Interview haben sie nicht gebracht.

»Ausgerechnet der, der den Brand verursacht hat, wird's wahrscheinlich überleben«, sagt der Kommissar, »als Pflegefall im Gefängnisknast. Übrigens der Sohn eines Polizisten. Haben Sie Kinder, Herr Kurrat?«

»Nee«, sagt der.

»Dann können Sie sich vielleicht nicht vorstellen, wie es meinem Kollegen in Waiblingen jetzt geht. Heute Morgen hab ich mit ihm telefoniert.«

»Und was sagt er?«

»Er sagt, dass er alles für seinen Jungen getan hat. Tennisstunden, Computer, Nachhilfestunden. Und dann macht er so was.«

Es klopft. Kurrat lässt den jüngeren Kommissar herein. Der wedelt mit den Händen.

»Haben Sie auch ein Handtuch?«, fragt der.

»Da hinten«, sagt Kurrat und weist in Richtung Spüle.

Der ältere Kommissar ist bei der Tür. Der Jüngere trocknet sich die Hände ab.

»Dann alles Gute, Herr Kurrat, ich hoffe, Sie finden bald auch wieder einen Job«, sagt der Ältere.

»Und was ist jetzt mit der Belohnung?«

»Aber Sie hätten die Brandstifter gar nicht gekriegt, Herr Kurrat. Die waren doch zu weit weg.«

»Dann kriegen jetzt also die Slowaken die Belohnung, oder was?«

»Ich finde, die Sache ist zu ernst, um Witze zu machen, Herr Kurrat«, sagt der jüngere Kommissar. »Die kriegen fünfzehn Jahre wegen Körperverletzung mit Todesfolge. Vielleicht kriegen wir sie auch wegen Mord dran.«

Kurrat steht hinter der Gardine und sieht die beiden Männer zu ihrem Wagen gehen. Dann lässt er sich aufs Sofa fallen, das unter seinem Gewicht ächzt und knarrt. Er sitzt auf der Fernbedienung, der Fernseher flimmert auf. »Diese Chaoten schrecken auch vor einem Mord an unschuldigen Menschen nicht zurück«, sagt der Bürgermeister. »Wir werden Recht und Ordnung auf unseren Straßen wiederherstellen«, sagt der Polizeidirektor. Kurrat drückt auf der Fernbedienung rum, sie funktioniert nicht, und bis er vom Sofa hoch ist und das Gerät ausgeschaltet hat, sagt der Oppositionsführer: »Dieser Bürgermeister ist nicht in der Lage, den Krieg gegen die Autobesitzer zu stoppen.« Kurrat zieht den Stecker aus der Dose. Stille. Endlich. Bis auf den Lärm von der Frankfurter natürlich. Er zieht die Jacke vom Haken, läuft durchs Treppenhaus, geht hinüber zum Frankfurter Eck. Vielleicht lässt ihm Gesine die Currywurst für umsonst, wenn er erzählt, dass er letzte Nacht beinahe die Chaoten geschnappt hätte.

HALTEVERBOT

(Bochum)

Siegfried Wittmann, 47, Kioskbesitzer

Den Professor haben wir Georg genannt. Der wusste ja über alles und jeden Bescheid. Manchmal kam ich mir richtig doof vor neben ihm. Jeden Tag las der bei mir im Kiosk die Schlaumeierzeitungen. Er hat sie nur ganz vorsichtig aufgeblättert, damit ich sie danach noch verkaufen konnte. Sein Diplom hat er in Volkswirtschaft gemacht, mit eins Komma null. »Kannst du mir sagen, warum du dann keinen Job hast bei einem Diplom mit eins Komma null?«, habe ich ihn mal gefragt. »Glaubst du, die nehmen einen Kommunisten bei der Deutschen Bank, Siggi?«

Das war typisch Georg. Hatte auf alles eine Antwort, nur eben keinen Job. Lustig an ihm war, dass er automatisch immer anderer Meinung war als alle anderen. Das brauchte der irgendwie. Ich sage nur Fußball. Ich weiß auch, dass unser VfL eine Gurkentruppe ist, aber wir sind nun mal Bochumer, und da hält man eben zu den Blauen. Und zu wem hält Georg? Zu Dortmund. Das ist ungefähr so, als würde ich mit der Frau von meinem Bruder ins Bett gehen. »Warum ziehst du dann nicht gleich nach Dortmund?«, habe ich gesagt. »Wieso? Ich bin doch für Schalke.« – »Seit wann das denn?« – »Seit immer schon.«

Man konnte ihm nicht böse sein wegen so was. Und nur weil einer sein Leben nicht auf die Reihe kriegt, ist er ja noch lange kein schlechter Mensch, oder? Zumal Georg ein ganz großes Herz hatte, für andere gab der sein letztes Hemd. Vielleicht weil er Kommunist war, was weiß ich denn. Nehmen Sie mal die Frau Gilfert, die ist dreiundsiebzig und hat ein künstliches Hüftgelenk. Und wer hat ihr die Bierflaschen in die vierte Etage getragen? Der Georg natürlich, wer denn sonst?

Christine Drescher, 33, Politesse

Politesse ist mein Traumberuf. Natürlich gibt es auch mal Ärger. Nutte, Fickliese, Schlampe, das sind die Komplimente, die unsereins jeden Tag zu hören kriegt. Für so was bin ich aber zum Glück auf beiden Ohren taub. Auf der Straße lernt man die Menschen erst richtig kennen. Beim Schimpfen sind alle gleich, die im Anzug und die im Blaumann, Männlein und Weiblein, Alt und Jung. Ja, der liebe Georg. So ein armer Kerl. Wissen Sie, wie wir solche Leute nennen? Hilfssheriffs. Die gibt's in jedem Viertel. Rufen bei der Verkehrsaufsicht an, wenn sie irgendwo einen Falschparker sehen. Die meisten von denen sind Rentner, klar, wer hat denn sonst schon Zeit für so was?
Für einen Rentner war der Georg aber zu jung, er war ja höchstens fünfundvierzig. Sein Revier war rund um die Düsseldorfer Straße. Es war ihm gar nicht anzusehen, dass er nichts arbeitete, oft trug er sogar Anzüge. Mit den langen Haaren sah der eher aus wie ein Künstler oder ein Architekt, jedenfalls nicht wie ein Arbeitsloser. Guten Tag, meine liebe Christine. So begrüßte der mich. Manchmal hatte er auch Eiskonfekt oder Pralinen dabei. Das gab's aber erst, wenn ich die Strafzettel unter die Wischer geklemmt hatte. »Erst die Arbeit, dann das Vergnügen«, sagte Georg. Ob das normal ist? Was ist schon normal? Ich sage immer, wenn die Leute keine richtige Arbeit haben, kommen sie erst auf komische Gedanken. Das ist normal.

Linda Neumann, 38, Nachbarin

Ach, der Georg. Als ich hier einzog, habe ich gedacht, wow, das Bürschchen gefällt dir aber mal richtig gut. Schon wegen der Pausbäckchen. Und die Haare hatte er so lang und wirr wie dieser französische Philosoph, blöd, dass mir jetzt der Name nicht einfällt. Und diesen verschmitzten Blick, den er draufhatte. So was macht mich ganz wuschig, das geb ich zu. Einmal habe ich ihn zu mir eingeladen. Er hat Blumen und eine Flasche Rosé mitgebracht und bei jedem Bissen gesagt, wie toll es ihm schmeckt. Aber als ich es uns nach dem Essen ein bisschen gemütlich machen wollte, musste er plötzlich ganz dringend nach Hause. Vielleicht steht der gar nicht auf Frauen, hat meine Freundin Mecki gesagt. Mit einem Kerl habe ich den Georg allerdings auch nie gesehen.

Siegfried Wittmann, 47, Kioskbesitzer

Den Kiosk hab ich von Franz Austen übernommen. Der war mal zweiter Torwart in der zweiten Mannschaft vom VfL. Bis zehn gibt's bei mir Frühstück, ab halb zwölf Eintopf. Die Eintöpfe von meiner Frau sind Erste Bundesliga: Erbsen, Linsen, Möhren. Was glauben Sie, was hier mittags los ist? Gleich gegenüber ist ja die Hauptverwaltung von der Secura. Das ist eine Versicherung, da arbeiten bestimmt vierhundert Leute. In den Pausen kommen auch noch die Schüler vom Kleist-Gymnasium. Die Kleinen kaufen Star-Wars-Karten, die Großen auch schon mal Zigaretten.

»Lass dir bloß immer die Ausweise zeigen, Siggi, ob die auch schon sechzehn sind«, hat Professor Georg gesagt. »Andernfalls muss ich dich leider anzeigen.« Ich hab natürlich gelacht, aber wissen Sie, was der Witz ist? Der Georg hätte mich wirklich angezeigt, bei dem Gerechtigkeitsfimmel, den der hatte.

Hans-Joachim Scholten, 58, Nachtwächter

Wenn Georg sah, dass einer in der zweiten Reihe parkte oder seinen Hund auf den Gehweg kacken ließ, dann ist der rausgerannt und hat mit den Leuten Streit angefangen. »Warum regst du dich eigentlich auf über so was?«, habe ich ihn mal gefragt. »Ich kacke doch auch nicht auf den Gehweg, oder, Hajo?«, hat er gesagt.

Wir waren die Viererbande in Siggis Kiosk. Treffpunkt zehn Uhr morgens. Um zwölf sind wir dann weg, da wurde es ungemütlich, weil die Anzugtypen von der Secura ihren Eintopf schlabberten.

Manchmal hat Georg von früher erzählt. Hatte wohl ziemlich strenge Eltern. Als er mal eine Fünf in Latein hatte, musste er angeblich sein Zeugnis aufessen. Und sein Vater hätte ihn nur ein einziges Mal gelobt im Leben. Nicht gerade viel für 'ne ganze Kindheit, würde ich sagen. Das war auch so eine typische Georg-Geschichte. Da ist wohl ein Falter durch die Küche geflattert, und Georgs Mutter hat einen hysterischen Anfall gekriegt. Und was macht er? Fischt den Falter mit der bloßen Hand aus der Luft und spült ihn im Klo runter. »Es war das einzige Mal, dass mir der Alte auf die Schultern geklopft hat«, hat Georg erzählt. »Dabei war's reiner Zufall, dass ich den Falter erwischt habe.«

Maria Göbel, 72, Mutter

Mein verstorbener Mann hat unseren Jungen immer sehr streng rangenommen, das stimmt schon. Georg konnte es ihm nie recht machen. Herbert hätte es gern gesehen, wenn er auch Ingenieur geworden wäre, aber Georg wollte nicht. Das war schon mal die erste Enttäuschung. Und dann fing das mit der Politik an. Hier sind fast alle evangelisch und SPD, aber wir sind katholisch und deshalb CDU. Sehen Sie mal das Foto hier: mein Mann mit Helmut Kohl. Da war der Kohl noch Kanzler und hat ihm die Hand geschüttelt, weil der im Wahlkampf in Wattenscheid Flugblätter verteilt hat. Das war ja gar nicht ungefährlich bei den ganzen Roten hier. Und was macht mein Herr Sohn? Meldet sich bei den Kommunisten an. Seit dem Tag wurde zu Hause nur noch gestritten. Als Mutter stehen sie hilflos dazwischen, man liebt ja beide, Mann und Sohn. Sie können sich gar nicht vorstellen, wie oft ich nachts das Kissen vollgeheult habe. »Die Kommunisten sollte man an die nächste Laterne hängen«, hat mein Mann mal zu Georg gesagt. »Was Besseres fällt euch Nazis wohl nicht ein, als Juden und Kommunisten aufzuhängen«, hat Georg zurückgebrüllt. Nach einem dieser Streits hat sich der Junge im Wohnzimmer eingeschlossen und mit einem Stuhl die Möbel in Stücke gehauen. Wir haben die Polizei gerufen, was blieb uns anderes übrig? Und so kam Georg in die Nervenklinik.

Ronald Schmidt, 42, Polizeihauptkommissar

Leute wie Georg Göbel fühlen sich von der gesamten Menschheit verfolgt. Was wir alles für Anzeigen von ihm aufgenommen haben: Parken an Bushaltestellen, Lärmbelästigung, Rauchen in Kneipen. Immer nur Bagatellen. Eigentlich war der ein Fall für den Psychiater. »Sagen Sie mal, Herr Göbel«, habe ich gesagt, »was wollen Sie eigentlich mit all den Anzeigen erreichen?« – »Gerechtigkeit«, hat er gesagt. Die meisten Leute halten ja lieber Abstand zur Polizei. Insofern ist es schon sehr ungewöhnlich, wenn ein Bürger bei uns Hausverbot wegen Störung der Polizeiarbeit bekommt. Nach der sechzigsten Anzeige war es so weit. Trotzdem, mir tut das aufrichtig leid, was ihm pas-

siert ist. Der war ja nicht böse, der war nur ein bisschen überge-
schnappt.

Klaus Kleinschmidt, 61, Frührentner

Das ganze Drama fing an einem Donnerstag an. Donnerstags
tippen wir die Spiele vom Wochenende. Für den Tippschein brauchen wir immer mindestens zwei Stunden, weil wir vier uns nie
einigen können. »Das darf doch wohl nicht wahr sein, wie der
parkt«, sagte Georg irgendwann. Ein wahnsinnig schöner Sportwagen war das, der da auf dem Gehweg stand. So rundlich und
fließend wie ein Kieselstein, anthrazitfarbener Lack, funkelnde
Felgen und Reifen platt wie Walzen. »Das ist ein Maserati Quat-
troporte Sport GT S«, hab ich gesagt, weil ich mich mit Autos aus-
kenne. »Kostet schlappe zweihunderttausend.« – »Dafür muss
ich zehn Jahre arbeiten«, meinte Hans-Joachim. »Und meine
Frau muss zwanzig Jahre lang Erbsensuppe kochen«, sagte Siggi. Natürlich haben wir darüber gelacht, was denken Sie denn?
»Ich weiß nicht, was es da zu lachen gibt«, hat Georg gemurmelt.
Und da hatte er schon diesen seltsamen Blick drauf.

Hans-Joachim Scholten, 58, Nachtwächter

In der Woche drauf war's dasselbe. Da stand der Maserati wieder auf dem Gehweg. »Ich verstehe das nicht«, sagte Georg, »es
sind doch keine hundert Meter bis zum Parkhaus.« – »Wer sich
einen Wagen für zweihunderttausend leisten kann, der kann
auch einen Zwanni für den Strafzettel hinlegen«, sagte Siggi.
»Ich rufe Christine an«, kam es von Georg. Aber Christine war
krank und konnte nicht kommen. Klaus hat dann für ihn bei der
Polizei angerufen, die redeten ja nicht mehr mit ihm. Nach einer

Viertelstunde kam tatsächlich ein Streifenwagen, und eine Polizistin stieg aus und klemmte dem Maserati ein Knöllchen unter den Wischer. Da ging ein Lächeln über Georgs Gesicht, und er hat zur Feier des Tages eine Runde Pils spendiert.

Maria Göbel, 72, Mutter

Wenn der Herbert mal tot ist, wird's vielleicht besser mit dem Jungen, hab ich immer gedacht. Mein Mann hielt seinen Sohn ja für einen Totalversager. Ich erzähle Ihnen mal was, das ich noch niemandem gesagt habe: Als Herbert vorletztes Jahr den Krebs bekam, da musste ich für ihn bei Georg anrufen. Und dann hat mein Mann zu Georg gesagt: »Ich werde bald sterben. Ich wollte dir nur noch sagen, dass du die größte Enttäuschung meines Lebens bist. Auf Wiederhören.« Seitdem sagte Georg immer, ich sei falsch verbunden, wenn ich ihn anrief. Was glauben Sie, wie traurig so was für eine Mutter ist?

Klaus Kleinschmidt, 61, Frührentner

Mit dem Maserati ging das jeden Donnerstag so weiter. Georg versuchte es immer wieder bei seiner Politesse, aber die ging gar nicht mehr ans Telefon. Und die Polizei ließ sich auch nicht blicken. »Dann wird's jetzt eben politisch«, hat Georg gesagt. »Was soll das denn heißen?«, meinte Siggi. »Dass ich bei der SPD anrufe, das heißt es.« Bei der SPD ging aber nur der Anrufbeantworter dran. »Dann versuche ich es eben bei der CDU«, sagte Georg. Das Gespräch dauerte nur ein paar Minuten. Danach sagte er, dass einzig und allein die CDU daran schuld sei, dass die Kapitalisten ihre Maseratis auf dem Gehweg parken und die Mütter ihre Kinderwagen auf die Straße schieben müssten.

»Und was machst du jetzt?«, sagte Siggi. »Jetzt schalte ich die Presse ein.«

Beim *Stadtanzeiger* war der Volontär dran, und der sagte, die Zeitung stehe grundsätzlich eher auf der Seite der Autofahrer. Sie hätten gerade eine Serie darüber gemacht, wie Autofahrer abgezockt würden in dieser Stadt. »Und was ist mit den Müttern und den Kinderwagen?«, brüllte Georg. Aber da war der Volontär schon gar nicht mehr am Telefon. »Georg, ich mach dir erst mal einen Hagebuttentee auf Kosten des Hauses«, sagte Siggi, »damit du wieder runterkommst.« In dem Moment leuchteten an dem Maserati die Blinker auf und die Innenbeleuchtung ging an.

Hans-Joachim Scholten, 58, Nachtwächter

Ich dachte immer, der Maserati gehört einem Typen mit Maßanzug und Rolex. Oder vielleicht einem Zuhälter. Und dann steigt da eine Frau ein. Die sah nicht mal verkehrt aus, Typ Fernsehansagerin, feines Kostümchen, hohe Schuhe, noch jung, so um die dreißig. »Eine Frau«, sagte Georg nur. Er lief raus, aber da rauschte die schon mit ihrem Maserati-Geschoss davon und fegte bei Knallrot über die Kreuzung. »Halteverbot und bei Rot über die Ampel«, rief Georg, »jetzt hab ich dich.« Wir anderen schauten uns nur grinsend an, na ja, wir haben das ja alles nicht so ernst genommen wie Georg. Manchmal denke ich, vielleicht wär alles nicht so schlimm gekommen, wenn ein Mann den Maserati gefahren hätte. Aber 'ne Frau? Mit Frauen war Georg ja sowieso irgendwie komisch.

Maria Göbel, 72, Mutter

Mein ganzes Leben hab ich gebetet, dass Georg ein nettes Mädchen findet und zur Vernunft kommt. Dass er einen ordentlichen Beruf anfängt, eine Familie gründet und Enkelkinder nach Hause bringt. Aber den Gefallen hat er mir und meinem Mann nie getan. »Nicht mal schwul ist mein feiner Herr Sohn«, hat Herbert gesagt.

Klaus Kleinschmidt, 61, Frührentner

Den Donnerstag drauf war der Maserati nicht da. Gott sei Dank, habe ich gedacht, vielleicht kommt die nicht mehr, dann hat sich die Sache erledigt. Georg guckte alle paar Sekunden nach draußen, als vermisse er nichts mehr als diesen Wagen. Und eine Woche später parkte der Schlitten doch wieder da. »So«, sagte er, »jetzt läuft die Sache an.« – »Mach bloß keinen Scheiß«, sagte Siggi noch. Georg aber ging ganz nah ran an den Maserati, als wollte er die Beschaffenheit der Sitzbezüge genauer unter die Lupe nehmen. Nach kaum einer halben Minute kam er wieder zurück. »Was war das denn?«, habe ich gesagt. »Trick siebzehn«, meinte Georg und grinste.

Dr. Steffen Jakobs, 36, Rechtsanwalt

Unsere Kanzlei betreut die Unternehmensberatung Simmets & Conrads aus Düsseldorf. Frau Simmets hatte den Schaden an ihrem Fahrzeug bis dato übrigens gar nicht bemerkt. Ich war ein wenig verwundert über den Vorgang. Dass sich jemand selbst anzeigt, weil er mit seinem Schirm versehentlich einen Wagen zerkratzt hat, ist doch eher ungewöhnlich. Zumal, und das muss ich leider einräumen, Frau Simmets den Wagen wohl versehentlich nicht ganz ordnungsgemäß geparkt hatte. Wir haben das Fahrzeug von einem unabhängigen Sachverständigen begutachten lassen. Die Kratzspuren oberhalb des rechten Hinterreifens waren so tief, dass das entsprechende Karosserieteil ausgetauscht werden musste. Der Schaden sei wohl eher durch einen Nagel oder einen anderen spitzen Gegenstand als durch eine Berührung mit einem Schirm entstanden, schrieb der Gutachter. Na ja, so war es ja auch, wie sich später herausstellte. Die Reparatur kostete schließlich viertausendsechshundert Euro. Bei einem Fahrzeug der gehobenen Klasse geht so was eben schnell ins Geld.

Ronald Schmidt, 42, Polizeihauptkommissar

Als Herr Göbel sich selbst anzeigen wollte, musste ich das Hausverbot gegen ihn notgedrungen aufheben. Ich hab sogar noch versucht, ihm die Anzeige auszureden. Das war doch irgendwie sehr merkwürdig, das Ganze. »Herr Göbel, wo genau stand denn der Sportwagen?« – »Auf dem Gehweg.« – »Dann parkte er aber höchstwahrscheinlich im absoluten Halteverbot, und Sie trifft vielleicht gar keine oder nur eine geringe Schuld an der Beschädigung des Fahrzeugs«, habe ich gesagt. »Nein, so war es nicht. Ich war leider unachtsam.« – »Aber es hat doch gar nicht geregnet gestern«, sagte ich, »wieso hatten Sie überhaupt einen Schirm dabei?« – »Der Wettervorhersage traue ich schon lange nicht mehr«, sagte er. Wenn ich geahnt hätte, dass der Göbel mit der Anzeige nur die Adresse der Frau rauskriegen wollte, hätte ich den ganzen Vorgang einfach irgendwo verschwinden lassen. Aber auf so was Absurdes kommt man ja nicht.

Siegfried Wittmann, 47, Kioskbesitzer

Georg Göbel war wahrscheinlich der erste Mensch auf der Welt, der sich freute, eine Rechnung für die Reparatur eines Maseratis zu bekommen. »Meine Mandantin Henrietta Simmets bittet um Überweisung der Reparaturkosten in Höhe von viertausendsechshundert Euro«, las Georg aus dem Anschreiben vor und grinste, als hätte er einen Scheck vom Fußball-Toto gekriegt. »Und wo willst du die Kohle hernehmen?«, fragte Hajo. »Nirgendwoher«, sagte Georg und zog das Futter aus seinen Hosentaschen. »Also ehrlich, Professor, so langsam komm ich nicht mehr mit bei dir«, sagte Hajo.

Hans-Joachim Scholten, 58, Nachtwächter

Es war übrigens nicht so, dass die feine Dame ihren Maserati danach anders parkte. Manchmal kam Christine oder eine andere Politesse und schrieb einen Strafzettel, manchmal auch nicht. Georg machte jeden Donnerstag seine Fotos. Er legte sich auch mit der Kamera auf die Lauer, weil er die unbedingt mal erwischen wollte, wie sie bei Rot über die Ampel rauscht. Was er dann auch geschafft hat. »Schaut euch doch mal den Schnappschuss hier an, Jungs«, sagte er und strahlte, »roter als Rot geht's doch wohl nicht.«

Ernst J. Simmets, 69, Unternehmensberater

Meine Tochter ist eine sportliche Autofahrerin, das stimmt. Ich bin selbst als junger Mann Tourenwagenrennen gefahren: Nürburgring, Le Mans, Spa. Das liegt also in der Familie. Ihre Mutter ist ein halbes Jahr nach Henriettas Geburt bei einem Reitunfall tödlich verunglückt. Mag sein, dass ein Mädchen, das ohne Mutter aufwächst, sich anders entwickelt als andere junge Frauen. Meine Tochter interessierte sich jedenfalls nie für Puppen oder Ähnliches, sondern immer nur für Autos. Mit zehn fuhr sie einen 6-PS-Kart auf unserem Grundstück, zum Führerschein habe ich ihr einen Jaguar 4.2 Liter E-Type Coupé Baujahr '63 geschenkt.

Der Unfall ist mit einem BMW 318i passiert, der nun wahrlich kein Rennfahrzeug ist. Ich möchte noch einmal ausdrücklich betonen, dass meine Tochter an dem bedauerlichen Geschehen keine Schuld trifft. Gegen eine Ölspur auf der Fahrbahn ist auch eine außergewöhnlich gute und umsichtige Autofahrerin wie Henrietta machtlos.

Barbara Loweg, 59, Lehrerin

Wissen Sie, es gibt Menschen, die kommen im Leben mit allem durch, die können sich alles erlauben. Als Marlene uns Henrietta Simmets vorstellte, haben mein Mann und ich uns gefreut. Alle Eltern sind doch froh, wenn sich ihre Kinder mit Leuten aus gutem Haus befreunden. Marlene und Henrietta haben sich im Internat kennengelernt. Henrietta war schon in jungen Jahren eine sehr willensstarke Person, die andere Menschen leicht für sich einnehmen konnte. Sie funktionierte wie ein Uhrwerk, sie wusste alles, konnte alles, hatte alles. Na ja, kein Wunder, bei dem Vater. Dass Henrietta uns das Liebste genommen hat, ist unverzeihlich. Zwölf Jahre ist es jetzt her, aber die Zeit heilt eben doch nicht alle Wunden. Schreckliche Unfälle passieren jeden Tag, das ist Schicksal, aber dieser hätte nicht passieren müssen. Henrietta ist einfach viel zu schnell gefahren. Wissen Sie, was ich oft denke? Dass es für meinen Mann und mich leichter gewesen wäre, wenn Henrietta den Unfall auch nicht überlebt hätte. Das klingt in Ihren Ohren vielleicht herzlos, aber als Henrietta mit einem Gipsarm zur Beerdigung unserer Tochter kam, hätte ich am liebsten nur noch geschrien.

Dr. Steffen Jakobs, 36, Rechtsanwalt

Niemand leidet mehr an den Folgen des Unfalls als Frau Simmets. Sie wurde seinerzeit von meinem Vater vor Gericht vertreten. Er konnte nachweisen, dass sich auf der Fahrbahn eine ungesicherte Ölspur befand. Vor Frau Simmets waren bereits zwei Autofahrer an der Stelle ins Schleudern geraten und hatten die Polizei alarmiert. Es konnte leider nicht geklärt werden, warum die Feuerwehr zunächst zu einer falschen Adresse fuhr, jedenfalls wurde die Landstraße nicht rechtzeitig abgestreut. Die Schuld für den Unfall liegt meines Erachtens also am ehesten bei der Feuerwehr. Frau Simmets fuhr in die Kurve ein und verlor die Kontrolle über das Fahrzeug. Der Wagen überschlug sich und prallte gegen einen Baum. Dabei wurde bedauerlicherweise die Beifahrerin Fräulein Loweg getötet.

Ob Frau Simmets zu schnell gefahren ist? Meine Antwort lautet: ohne Ölspur nein, mit Ölspur ja. Das Gericht hat ein zwölfmonatiges Fahrverbot gegen unsere Mandantin verhängt. Mit Rücksicht auf die Familie Loweg haben wir damals keine Rechtsmittel eingelegt, obwohl, und das sage ich jetzt als Jurist und nicht als Mensch, die Aussicht günstig gewesen wäre, dieses Verbot in der nächsthöheren Instanz vom Tisch zu bekommen.

Klaus Kleinschmidt, 61, Frührentner

Nachdem Georg die Fotos bei der Polizei abgegeben hatte, hat der Maserati zunächst nicht mehr auf dem Gehweg vor der Secura-Versicherung geparkt. »Herzlichen Glückwunsch«, sagte Hajo, »der hast du's aber gegeben.« – »Ach was«, sagte Georg und grinste, »jetzt wird die Sache doch erst richtig interessant.« Er zeigte uns einen Zeitungsausschnitt, in dem es um einen Unfall von 1999 ging. Auf einer Landstraße bei Gummersbach war da ein neunzehnjähriges Mädchen getötet worden. Auf dem Foto sah man einen Haufen Schrott, der sich wie eine Girlande um einen Baum gewickelt hatte. *Ein Wunder, dass aus dem Unfallfahrzeug noch jemand lebend rauskam* stand als Kommentar unter dem Bild. »Und jetzt dürft ihr mal raten, wer die Fahrerin des Wagens war?«

Barbara Loweg, 59, Lehrerin

Meine Therapeutin sagt, Frau Loweg, wenn Ihnen das Reden hilft, dann reden Sie. Und so rede ich jetzt seit zwölf Jahren über den Unfall. Auch mit Herrn Göbel hab ich darüber gesprochen. Er hat sich als Journalist vorgestellt, der eine Artikelserie über Mütter, die ein Kind verloren haben, schreibt. Er war ein sehr geduldiger Zuhörer. Ich habe ihm Fotos und Briefe und Schulzeugnisse von Marlene gezeigt und aus ihrem Leben erzählt. »Ich könnte heulen, wenn ich das alles höre«, hat Herr Göbel gesagt. Und dann haben wir geheult.

Dr. Steffen Jakobs, 36, Rechtsanwalt

Ich war nicht verwundert, dass Herr Göbel die Reparaturrechnung nicht beglichen hat. Ich hatte Erkundigungen über ihn eingezogen und wusste, dass er in Privatinsolvenz war. Deshalb wollte ich meiner Mandantin gerade empfehlen, auf die Forderung zu verzichten, als die Staatsanwaltschaft die Strafanzeige wegen mehrfachen Falschparkens und zweifachen Überfahrens einer roten Ampel zustellte. Ach, daher weht also der Wind, habe ich gedacht.

Klaus Kleinschmidt, 61, Frührentner

Wir waren bei Siggi, als Georgs Handy klingelte. Der Anwalt der

Maserati-Lady war dran. Ob er mal vorbeikommen könne? »Warum nicht?«, sagte Georg. Klar, dass wir uns gefragt haben, was der wohl von ihm will. Nach dem Treffen kam Georg sofort wieder zum Kiosk zurück. »Die wollen mir viertausendfünfhundert Euro geben«, sagte er und lachte. »Ich dachte, so viel kriegen die von dir«, sagte Hajo. »Das ist ja der Witz an der Sache.« – »Und was sollst du dafür tun?« – »Die Anzeigen zurückziehen.« – »Herzlichen Glückwunsch, schneller kann man viereinhalb Riesen nicht verdienen«, sagte Siggi. »Ihr denkt also, ich lasse mich kaufen?« Er machte ein Gesicht, als sei das die größte Enttäuschung seines Lebens. »Na, dann nicht«, sagte Siggi. »Aber 'n komischer Heiliger bist du schon«, sagte Hajo. Da grinste Georg, das gefiel ihm schon besser.

Dr. Steffen Jakobs, 36, Rechtsanwalt

Dass es ein Angebot gab, Herrn Göbel durch eine Geldzahlung zur Zurücknahme der Anzeigen zu bewegen, weise ich mit aller Entschiedenheit zurück. Bei meinem Besuch habe ich Herrn Göbel lediglich mitgeteilt, dass meine Mandantschaft auf die Vollstreckung der ausstehenden Forderung in Höhe von viertausend Euro plus Zinsen verzichtet, um ihn nicht vollends in den Ruin zu treiben. Möglicherweise hat Herr Göbel das missverstanden. Es ist in jedem Falle höchst bedauerlich, dass aus einer letztlich noblen Geste von Frau Simmets ein Bestechungsversuch gemacht wurde.

Hans-Joachim Scholten, 58, Nachtwächter

Wir haben kaum noch an die Sache gedacht, da bekam Georg Post vom Gericht: Auf der Fotografie ist nicht zweifelsfrei erkennbar, dass Frau Henrietta Simmets das bei Rotlicht über die Kreuzung fahrende Fahrzeug tatsächlich selber steuerte, stand da. Das Verfahren werde eingestellt, die Kosten trage die Staatskasse. »Die glauben mir einfach nicht«, sagte Georg. »Warum sollten sie einem glauben, der bei der Polizei Hausverbot hat?«, warf Klaus ein. »Weißt du was, Georg«, sagte Siggi, »jetzt vergiss den ganzen Mist doch endlich.« – »Das könnte denen so passen«, meinte er.

Siegfried Wittmann, 47, Kioskbesitzer

»Warum machst du das bloß mit?«, hab ich zu Klaus gesagt, als ich spitzkriegte, was da lief. Klaus hat sich von Georg breitschlagen lassen, ihn mit dem Wagen in der Gegend rumzufahren. Georg hatte ja nicht mal einen Führerschein, geschweige denn ein Auto. Ich dachte zuerst, die fahren zum Kemnader See und gehen da spazieren. In Wirklichkeit ging's aber immer noch um die Frau mit dem Maserati. Georg konnte einfach nicht ablassen davon, als wäre noch nie etwas in seinem Leben so wichtig gewesen. »Was soll ich denn machen, Siggi?«, fragte Klaus. »Wenn Georg mich fragt?« – »Aber der hat sie doch nicht mehr alle auf der Latte.« – »Verstehen kann ich ihn schon.« – »Trotzdem.« Na ja, da redete man gegen eine Wand, bei den beiden.

Klaus Kleinschmidt, 61, Frührentner

Mir hat das Detektivspielen sogar Spaß gemacht, endlich passierte mal was. Wir sind bloß hinter der hergefahren, mehr nicht. Wie im Krimi. »Gib doch Gas«, rief Georg, als uns der Maserati auf der A43 mal davonzog. »Das hier ist 'n 94er Opel Astra und kein Rennwagen, Georg«, habe ich gesagt. Dann haben wir gelacht. Die feine Madame ging uns ja nicht verloren. Wir wussten ja, wo die wohnt und wo die arbeitet. Es verging übrigens kein Tag, an dem die nicht bei Rot über eine Ampel rauschte, auf der Autobahn rechts überholte oder auf einem Gehweg parkte. »Die ist ja gemeingefährlich«, hab ich gesagt. »Endlich kapierst du, um was es geht«, meinte Georg. Der Professor saß auf dem Beifahrersitz und filmte alles mit der Videokamera. Richtig happy war er dabei, hat gar nicht mehr aufgehört zu grinsen. Von der Filmerei hat die Maserati-Dame übrigens nichts gemerkt. Ich glaub, die guckte nie in den Rückspiegel.

Ernst J. Simmets, 69, Unternehmensberater

Wir Anlieger der Hans-Gerritsen-Straße haben einen privaten Wachdienst engagiert, nachdem hier mehrfach eingebrochen wurde. Die Polizei ist ja offensichtlich nicht in der Lage, das Eigentum ihrer Bürger zu schützen. Dem Wachdienst fiel auf, dass meine Tochter von zwei Männern observiert wurde, die einen Opel Astra mit Bochumer Kennzeichen fuhren. Die Fotos habe ich an die Kanzlei Jakobs weitergeleitet mit der Bitte, das Kennzeichen polizeilich überprüfen zu lassen. Das sei gar nicht nötig, sagte Herr Dr. Jakobs, einen von denen kenne er, das ist unser Freund Göbel aus Bochum.

Klaus Kleinschmidt, 61, Frührentner

»Wie lange wollen wir das denn noch machen, Georg?«, hab ich gesagt, als wir mal wieder zwei Stunden in Düsseldorf vor der Firma der Maserati-Lady standen. »Für drei Jahre Führerscheinentzug müsste es doch jetzt schon reichen, oder?« Die Sache wurde mir langsam unheimlich, schon zwei Mal hatte uns die Polizei kontrolliert. Vielleicht ein Zufall, vielleicht auch nicht. Leute wie die Simmets haben ja Verbindungen nach ganz oben. »Noch heute und morgen, okay?«, sagte Georg. »Ich hab's im Urin, dass die noch ganz was Krasses anstellt.« Wir haben dann geraucht und ein bisschen Musik gehört. »Kann ich dich mal was fragen, Georg?« – »Klar, mach schon.« – »Was hast du eigentlich noch vor mit deinem Leben?« – »Wie meinst du das?« – »Na ja, du willst ja wohl nicht nur noch hinter Leuten herlaufen, die bei Rot über die Ampel fahren, oder?« – »Du findest die doch auch gemeingefährlich, hast du doch selber gesagt.« – »Ja, hab ich. Aber jeder Mensch hat doch auch so seine Träume, oder?« – »Ich bin mehr der Realist, Klaus. Ist schon okay so, wie's läuft.« – »Bist du sicher, Georg?« – »Ganz sicher.« – »Und du hast keine Träume, dass dir noch irgendwas Schönes passiert?« – »Wüsste nicht, was das sein sollte, Klaus.« – »Irgendwas mit Frauen vielleicht.« – »Ach, Frauen.« Dann sah der Professor raus, als sei es besser, in die dunkle Nacht zu gucken, statt sich was Schönes zu wünschen. Später fing er an zu schlucken und zu schniefen. Mein Gott, hab ich gedacht, hätt ich bloß nichts gesagt.

Dr. Steffen Jakobs, 36, Rechtsanwalt, Düsseldorf

Ich unterhalte beste Kontakte zur hiesigen Polizei und habe Gespräche geführt, um ein Platzverbot gegen die beiden Männer zu erwirken. Das war aber rechtlich heikel, denn die haben Frau Simmets ja nicht direkt belästigt. Die Polizei hat die Männer mehrfach überprüft, und der Fahrzeughalter bekam eine Mängelkarte, weil sein Rückfahrscheinwerfer defekt war. Als Frau Simmets hörte, dass sie ausspioniert wird, war sie natürlich sehr ungehalten. Ich habe dann mit ihr und ihrem Vater geredet, und wir haben uns darauf verständigt, dass sich Henrietta auf keinen Fall von den beiden Männern provozieren lassen solle.

Klaus Kleinschmidt, 61, Frührentner

»Lass uns abhauen«, sagte Georg, als wir die dritte Stunde da vor der Firma warteten. Dann ist plötzlich Licht im Treppenhaus angegangen, und die Simmets trat auf die Straße. Zuerst steckte sie sich eine Zigarette an und sah auf ihr Handy. Als sie damit fertig war, stöckelte sie den Gehweg runter in Richtung Firmenparkplatz, wo der Maserati wartete. Die Scheinwerfer leuchteten auf, und die Blinker blinkten. »Und wieso fährt sie nicht los?«, fragte Georg. »Vielleicht telefoniert sie noch«, sagte ich. In dem Moment klopfte es an die Scheibe. Eigentlich war es mehr ein Hämmern, und ich hab mich total erschreckt. Mein Gott, war die wütend. Ganz langsam habe ich das Fenster runtergekurbelt. »Womit kann ich Ihnen helfen?«, habe ich gefragt. »Wenn ich euch noch einmal hier sehe, passiert ein Unglück«, sagte sie. »Ähm, ich verstehe nicht ganz, was Sie …« – »Halt dein dummes Maul«, flüsterte sie.

Sie hat sich ganz weit zu mir runtergebeugt. Die hat aber Mut, hab ich gedacht. Sie war so nah, dass ich ihr Parfum riechen konnte. So was Schönes habe ich übrigens mein Lebtag noch nicht gerochen. Dann erst hat sie Georg auf dem Beifahrersitz gesehen, wie er die Videokamera in ihre Richtung hielt. »Na, dann wünsche ich Ihnen noch eine angenehme Nacht«, sagte sie plötzlich mit einer ganz anderen Stimme. Sie lächelte und ging nach hinten weg. Ich hab sie im Rückspiegel gesucht, aber in der Dunkelheit konnte ich nichts erkennen. In nächsten Moment flog die Beifahrertür auf, und bevor Georg überhaupt kapierte, was los war, hatte die Simmets ihm die Kamera aus der Hand gerissen. Verdammt noch mal, hab ich zum zweiten Mal gedacht, die Frau hat wirklich Mut. Dann knallte sie die Tür zu und war weg. Georg saß da wie erstarrt und schaute auf seine leeren Hände. »Die Kamera«, sagte er, »sie hat die Kamera.« – »Ist doch egal, das Ding ist eh Schrott.« – »Damit kommt die nicht durch bei mir«, sagte Georg. »Damit nicht.« Georg versuchte, aus dem Wagen zu klettern, was länger dauerte, weil er sich im Sicherheitsgurt verheddderte. »Mann, jetzt mach keinen Mist«, hab ich gesagt. Dann ging alles wahnsinnig schnell. Georg schaffte es raus aus dem Wagen und trat genau in dem Moment auf die Straße, als der Maserati in einem irren Tempo angeschossen kam. Genau genommen habe ich nur die Lichter gesehen, dann gab's schon einen Knall, als hätt ein Pferd vor ein Garagentor getreten, und etwas Schwarzes wirbelte durch die Luft. Der Maserati raste bis ans Ende der Straße und krachte dort in einen geparkten Lieferwagen. Die Bremslichter gingen aus, und dann war alles ruhig und still und dunkel.

Stefan Conze, 28, Verkehrspolizist

Warum der Mann ausgerechnet auf die Straße lief, als die Frau Simmets losfuhr, frage ich mich heute noch. Als hätte er es extra gemacht. Zu schnell war die Frau jedenfalls nicht. Zwischen dem Parkplatz und dem Ort des Zusammenpralls liegen dreiundzwanzig Meter, in der Straße sind siebzig Stundenkilometer erlaubt, das schafft nicht mal ein Maserati auf so kurze Entfernung. Herr Kleinschmidt hat ausgesagt, die Frau Simmets sei nach dem Zusammenprall weitergefahren, ohne zu bremsen. Sie behauptet, sie habe vor lauter Schreck die Bremse nicht gefunden. Na ja, wem soll man da glauben?

Warum er und Herr Göbel sich überhaupt da in der Straße aufgehalten haben, habe ich den Herrn Kleinschmidt noch gefragt. »Nur so«, hat er geantwortet. Das war natürlich gelogen, wir wussten doch, dass die beiden der Simmets seit Wochen auf den Fersen waren. Für die Unfallerhebung war das aber aus polizeilicher Sicht unbedeutend.

Klaus Kleinschmidt, 61, Frührentner

Der Georg lag auf der Straße und guckte in den Himmel. Sein rechtes Auge war zugeschwollen, aber das linke stand offen. Die Augenlider zuckten wie Mücken, die ums Licht fliegen. Aus seinem Mund und seinen Haaren lief Blut. »Georg, hörst du mich?«, hab ich gesagt. Aber bis auf die Lider bewegte sich da nichts.

Dr. Steffen Jakobs, 36, Rechtsanwalt

Wenn Sie mich fragen, hat sich Herr Göbel absichtlich vor den Wagen von Frau Simmets geworfen, um ihr die Schuld an dem Unfall in die Schuhe zu schieben. Na ja, zum Glück ist keiner darauf reingefallen. Auf den Reparaturkosten für den Maserati und den beschädigten Lieferwagen wird meine Mandantin wohl sitzen bleiben, Herr Göbel ist ja mittellos. Aber was zählt der materielle Schaden angesichts der schweren Verletzungen, die Herr Göbel erlitten hat? Frau Simmets ist jedenfalls sehr betroffen über den Unfall. Wir haben Herrn Göbel einen Strauß Blumen mit besten Genesungswünschen ins Krankenhaus bringen lassen. Jetzt können wir nur noch beten.

Klaus Kleinschmidt, 61, Frührentner, Bochum

Georg liegt seit drei Wochen im Koma. Der Arzt hat gesagt, dass es vielleicht das Beste für ihn wäre, wenn er gar nicht mehr aufwacht. Siggi meinte schon, im Himmel nehmen sie eigentlich keine Schalker und auch keine Kommunisten. Ich würd es dem Georg gönnen, wenn der liebe Gott für ihn da mal eine Ausnahme macht.

RACHE

(Stuttgart)

Tisch 7

Wer sich nach Liebe verzehrt und nie erhört wurde, könnte neidisch werden auf den Blick, den Wolfgang in Richtung der Tür zur Damentoilette richtet. Wie sehr er sich sorgt, dass Renate zu ihm zurückfindet. Und als sich die Tür zum Gastraum öffnet, leuchtet sein Gesicht. Wolfgang ist nicht gern allein. Mit dem Alter wird es sogar schlimmer. Seit sechsundvierzig Jahren geht das so. Die große Liebe. Er war zwanzig und sie achtzehn. Und schon schwanger. Sie sind zusammen aufgewachsen in Marbach, nordöstlich von Stuttgart.

»Wie steht's mit einem leckeren Schokomuffin?«, fragt er.

»Da kann ich nicht nein sagen«, sagt sie.

Isabel bringt den Muffin schon ohne Bestellung. Sie weiß, dass Renate jeden Morgen einen isst.

»Ihr Schokomuffin, Frau Weidlandt«, sagt Isabel und lächelt dabei. »Einen guten Appetit auch.«

Sie legt die Tüte mit dem Muffin für Kerstin dazu. Alles wie immer. Was wird Kerstin sich freuen, denkt Renate. »Muffin, Muffin«, hat sie ihnen nachgerufen, als sie aus dem Haus gingen am Morgen. »Aber natürlich, Liebes«, hat Wolfgang gesagt und Kerstin einen Kuss gegeben.

247

»Ganz lieben Dank, Isabel«, sagt Renate.

Isabel bekommt gleich von Wolfgang ein schönes Trinkgeld. Auch wie immer. Es gibt noch eine zweite Kellnerin in Katis Diner. Britta. Aber mit der wollen die beiden nicht recht warm werden. Isabel hingegen ist ein richtiger Sonnenschein.

»Guck mal, Rena, die beiden Spinner da«, sagt Wolfgang jetzt.

Vor Katis Diner ist ein Parkplatz. Es gibt sechzehn Tische, also gibt es sechzehn Buchten. Ganz amerikanisch. Die Autos werden bis an die Fenster gefahren. Wenn es geht, parkt Wolfgang den Mitsubishi immer vor Tisch 7. Ihr Stammplatz. Es ist ihm lieber, wenn er den Wagen im Blick hat. Wie oft knallt einem jemand beim Aussteigen die Tür in den Lack und macht sich davon. »Ein Glück«, sagt Wolfgang immer, wenn niemand vor der 7 steht, »unser Platz ist frei.« Heute Morgen war es nicht so. Da parkte dort ein schwarzes Cabrio. Wolfgang hat den Mitsubishi auf Platz 11 geparkt. Die Männer in Leder nehmen die Bucht daneben, die 10.

»Harley-Davidson«, sagt Wolfgang. »Eine Screamin Eagle Fat Boy und eine Softail Deluxe.«

Er hat einen Haufen Bücher über amerikanische Motorräder. Ist ein Hobby von ihm. Gefahren hat er eine Harley noch nie. Er hat nicht mal den Führerschein. Hätte keinen Sinn, schon wegen Kerstin. Die Männer mit den Harleys tragen Jeanswesten über den Lederjacken, Sonnenbrillen und Helme wie im Weltkrieg.

»Das sind Rocker«, sagt Wolfgang.

Hells Angels. Die und die Bandidos haben Krieg. Das hat er in der Zeitung gelesen. Beide Männer halten ihre Maschinen zwischen den Beinen. Rauchen da draußen. Sie haben die Statur von Gewichthebern oder Wrestlern. Ihre Gesichter scheinen von allem unbeeindruckt.

»Wenn die mir einen Kratzer an den Wagen machen«, sagt Wolfgang und schüttelt die Faust über dem Tisch, »dann lernen die mich aber mal von meiner ungemütlichen Seite kennen.«
Was sie beide heiter lachen lässt. Es tut auch gut, wenn sie mal fröhlich sind zusammen, bei all den Sorgen wegen Kerstin.

Tisch 6
Vielleicht ist es ja nur gerecht, wenn das Alter einer schönen Frau mehr antut als einer hässlichen. Die Hässliche bleibt einfach hässlich. Während das Gesicht der Schönheit von Jahr zu Jahr in tieferen Falten liegt. Ihre Haut ist schlaff geworden, auf der Oberlippe sprießen Haare, sogar die Zähne werden porös. Roswitha hasst jede einzelne Falte. Ihr sind auch die Haare grau und dünn geworden, die Brüste schlaff. Dafür ist ihr ein Bäuchlein geschwollen, das sie einfach nicht mehr wegbekommt. Ihre Jugend, ihre Schönheit, ihr Glück, das alles entgleitet ihr. Und Torben auch.
Früher hatte sie eine Figur wie die Bardot. Roswitha hat mal ein Foto aus einer Illustrierten ausgeschnitten, von einer Sängerin mit Löwenmähne, der Mund aufgeworfen, die Lippen prall und fruchtig wie Orangenspalten. Die Bluse stand ihr offen, als wären die Druckknöpfe aufgeplatzt, die rechte Brust stieß nackt und prall an den Stoff. Dasselbe Bild hat sie auch von sich machen lassen. Nur mit schwarzen Haaren. Fünfzehn Jahre stand es auf Holgers Schreibtisch. Als sie ihn vorletztes Jahr im Büro aufsuchte und die Fotografie nicht mehr da war, wusste sie, er hatte eine andere.
»Kannst du dich nicht wenigstens noch ein Jahr zusammenreißen? Bis du das Abi hast? Tu es einfach mir zuliebe«, sagt Roswitha.

»Mama, jetzt fang nicht schon wieder an zu stressen«, sagt Torben.

Isabel Oncina

Hey, jetzt hast du da oben aber nicht auf mich aufgepasst, denkt Isabel und meint den lieben Gott. Sie reibt sich die Hüfte. Das wird ein dicker blauer Fleck. Diese blöde Kante zwischen Bar und Durchreiche zur Küche. Mindestens einmal die Woche stößt sie sich da. Aikaterini hat nur den Kopf geschüttelt, als sie darum bat, einen Schreiner zu bestellen und die Kante abzusägen. »Sei mir nicht böse, Isa-Schatz, aber ich hab wirklich andere Sorgen«, hat sie gesagt. Immer hat Aikaterini andere Sorgen. Sie hat ja noch drei andere Diner. In Karlsruhe, Esslingen und Ludwigsburg. Alle gleich. Die Bänke sehen aus wie Sitze von Ami-Straßenkreuzern, an den Wänden Fotos von Highways, die sich wie Schlangen durch die Wüsten winden, die Böden sind schwarz und weiß gekachelt, die Bar ist geformt wie ein aufgeklapptes Walfischmaul, die Hocker und Hängeleuchten als Zähne. Und über den Toiletten schwebt ein aufgeschnittener Weißwandreifen mit beleuchteter Radkappe und dem Namen: Katis Diner. Aus dem Rasen davor ragt die Front eines roten Chevrolets. Ab der Fahrertür ist der Wagen eingegraben. Nachts ist der Chevi beleuchtet, vorn blinkt der Schriftzug vor sich hin. Man sieht ihn bis zur Bundesstraße.

»Zweimal das Philadelphia, einmal Spiegelei von beiden Seiten mit dunklem Toast, einmal Rührei mit Schinken auf hellem Toast. Ein Cappuccino, eine Latte.«

»Si, bella«, sagt Vlady.

Vlady ist der Beste. Eigentlich heißt er Vlat Niculae und kommt vom Schwarzen Meer. Er hat oft Heimweh und erzählt gern von Rumänien. Vlady ist der gutmütigste Mensch, den sie sich vorstellen kann. Der liebe Gott hat ihm eine Engelsgeduld geschenkt. Nur wenn ihm jemand die Küche in Unordnung bringt, kann er sehr schlechte Laune bekommen. »Ich kündige«, ruft er schon, wenn nur der Schneebesen in der falschen Schublade liegt.

Vlady zieht das Milchfläschchen für das Baby an Tisch 8 aus dem Wasserbad, stellt es in die Durchreiche und klopft auf die Klingel.

Jan Heinen

Boso war sein bester Freund. Ist sein bester Freund. Wird sein bester Freund gewesen sein. Den Hund soll keiner kriegen. Keiner, der ihm wehtut. Hunde haben immer nur einen Freund im Leben. Sie wollen nie einen anderen. Und er ist Bosos Freund. Sonst keiner. Boso wird auch keinem anderen gehorchen. Niemals. Sie wollen beide lieber tot sein als gehorchen.

»Komm her«, sagt er und krault ihm das Fell.

Boso ist ein Rottweiler. Aber harmloser, als er aussieht. Eigentlich ist er sogar feige. Ein feiger Rottweiler. Er hat ihn vor drei Jahren aus dem Tierheim geholt. Der ist stärker als alle anderen, dachte er. Ein Hund wie eine Bombe. Aber so war es nicht. Der, der Boso vor ihm hatte, muss ihm den Mut aus den Knochen geprügelt haben. So kann man sich täuschen. Das ganze Leben ist eine Täuschung. Alles Lüge, alles. Man darf sich auf nichts verlassen. Nicht auf ein Lächeln. Auch nicht auf einen Kuss. Ein Kuss ist ein Versprechen. Ein Kuss ist nicht nur so. Trotz seiner Feigheit hat er den Hund behalten. Boso. Der Name hat nichts zu bedeuten. Fiel ihm zufällig ein.

Boso knurrt, will noch mehr gekrault werden.

»Geh weg«, sagt er.

Boso fängt an zu bellen, wenn er das sagt.

»Halt's Maul«, sagt er, und der Hund tut es.

Nicht viel los am Fluss um diese Zeit. Einer auf einem Fahrrad, welche mit Hunden. Ein Jogger. Ein Motorboot tuckert stromaufwärts. Er geht mit dem Hund auf dem Weg zwischen Ufer und Wald.

»Los«, ruft er und zielt nach dem Wasser, dreht sich aber im letzten Moment auf dem Absatz um und schleudert das Holz in die Gegenrichtung zwischen die Bäume. Boso rennt zwei, drei Schritte, bemerkt den Trick, dreht sich um die eigene Achse, jagt dem Holz nach, ist schnell, beim Rennen zieht er den Kopf ein.

Er lacht und läuft die Böschung hinab. Der Hund hat das Holz zwischen den Zähnen. Will gelobt werden. Er greift danach, aber Boso lässt nicht los, macht sich flach, lässt sich den Stock nicht entwenden. Ihr Spiel. Schon tausendmal gespielt. Er reißt den Hund herum, wirft ihn auf den Rücken. Da erst lässt er los. Schnappt nach seinem Arm. Nicht wirklich. Er tut nur so, als wolle er ihm den Arm wegbeißen. Doch gar nicht schlecht, wenn das Leben mit einem Spiel zu Ende geht.

Er zieht den Totschläger hervor. Den hat er schon lange. Nur nie benutzt. Er hat das Ding in Hamburg gekauft, in einem Military-Shop. Ganz cool. Der Laden war da, wo die Weiber auf der Straße standen und auch falsch gelächelt haben. Alle Weiber grinsen falsch. Mit dem Ding schlägt er Boso den Schädel ein. Das Blut spritzt in einer hellroten Fontäne. Scheiße, was für eine Sauerei. Zum Glück hat er schwarze Klamotten an, da sieht man's nicht so. Boso guckt blöd. Hat mit nichts gerechnet. Wie immer. Und jault. Jault jämmerlich, weil er sterben soll, geht in die Knie, knickt weg wie ein Sack Sand. Der Feigling. Er schlägt so lange zu, bis Boso nichts mehr macht. Nicht mal mehr zuckt. Bis er endlich tot ist.

Tisch 8

So viel Glück. Sebastian könnte die Welt umarmen. Tina hält den Kleinen im Arm. Mateusz nuckelt die Milch. Ein Tropfen läuft ihm aus dem Mundwinkel, sickert ein in den Kragen des Strampelanzugs.

Süßes Baby, süße Frau.

Tina heißt eigentlich Justyna. Sie kommt aus Polen. Gdansk. Hat wahnsinnig schnell Deutsch gelernt. Man hört kaum noch Akzent. Ihr Lächeln schwebt zwischen ihrem Baby und ihrem Mann.

Er liebt sie. Wie keine davor.

Sebastian hatte schon geglaubt, es werde nichts mehr mit der Liebe. Carola. Nichts war richtig für sie. Seine Freunde nicht, seine Eltern nicht, auch nicht die Hotels, die Strände, die Wohnung, das Auto, der Job. »Ich verlasse dich«, hat sie nach vier Jahren gesagt, »ich hab einen Besseren gefunden.« Genau so hat sie's gesagt. Einen Besseren. Er dachte, es sei ein Scherz. Aber als er am Abend nach Hause kam und mit ihr reden wollte, war die Wohnung leer. Nur den Sessel, den sie von seinen Eltern zur Hochzeit bekommen hatten, der war noch da. Ach ja, und ein Zettel: *Ruf nicht an, wir haben uns nichts mehr zu sagen.*

Hätte er damals geahnt, was ihm an Glück widerfahren sollte mit Justyna, er hätte über all das gelacht. So aber fühlte er sich wochenlang wie ein ausgesetzter Hund. Dabei war Carola es gar nicht wert. Aber das weiß er erst, seit er Tina hat. So manches kapiert man eben erst, wenn es lang genug vorbei ist, denkt er und schiebt sich den Rest vom Rührei auf die Gabel.

»Reichst du mir mal das Tuch, Schatz?«, sagt sie und hebt das Baby an ihre Schulter.

Das Baby sieht raus zum Parkplatz. Da steht ihr Wagen. Ein Touareg. Nagelneu. Vollgepackt bis unters Dach. Ihr erster Urlaub mit Kind. Nach Saint Tropez, Nizza, Cannes soll es gehen. Wunderbare Gegend.

Sie wollen ein zweites Baby haben. Vielleicht auch ein drittes. »Das sind dann unseren heiligen drei Könige«, hat Justyna gesagt. Bei dem Gedanken muss Sebastian lächeln. Es war alles so einfach. Ein paar Klicks im Internet, Frauen aus Polen, dann hatte er sie gefunden. In ihrem Gesicht hat er gleich gelesen, dass er sich auf sie verlassen kann. Und genauso ist es.

»Bist du glücklich, Schatz?«, fragt sie, während sie Mateusz den Rücken klopft.

Sie weiß ja, dass er glücklich ist. Aber sie will es hören, immer wieder.

»Sehr sogar«, sagt er.

Isabel Oncina

Hells Angels. Höllenengel? Es steht auf ihren Jacken. Also müssen sie stolz drauf sein. Der mit der Glatze trägt den Schriftzug sogar im Nacken tätowiert. Was haben denn bitteschön Engel in der Hölle verloren? Sie mag es nicht, wenn jemand Schlechtes über Gott oder Jesus oder eben die Engel sagt. Oder sich lustig macht. Aber Gott liebt alle Menschen. Sogar solche, die gar nichts von ihm wissen wollen. Solche wie die da.

Die Rocker sitzen an Tisch 2. Sind ungefähr so alt wie ihr Vater. Mitte vierzig. Er ist der beste Papa der Welt. Seit Wochen hat er furchtbaren Husten. Sie macht sich Sorgen, dass wieder was mit seiner Lunge ist. Der größere Rocker hat sich eine Glatze geschoren. Aus seinen Ohren fließt ein Tattoo über den Schädel. Wie ein Vogel mit Drachenflügeln sieht das aus. Beide Männer tragen Schnauzer bis zum Kinn. Der kleinere hat einen Zopf, von einem silbernen Ring gehalten. Sie haben Gesichter, als gefiele es ihnen nicht auf Gottes Welt. »Grüß Gott«, hat sie zu denen gesagt. Keine Antwort. Die haben die Speisenkarte genommen, Isabel aber nicht angesehen. Nichts. Als sie die Bestellung aufnahm, war sie überrascht, dass der mit dem Tattoo eine seltsam hohe Stimme hatte. Der klingt ja fast wie Chris de Burgh, dachte sie. Den hört Papa gerne. Sie hätte schwören können, er habe eine viel tiefere Stimme. Vielleicht so wie der Sänger von den Kings of Leon. Die hört sie gerne. Beinahe hätte sie gelacht. Aber das hätten die beiden sicher nicht lustig gefunden.

»Zwei Katis Special für Tisch 2«, ruft sie zu Vlady in der Küche, »statt Omelette vier Spiegeleier, statt Kochschinken roher Schinken. Eine Wurstplatte und sechs Nürnberger extra.«

Bar, Platz 5

Natürlich ist die Aufmachung albern. Soll amerikanisch sein. Dabei ist es nur Kitsch. Aber Katis Diner liegt auf dem Weg zum Präsidium. Das Frühstück ist okay und dann natürlich das Mädchen. Isabel. Janeck sitzt immer an der Bar. Seit Marion tot ist, kommt er jeden Morgen. Seit sieben Jahren. Nach dem Frühstück fährt er zur Arbeit. Er ist zuständig für die Schichtpläne, die Ausbildungspläne, die Urlaubspläne, und die Weihnachtsfeier auch. Davor war er bei der Mordkommission. »Ich kann's nicht mehr ertragen auf der Straße«, hat er zum Polizeidirektor gesagt und um Versetzung in den Innendienst gebeten. Isabel. Er könnte dem Mädchen stundenlang zusehen. Sie ist ein heiterer Mensch. Eine Spanierin. Sie nennt ihn Gregor mit zwei rollenden R. Auch wenn sie in Stuttgart geboren wurde. Ihr Vater arbeitet beim Daimler. Immer macht sie sich Sorgen um ihn. Irgendwas mit der Lunge. Alles tut sie mit einem Lächeln. Neuerdings will sie ihn bekehren, seit er mal gesagt hat, er glaube nicht an einen Gott, der so viel Böses geschehen lasse auf der Welt. »Aber Gott liebt alle Menschen«, hat sie gesagt und ihn entsetzt angesehen. Das Mädchen weiß ja nichts vom Bösen. Woher auch? Ihn hat das Böse nur noch angewidert. Er wollte keine Leichen mehr, keine erschossenen, erschlagenen, vergewaltigten, ertrunkenen, verbrannten Menschen. Nichts mehr von alldem. Er hatte Polizist werden wollen, um das Böse zu bekämpfen. So naiv war er. Und jeden Tag haben sie es versucht. Bis ihm klar wurde, dass der Krieg gegen das Böse kein Ende nimmt. Das Böse bleibt für immer. Es ist nicht zu besiegen.

»Möchtest du noch einen Kaffee, Gregor?«, fragt sie jetzt.

»Aber sicher«, sagt er und bekommt ihr Lächeln geschenkt.

Gestern hat er ferngesehen. Normalerweise schaltet er auf andere Sender um, wenn sie Krimis zeigen. »Warum lässt man die Scheiße von anderen nicht einfach die Scheiße von anderen sein?«, sagte ein älterer Kommissar zu einem jüngeren Kollegen neben der Leiche eines Junkies. Für diesen Satz hätte der Drehbuchschreiber einen Oscar verdient. Niemals wär er Polizist geworden, hätte ihm jemand vor achtunddreißig Jahren einen solchen Satz gesagt. Niemals.

Tisch 6

»Der Pancake mit Maple Syrup«, sagt die Kellnerin, »und einen doppelten Espresso.«

Ein hübsches Mädchen, denkt Roswitha, und so freundlich. Vermutlich Spanierin oder Portugiesin. Sie fragt sich, wieso Torben nicht mal zu dem Mädchen aufsieht. Mit achtzehn sollte er sich doch für so ein hübsches Mädchen interessieren. Das wäre normal. Sein Vater ist da ganz anders, stiert mit zweiundsechzig noch jedem Rock hinterher. Torben ist zu dick. Sie haben doch reichlich gefrühstückt. Trotzdem hat er Pfannkuchen nachbestellt, als sie auf der Toilette war. Sie nippt an ihrem Espresso. Was soll sie dem Rektor nur sagen? Dass es ein dummer Jungenstreich war? Torben hat das Briefpapier des Gymnasiums gefälscht und Spenden für ein Waisenhaus in Tansania gesammelt. Es gibt kein Waisenhaus in Tansania. Zweitausend Euro kamen zusammen. Davon hat er sich einen Motorroller gekauft. Vielleicht wird sie vor dem Rektor heulen müssen. Dass er Mitleid hat mit der Mutter eines übergewichtigen, missratenen Achtzehnjährigen und Torben nicht von der Schule wirft.

»Ich könnt noch einen Pancake vertragen«, sagt er und fährt sich mit der Zunge über die Lippen.

»Du bist mir ein Rätsel«, sagt sie.

Jan Heinen

Er taucht die Hände ins Wasser. Das Blut schliert davon.

»Hau ab«, sagt er, als ein Spaniel auf ihn zugeschnuppert kommt. Der Hund verschwindet. Gehört zu einer Alten mit bierfassdicken Beinen. Die watschelt wie ein Alien. Jan wäscht sich auch noch das Gesicht. Eilig hat er's nicht. Alles ist in der Zeit.

Er geht zum Wagen. Unterwegs fällt ihm die Hundeleine ein. Die stopft er in den Müll. Braucht er nicht mehr. Und auch nicht den Maulkorb. Er folgt den Spitzen seiner Stiefel. Jetzt schon ist Boso ihm egal. Strange, wie schnell man vergisst. Der Hund war sein Ein und Alles. Überall ist er mit ihm hin. Und sie mochte Boso auch. Vielleicht sogar mehr als ihn. Bei ihr war der Hund lammfromm. Hunderte Fotos hat er von ihm. Vorbei. Für immer. Er braucht ihn nicht mehr. Und sie braucht er auch nicht. Kein Hund, keine Frau. Game over. Er ist jetzt ganz für sich und stärker. Alles läuft. Automatisch, wie auf Autopilot. Er lacht. Weiß nicht mal, warum. Das Lachen zwängt sich in sein Gesicht, einfach so. Kommt vor. Er lacht, wenn er gar nicht lachen will. Und kriegt auch schlechte Laune ohne Grund. Strafanzeigen hat ihm das schon eingebracht, diese plötzliche schlechte Laune. Wegen Körperverletzung. Als säße einer da oben in den Wolken, der ihn steuert.

»Manchmal denk ich, ich bin ein Monster«, hat er mal zu ihr gesagt.

»Das darfst du nicht sagen«, hat sie gesagt, »wir sind doch alle von Gott geschaffen.«

»Ich nicht, ich stamme vom Teufel ab.« Er wollte sie provozieren. Und das klappte auch.

»Hör auf«, hat sie gesagt. »Gott ist unser Schöpfer und nicht der Teufel.«

»Wenn Gott mich schuf, dann kann er mich nicht leiden.«

»So ein Blödsinn. Er liebt dich sogar.«

»Du liebst mich doch auch nicht, oder?«

Hätt er nicht sagen sollen. Klar. Aber der mit dem Controller war stärker.

»Du findest schon noch ein Mädchen, das dich liebt«, sagte sie.

Tisch 10

Seine Finger gleiten über den Screen. Mieses Netz hier. Und der Kaffee eine elende Plörre. Ist heut nicht sein Tag. Wenigstens scheint die Sonne auf den Wagen. Wie cool die Karre glänzt. Schon besser. Ein nagelneuer 911er. Kobler hat schon immer von einem Porsche geträumt. Es ist nicht sein erster. Er hatte schon einen in Speedgelb und einen carraraweißen. Der neue ist macadamiametallicbraun. Sieht geil aus. In fünf Stunden ist er oben auf Sylt. Dann wird gefeiert. Ferdi, Alex, Evelyn und Christina kommen auch. Dann drehen sie erst mal eine Runde. Und danach in die Kogge. Feiern, bis der Arzt kommt.

Dieser Drecksprozess. Wie knapp das war. Beinahe hätten sie ihn gehabt. Aber Claesmann hat ihn rausgepaukt. Guter Mann. Der beste Anwalt überhaupt. Nimmt allerdings steile Honorare. Doch immer noch besser, als im Knast zu hocken. Er saß schon mal. Drei Wochen nur, das reicht für alle Zeit. »Sie müssen vorsichtiger sein, Kai«, hat Claesmann gesagt. »Die Staatsanwaltschaft hat sie auf dem Kieker.« Die Scheiße hat ihn hundertfünfzig Riesen gekostet. Bleiben noch immer dreihundertachtzig übrig. Kein schlechter Schnitt. Man muss auch geben können, denkt er, und grinst breit. Vielleicht fickt er gleich beide Weiber heute Abend.

Telefon. Dedic. Sein treuer Pole. Kobler hat ihn nach Wilhelmshaven geschickt, seit drei Monaten zahlt eine die Miete nicht.

»Auf dem Flur stinkt's nach toten Pferden«, sagt Dedic. »Soll ich die Tür eintreten?«

»Bist du verrückt. Ruf die Polizei!«

»Was soll ich sagen?«

»Sag, du bist Hausmeister.«

»Möchten Sie noch einen Kaffee?«, fragt jetzt die Kleine.

Die ist nicht verkehrt. Geiler Body, klasse Arsch. Ist allerdings angezogen wie 'ne Jungfrau. Manche Weiber kapieren einfach nicht, was ihr Kapital ist.

»Der Kaffee schmeckt voll scheiße«, sagt er.

»Was?«, sagt sie, als hätt sie's an den Ohren.

»Der Kaffee. Eine Scheißplörre.«

»Oh, das tut mir leid.«

»Davon schmeckt der auch nicht besser.«

»Sie sind der erste Gast, der das sagt. Darf ich Ihnen einen neuen bringen?«

»Und wenn der genauso scheiße schmeckt, was machen wir dann, wir zwei?«

Er grinst. In der Kogge sagt er den Kellnerinnen immer, was sie dann machen sollen. Ihm einen blasen, zum Beispiel. Aber bei der heiligen Jungfrau sagt er das besser nicht. Sonst kann er gleich wieder Claesmann anrufen. Das Mädchen weiß gar nicht, wie sie gucken soll. Kaut auf der Lippe.

»Ich kann Ihnen auch einen Tee bringen. Der geht aufs Haus, wenn der Kaffee nicht gut war.«

»Wie heißt du?«

Seine Taktik. Immer das sagen, womit sie gerade nicht rechnen.

»Isabel«, ruft ein Kopf aus der Durchreiche, »wo bleibst du?«

»Schöner Name«, sagt er. »Dann bring uns mal zwei Prosecco, Isabel.«

Bar, Platz 5

Isabel hat viel zu lange bei dem Typen mit den blonden Locken gestanden. Widerlicher Kerl. Kam mit der Angeberkarre. Typ reicher Hanseatensohn. Markenjeans, Jackett, Goldknöpfe, rosa Hemd, Einstecktuch, Gel im Haar, Siegelring. Und vor der Tür der scheißteure Porsche. Da kann er schuften, bis er schwarz ist, niemals wird er sich einen solchen Wagen leisten können. Isabel ist von einem Fuß auf den anderen getreten, während der Kerl mit ihr redete. Und jetzt hat sie rote Flecken am Hals. Für so was hat Gregor einen Blick. Er sieht die Flecken, sieht, wenn Leute die Hände kneten, Schweißausbrüche kriegen oder sich auf die Lippen beißen. Einmal Polizist, immer Polizist.

»Was war mit dem?«, fragt er sie, als Isabel mit dem Tablett vorbeikommt.

»Es gibt nette und weniger nette Gäste«, sagt sie und lächelt.

Er kennt die Menschen. Muss sie sich nur ansehen und weiß Bescheid. Zum Beispiel die Frau mit dem dicken Kind. Man sieht doch den Stress, den die haben. Sie guckt auf den Parkplatz, als wüsste sie nicht, ob sie heulen oder schimpfen soll. Und der Junge daddelt weiter auf dem Handy. Die sehen nach Geld aus. Könnten vom Killesberg kommen. Er kennt solche Jungs. Immer Geld in der Tasche, auch wenn sie selbst noch nie einen Cent verdient haben. Und die Eltern zahlen den Anwalt, wenn die Brut mal Ärger macht. Der Junge ist anscheinend schüchtern. Er schaut zu Isabel, aber nur, wenn sie ihn nicht sieht. Als sie an Tisch 5 bediente, sah er ihr unentwegt auf den Hintern. Als seine Mutter spricht, schüttelt er bloß den Kopf, schlägt mit der flachen Hand auf den Tisch, steht auf und läuft hinaus. Hätte er mal bei meinem Vater wagen sollen, denkt Gregor, so einen Abgang.

Tisch 2

»Die Scheiße schmeckt sogar«, sagt Manson.

»Geht so«, sagt Dahmer.

Geht so ist bei Dahmer ein Lob. Er zieht den Zopf stramm, wischt sich über den Mund. Dass sie an Katis Diner gehalten haben, ist Zufall. Sie sind die ganze Nacht gefahren, über Umwege. Wollten nicht die Autobahn nehmen. Waren in Duisburg. Am Hafen gibt's da einen Laden – das heißt, es gab ihn, bis letzte Nacht. Das Blue Lagoon, eine Disco mit Nutten und großem Koksangebot. Die Tür gehört den Bandidos. Wem die Tür gehört, dem gehört der ganze Laden. Kurz nach 2 Uhr flog da eine Handgranate durchs Klofenster. Dahmer hatte auf die Uhr gesehen. Jetzt müssen sie den Laden renovieren und es steht eins zu eins.

»Noch Ei?«, fragt er.

»No, thanks«, sagt Dahmer.

Es sind nicht ihre wirklichen Namen. Der echte Jeffrey Dahmer hat in Milwaukee siebzehn Schwule umgebracht und der echte Charles Manson in Kalifornien eine Filmschauspielerin und noch ein paar andere killen lassen. Dahmer und Manson. Die Bandidos haben einem von den Angels einen Fuß abgehackt. Ist fünf Tage her. Ein Angel aus Essen. Soll ein guter Typ sein, der Bruder. Die Bandidos haben eine rostige Axt dafür genommen. Haben den Kumpel wie eine abgestochene Sau hinterm Motorradschuppen liegen lassen. Seine Alte hat ihn gefunden. Sonst wär er gleich da verreckt. Fuß ab, Blutvergiftung, Intensivstation. Die Alte hat den Ärzten im Krankenhaus erzählt, das mit dem Fuß sei ihrem Typen beim Holzhacken passiert. So was lassen die Angels nicht auf sich sitzen. Seit letzter Nacht steht's unentschieden.

»Ich hoffe, das Ding hat vielen von denen die Schwänze abgerissen«, sagt er.

»Darauf kannst du einen lassen.«

Dahmers Handy summt.

»So«, sagt er und zeigt Manson das Display.

»Okay.«

Der Kumpel ist doch noch gestorben, am Morgen, auf der Intensivstation. Hat zu viel Blut verloren. War siebenunddreißig, und jetzt heulen eine Frau und ein Kind um ihn. Und alle Angels sind drauf jetzt.

»Dann war das gestern wohl nicht genug«, sagt Dahmer. »Dann steht's jetzt wieder zwei zu eins.«

»Genau«, sagt Manson und blickt auf den Teller, »die Handgranate für den Fuß, nicht für den Rest.«

»Darf ich noch etwas bringen?«, fragt die Kellnerin.

»Ja«, sagt Dahmer und zeigt mit zwei gespreizten Fingern auf die Kaffeetassen.

Tisch 7

»Unser Parkplatz wird frei«, sagt Wolfgang.

»Du willst den Wagen umparken, stimmt's?«, fragt Renate.

»Das wär mir lieber.«

Gerade setzt das Cabrio aus der Parklücke zurück. Die Fahrerin trägt eine weiße Bluse und eine Sonnenbrille im Haar. Sieht nicht aus, als hätte sie viel gearbeitet im Leben oder sich um irgendwas sorgen müssen, denkt Renate. Ein kräftiger, schon halb erwachsener Junge sitzt neben ihr. Nein, sie ist nicht bitter. Es ist ihr Schicksal, Kerstin zum Kind zu haben. Die Frau bremst ab und schimpft jetzt mit dem Jungen. Der schüttelt den Kopf. Die Frau schlägt mit der Hand aufs Lenkrad. Der Junge legt den Gurt um und spuckt auf den Parkplatz. So einen möchte sie überhaupt nicht haben, denkt Renate.

Wolfgang humpelt an der Front des Diners entlang. Er winkt ihr fröhlich, mit ihm hat sie Glück gehabt. Ein treuer Mann. Aber alt ist er geworden. Scheint schneller zu altern als andere Männer. Dabei war er immer so sportlich. Als junger Mann Bezirksmeister im Zehnkampf. Speerwerfen, Kugelstoßen, Stabhochsprung und so weiter. In der Zeitung stand, er sei ein großes Sporttalent. Der Ausschnitt klebt im Album noch vor den Hochzeitsbildern. Und vor den Fotos von Kerstin. Wegen Kerstin ist alles anders geworden in ihrem Leben: Wegen ihr hatte Wolfgang keine Zeit mehr fürs Training.

Alles ist kaputt bei ihm. Die Bandscheiben, die Knie. Er hat Arthrose vom vielen Heben. Wie oft müssen sie Katrin wohl heben am Tag? Hundert Mal? Aus dem Bett, in den Rollstuhl, vor den Küchentisch, auf die Toilette, von der Toilette runter, zum Wickeln, zum Baden, zum Sofa, ins Auto, aus dem Auto, zum Arzt, zur Therapie, ins Schwimmbad, in den Garten, aus dem Garten. Ach, sie kann das gar nicht zählen. Auf jeden Fall haben sie sich wohl einen Platz im Himmel verdient, mit dem, was sie da tun.

Wolfgang ist jetzt beim Mitsubishi. Verzieht das Gesicht, als er in den Wagen steigt, so sehr schmerzen die Knochen. Er schnallt sich an und lässt den Blinker leuchten, fährt rückwärts. Alles macht er langsam. Sie weiß auch nicht, wie es weitergehen soll. Ein Kombi hupt hinter Wolfgang, zieht an ihm vorbei, fährt in die Parkbucht 7.

»Das darf doch nicht wahr sein«, sagt sie laut.

Wolfgang ist zu langsam geworden für die Welt. Das Überholmanöver des Kombis hat ihn so durcheinandergebracht, dass er die Scheibenwischer einschaltet, obwohl doch die Sonne scheint. Drei junge Männer steigen aus. Lachen und rufen und haben ihn gar nicht bemerkt.

Jan Heinen

Den Kopf hat er nicht mehr hochgenommen, seit er von dem Hund weg ist. Ist doch wie bei einer Beerdigung. Hundebeerdigung. Da hat man doch auch immer den Kopf unten. Als wollte man nie mehr den Himmel sehen. Bis zum Parkplatz schaute er nur auf seine Stiefelspitzen. Gute Dinger. Vorne Stahlkappen. Damit kann man Nägel in die Wand treten. Schlaue Stiefel. Die wissen den Weg auch ohne ihn. Er fährt einen 73er Bedford. So einen Wagen fährt außer ihm keiner. Hat er einem ehemaligen GI aus Frankfurt abgekauft. Geile Karre, fünfzehn Jahre älter als er. Er hat ihn mattschwarz lackiert. Man kann auch drin schlafen. Seit ein paar Wochen muckt allerdings das Getriebe. Wenn man vom Dritten in den Zweiten schaltet, schlägt Metall aufeinander.

Ausflugswetter. Auf der Landstraße ist nicht viel los. Ein Werktag, alle malochen. Es stinkt nach Hund, und er kurbelt die Scheibe runter. Er hat keinen Hund mehr, also will er ihn auch nicht riechen. Ein Polizeiwagen jagt mit zeterndem Martinshorn die Straße rauf. Jan zieht nach rechts, lässt die Bullen vorbei, ordnet sich wieder ein. Ist ein ordentlicher Autofahrer. Grins, grins macht die Fernsteuerung mit seinem Gesicht. Möbelhäuser, Tankstellen, Autohäuser, Gartencenter, Baumärkte. Bumm, bumm, bumm macht die Bassdrum. Die Gitarre kracht dazwischen. Wenn ein Baum umfällt, hört sich das so ähnlich an. Geil.

Auf dem Radweg eine Blonde. Will über die Straße. Er hält, winkt ihr zu, sie lächelt. Sie springt aufs Rad, der Rock rutscht ihr hoch, fast bis zum Hintern. Will ihn wohl geil machen, die Fotze. Die Fernsteuerung zielt ihm zwischen die Beine. Ein Peugeot bremst, ein Rentnerbremsen. Idiot. Langsam, langsam, sagt die Fernsteuerung, bremsen, bremsen, so ist es gut. Jetzt quetscht ihm die Fernsteuerung Tränen aus den Augen. Alles verschwimmt. Straße, Baumarkt, Tankstelle, Autos. Fuß vom Gas. Musik leiser. Musik aus. »Weise mir den Weg, o Herr«, sagt er, »bring mich zu deiner Tochter, auf dass ich ihr Gutes tue.«

Isabel Oncina

Was ihr am besten gefällt an dem Job? Wie unterschiedlich die Leute sind. Manche mag sie nicht so gern, da ist sie ehrlich. Die Rocker an Tisch 2 zum Beispiel. Oder den Affen von der 10. Ach Mist, sie hat den Prosecco vergessen.

»Machst du mir einen Prosecco fertig?«, bittet sie Britta.

Sie mag es, wenn junge Leute in den Laden kommen. Sie ist ja selber jung. Dreiundzwanzig. Obwohl, die Alten mag sie auch. Aber für die braucht sie Zeit. Die wollen immer was erzählen. Die Weidlandts an der 7 zum Beispiel. Oder der traurige Gregor vor der Bar. Die Frau ist ihm gestorben, wahrscheinlich ist es das. Sie glaubt, dass er ein wenig verliebt ist in sie. Kommt öfter vor, dass sich ein Gast in sie verguckt. Doch noch nie war der Richtige dabei. Sie kann auf ihre Liebe warten. Die wird schon kommen. Gott wird ihr schon sagen, wer der Richtige ist, das weiß sie ganz genau. Die drei Jungs an Tisch 6 hören gar nicht mehr auf zu lachen. Der Rocker mit der Tätowierung hat den Kopf gehoben, als sie reinkamen. Als hätt er was gegen Jungs, die fröhlich sind.

»Heute sind wir Bergsteiger, also dreimal das Bergsteigerfrühstück«, hat der Große gesagt, und dann wurde gleich wieder gelacht.

Ein süßer Junge. Könnte ihr gefallen. Schwarze Locken, braune Augen, Grübchen. Und ein ganz lieber Blick.

»Vergiss den Prosecco nicht«, ruft Britta.

Bar, Platz 5

Andauernd könnte er sich über irgendwas aufregen. Braucht nur die beiden Rocker anzusehen. Die regen ihn auf. Manche sagen, mit dem Alter komme auch die Milde. Von Milde merkt er nichts. Isabel hat mit den Jungs an Tisch 6 alle Hände voll zu tun. Jede Menge Extrawünsche. Die haben dem Alten von Tisch 7 den Parkplatz weggeschnappt. Warum lässt der senile Trottel auch seine Karre nicht einfach stehen, wo sie war? Gregor beißt in sein Croissant. In zehn Minuten muss er los. Wenn eines zählt, dann Pünktlichkeit. Und dass die Uniform sitzt. Ist fast wichtiger, als Einbrecher zu schnappen. So funktioniert die Polizei.

Isabel bringt den Rockern Kaffee. Die sehen nicht mal auf zu ihr. Haben keinen Respekt. Das sieht man gleich. Er war mal Zeuge im Prozess gegen eine Rockergang aus Mannheim. Fünfzig von denen kamen in den Saal. Alle bleich, Kaugummis im Maul, Glatzen oder Zöpfe, Schnauzer, mit Fressen zum Reinschlagen. Im ganzen Saal roch es nach Leder und Aftershave und Schweiß. Als könnte jeden Augenblick ein Krieg ausbrechen und die Rocker alles und jeden zusammenhauen, die Polizisten, Richter, Anwälte, Zuschauer, sie alle. Keine Miene verzogen die, bei nichts. Als hätten sie eigene Gesetze. Die schwiegen einfach nur und starrten geradeaus.

»Bei dir noch alles okay, Gregor?«, fragt Isabel und lächelt, dass ihm das Herz aufgeht.

»Alles okay«, sagt er und lächelt auch.

Tisch 6

Wenn sie erst mal anfangen, können sie kaum wieder aufhören. Sie lachen und lachen und lachen, bis sie jeden einzelnen Gesichtsmuskel spüren.

»Ich kann nicht mehr, mir tut schon die ganze Fresse weh«, ruft Chris.

Er studiert Zahnmedizin. Wär kein Problem für ihn, den Jungs zu erklären, dass es sechsundzwanzig Muskeln gibt im Gesicht und beim Lachen vor allem der große Jochbeinmuskel beansprucht wird. Aber wen interessiert das? Im Morgengrauen sind sie in Köln mit seinem VW-Bus los. Hinter Heilbronn war dann ein Megastau und er ist von der Autobahn runter. So sind sie hier gelandet. Davi und Flo haben bis Heilbronn gepennt, bis Chris eine Vollbremsung gemacht hat, damit die beiden Deppen endlich wach werden. Seitdem lachen sie. Davi ist der Verrückteste von ihnen. Ihm fällt immer was ein. Er sollte beim Fernsehen anfangen, da brauchen sie doch Leute, die andere zum Lachen bringen. Aber Davi wird genauso wenig zum Fernsehen gehen, wie Chris Bergsteiger wird. Sein Traum: K 2, Mount Everest, Kanchenjunga, Filme drehen, Bücher schreiben, Vorträge halten. Davi studiert Jura. Er wird bei seinem Vater in der Kanzlei anfangen und sich um Scheidungen kümmern. Und Chris wird irgendwann die Praxis von seinem Alten übernehmen. Bei Flo genauso. Der wird Gesellschafter der Gustav Backes GmbH in Gummersbach. Aber bis es so weit ist, wird gefeiert. Bis der Arzt kommt. Letzte Nacht waren sie in Köln. Im Chic. Neuer Laden, nicht schlecht. Haben ein paar Girls klargemacht. Die kamen vom Land und waren zu allem bereit. Jede Menge Drinks haben sie denen reingeschüttet. Dann wurde geknutscht. Nur Davi hat nicht mitgemacht.

»Die hat gar nicht geschnallt, was los ist bei dir«, sagt Flo zu Davi.

»Und ich hab die zu spät gesehen, sah ja noch geiler aus als meine«, sagt Chris. »Ich steh nun mal auf Storchenbeine mit schwarzen Strümpfen.«

»Könnt ich auch mal für dich anziehen«, sagt Davi und lacht. Davi ist schwul. Als sie sich kennenlernten auf dem Internat, waren sie alle noch nichts, nur drei Jungs von zehn und elf Jahren, die sich ein Zimmer teilten. Davi ist megaschwul.

»Vielleicht mal oben auf dem Berg«, sagt Flo und denkt natürlich nicht im Traum daran.

»Ich freu mich«, sagt Davi mit extra schwuler Stimme, »dann wär's für uns beide 'ne Erstbesteigung.«

Sie lachen, bis die Tränen kommen. Davi ist wirklich der lustigste Typ, den er kennt. Der Berg ist der Aiguille d'Argentiére bei Chamonix. Da wollen sie hin. War eine Idee von Chris. Sie sind noch nie im Eis geklettert. Davi und Flo haben Bammel davor. Wollen's aber trotzdem. Sie machen ja alles zusammen. Texas, Guatemala, Honduras, Rocky Mountains, Death Valley, Island, Thailand, Südafrika. Jetzt also Eisklettern am Mont Blanc.

Den Wagen haben sie vollgepackt mit der Ausrüstung. Kletter-
eisen, Eispickel, Eisschrauben, Zelte, Seile, Schuhe, Skier. Im
Frühjahr haben sie wie die Verrückten für die Bergtour trainiert.
Rad fahren, schwimmen, laufen, Gewichte stemmen. »Der Mont
Blanc lockt dich sehr weit nach oben, und wenn du zu schwach
bist für ihn, bestraft er dich«, hat Chris gesagt und gegrinst. Fan-
den die beiden nicht so lustig wie er.

»Zwei Capuccino und für unseren Kleinen hier ein Glas Milch«,
sagt Flo zur Kellnerin.

Noch ein Lacher. Hübsches Mädchen, denkt Chris. Aber bestimmt nicht so leicht zu haben wie die Chicks vom Land gestern Abend.

»Er ist immer so gemein zu mir«, sagt Davi mit der Schwulen-
stimme, »bitte sagen Sie ihm, er soll lieb zu mir sein.«

Die Kellnerin lacht. Wunderschöne Zähne hat sie, denkt Chris.
Und ein frohes Lachen. Er versucht ihren Blick zu fangen, doch
sie weicht ihm aus. Sie bestellen drei Kentucky Breakfast. Das
Mädchen dreht sich weg, stößt mit einem Kerl zusammen, der
eine Tätowierung auf dem Kopf hat und zur Toilette will.

»Huch«, sagt Davi, kichert und dreht sich nach dem Rocker um,
»da haben wir aber mal einen ganz starken hübschen Boy.«

»Sei doch still«, sagt Chris.

Aber da hat Davi schon gepfiffen. Wenn auch ganz leise.

Tisch 7

Nach Amerika werden sie's nicht mehr schaffen in diesem Leben.
Das weiß Renate. Was haben sie von Amerika geträumt, schon
in Marbach, als sie sich im Wald zum Händchenhalten trafen.
Sogar ans Auswandern dachten sie. Deshalb gefällt es ihnen in
Katis Diner auch so gut, weil es so amerikanisch ist.

»Sollen wir der Kleinen noch einen Lutscher mitbringen?«, fragt Wolfgang.

Der Kleinen. Kerstin ist fünfundvierzig. Aber immer noch ein Kind. Für zwei Stunden am Morgen kommt eine Pflegerin. Dann fahren sie zu Katis Diner. Spätestens nach zwei Stunden weint Kerstin, wo denn bloß Mama und Papa bleiben. Als hätte sie eine innere Uhr dafür.

»Sie soll doch nicht so viel Süßes essen.«

»Du hast ja recht«, sagt Wolfgang.

Heute ist ihr schwer ums Herz. Einfach so. Oder vielleicht hat sie eine Vorahnung. Dass was passieren könnte. Sie sieht auf die Uhr. Es sind fünfzehn Minuten vom Diner bis nach Hause.

»Sollen wir fahren?«

Wolfgang sieht sie überrascht an.

»Aber wir haben doch noch Zeit.«

Tisch 10

Dedic ist wieder dran. Die Polizei hat die Tür aufgebrochen. Die Alte war schon halb verwest, aber die Katze lebte noch. Verdammte Scheiße, nichts als Ärger. Und wer zahlt ihm jetzt die Miete? Da kann er glatt 'nen Tausender abschreiben. Oder er fragt mal seinen Superanwalt. Ob man die Miete vielleicht vom Sozialamt kriegt, wenn einer stirbt. Oder von der Rentenversicherung. Oder den Erben.

»Mach das Fenster auf, sonst kriegen wir den Gestank nie wieder da raus«, sagt er.

»Wir brauchen einen Ventilator«, sagt Dedic.

Scheiße, verdammte, denkt er und legt auf. Am Tisch nebenan schieben sich zwei die Zungen in den Hals. Auch nicht mehr ganz taufrisch, die beiden. Aber nichts gegen das, was heute Abend passiert. Nach dem Scheißprozess und der verwesten Alten in Kiel hat er Bock auf Handschellen und Peitschen.

Tisch 11

Kann man sich gleichzeitig gut und schlecht fühlen?, fragt sich Martina. Sie fühlt sich gut wegen Beat und schlecht wegen Hanno. Seit neun Jahren ist sie mit Hanno verheiratet. Sie streichelt Beat die Hand. Neun Jahre ist sie immer allein in den Hotelzimmern aufgewacht. Hat jeden Morgen Hanno angerufen. Heute auch. Als Beat im Bad war. Sie hat das Radio laut gestellt, dass er das Rauschen der Dusche nicht hört. Sie lebt mit Hanno in Karlsruhe. Er arbeitet bei einer Versicherung. Sie ist an vier Tagen die Woche unterwegs. Der ganze Süden bis an die Grenzen nach Österreich und Tschechien. Pharmareferentin.

Beat kommt aus Zürich und reist für eine Schweizer Pillenfabrik, wie sie das nennen. Als sie ihn zum ersten Mal sah, letzte Woche in Nürnberg an der Bar im Hotel, da wusste sie schon, dass etwas passieren würde.

»Du haust mich um«, sagte er mit seinem schweizerischen Akzent, und es hörte sich richtig süß an.

»Du mich auch«, sagte sie.

Es stimmt ja auch. Dreimal ist sie gekommen letzte Nacht. Sie musste sich die Hand vor den Mund halten, weil sie dachte, sonst trommeln die anderen Gäste noch an die Wände. Es war ihr so peinlich, dass sie nicht mehr im Hotel frühstücken konnte.

»Am Mittwoch bin ich in München«, sagt Beat.

»So ein Zufall«, sagt sie und lacht, »ich auch.«

Jan Heinen

Er fährt den Bedford in die Parkbucht 1. Guter Platz am Eingang, besser geht's nicht. Alle Tische sind besetzt. Die Leute glotzen gern auf ihre Karren, während sie essen. Er braucht das nicht, wenn er in Katis Diner ist. Niemand traut sich, einen Wagen zu klauen, der so gefährlich aussieht wie der Bedford. Sein Platz ist an der Theke. Ganz rechts. Sie muss da oft an die Kasse. Da fing das mit dem Lächeln an. Und wenn sie heute keinen Dienst hat? Scheiße. Daran hat er nicht gedacht. Ganz ruhig, sagt die Fernsteuerung. Sie war immer da. Immer, immer, immer. Hat immer gelächelt, wenn er zu ihr rübersah. Hat aus Mitleid gelächelt. Konnte er nicht wissen. Er dachte, man lächelt jemanden an, wenn man ihn gut findet. Samstags und sonntags ist sie nicht da. Da hat sie frei. Aber heute doch nicht. Im Wagen hat er ein Foto von ihr aufs Armaturenbrett geklebt, zieht es ab, knüllt es zusammen, wirft es aus dem Fenster. Dann schwingt er sich über die Sitzbank in den Laderaum. Die Werkzeuge sind im Kasten unterm Bett.

Er hat immer gedacht, sie würde mal mitfahren. Und sie lägen dann später hier auf dem Bett. Zuerst mit Boso an den Fluss, um da zu laufen. Wenn schon nicht wegen ihm, dann wenigstens wegen des Hundes. Und dann fahren sie zurück. Und legen sich hier hin. Und dann … Wie sollte er denn wissen, dass er ihr nur leidtut?

Feine Werkzeuge sind das. Präzisionswerkzeuge. Deutsche Wertarbeit. Er hat ein Pochen hinter der Stirn. Auch am Hals und hinter den Rippen. Poch, poch, poch. Eine Pumpe, die ihm das Blut reindrückt. Überallhin. Wenn das so weitergeht, dann platzt er noch.

Da ist sie. Geht mit dem Tablett zwischen den Tischen entlang. Und lächelt. Immer lächelt sie. Vielleicht lächelt sie aus Mitleid. Nicht nur für ihn. Vielleicht küsst sie auch alle und lächelt dann aus Mitleid. Und sagt, es tue ihr leid. Entschuldige, entschuldige.

Parkplatz

Roswitha fährt erst gar nicht in eine der Buchten, hält ein paar Schritte vom Eingang entfernt. Der Tisch, an dem sie saßen, ist wieder belegt. Drei junge Männer.

»Beeil dich«, sagt sie.

Sie will nicht auch noch zu spät sein beim Rektor. Er habe sein Handy im Diner liegen lassen, hat Torben gesagt, als sie die Schule schon sahen. Möglich, dass das Absicht war. Und jetzt bewegt er sich wie eine Schnecke, löst umständlich den Gurt, schiebt die Tür auf, setzt einen Fuß nach draußen.

»Du bist wie ein Toter«, sagt sie.

Er sagt nichts. Endlich ist er am Eingang, bleibt stehen, betrachtet den Lieferwagen. Könnte auch ein Leichenwagen sein. Aber der hat seltsame Zeichen auf den Türen, wie Tätowierungen. Nur in Silber. Man muss verrückt sein, ein solches Auto zu fahren.

»Nun mach schon«, ruft sie Torben zu.

Der ist bei dem schwarzen Wagen, beugt sich vor, als wollte er nachsehen, ob darunter eine Katze liegt. Oder was auch immer. Roswitha hupt.

»Ja doch«, ruft er. »Ja.«

Isabel Oncina

»Ihr Prosecco«, sagt Isabel an Tisch 10.

»Ich hatte zwei bestellt«, sagt der Mann und schnappt nach ihrer Hand.

»Lassen Sie mich los«, sagt Isabel.

»Bist du immer so zickig?«

Er hat falsche Zähne. Warum ihr gerade das auffällt, weiß sie nicht. Gut, dass der Rocker von der Toilette kommt. Da muss der Typ sie loslassen, sonst kommt der Rocker nicht vorbei. Sie macht den Gang frei. Der Rocker riecht nach Leder und Zigaretten. Sie huscht hinter die Bar. Am Tisch der Bergsteiger bleibt der Rocker stehen.

Tisch 6

»Achtung«, flüstert Chris.

Er hat den Rocker kommen sehen. Davi und Flo wenden ihm den Rücken zu. Der Typ hat einen Gang wie ein schwankendes Schiff. Bleibt stehen. Beugt sich vor.

»Hast du nach mir gerufen?«, sagt er zu Davi.

»Ich? Nein.«

»Dachte, jemand von euch hätt was von mir gewollt.«

Der Rocker hat ganz enge Augen und kaut auf irgendwas rum. Davi schießt das Blut ins Gesicht, seine Augen fangen an zu flackern.

»Soll nicht wieder vorkommen«, sagt er.

»Ist besser so«, sagt der Rocker.

Er macht nichts weiter. Sagt auch nichts, geht zu dem Tisch, an dem der andere Rocker sitzt.

»Der hat aber eine süße Stimme«, säuselt Davi und grinst.

»Jetzt halt einfach die Fresse«, sagt Chris.

Tisch 11

»Ich könnte schon wieder«, sagt Beat, lächelt, streichelt ihre Hände, legt dann die Linke an ihre Wange, beugt sich vor, küsst sie.

Und Martina erst. Sie ist so erregt, dass sie die Augen schließen muss, um nicht die Kontrolle zu verlieren. Kontrolle. Ihr ganzes

Leben lang hat sie nie die Kontrolle verloren. Eine SMS von Hanno: *Liebes, kannst du einkaufen gehen für heute Abend. Ich bin beim Squash.* Heute Abend. Sie will nicht an den Abend denken. Sie denkt an jetzt gleich.

»Ich will dich noch mal haben«, sagt sie.

»Aber wir haben schon ausgecheckt«, sagt Beat und grinst.

»Dann im Auto.«

»Im Auto«, sagt er und lacht.

Ja, ich kaufe ein tippt sie in ihr Handy.

»Zahlen, bitte«, ruft Beat.

Bar, Platz 5

Er hat bei Marianne angerufen. Sie ist die Sekretärin des Alten. Gregor hat eine Faust ums Handy gemacht, dass sie nichts von dem Diner hört. Der Kopf, der Magen, Schwindelgefühl. »Wahrscheinlich eine Grippe im Anflug«, hat er gesagt. »Du Armer«, meinte sie, »und das mitten im Sommer.« Er rührt Zucker in den Kaffee. Der Rocker war am Tisch der drei Jungs. Sagte da was, er konnte nichts verstehen. Scheint die Jungs beeindruckt zu haben. Von denen lacht jetzt keiner mehr.

Die Frau mit dem dicken Jungen ist zurück. Bleibt auf dem Parkplatz im Wagen. Der Sohn steigt aus, hat sich den Lieferwagen angesehen. Ein 73er Bedford, mattschwarz. Die Karre steht da oft. Gehört einem Jungen, der auch fast jeden Morgen hier frühstückt. Er kann ihn gerade nicht sehen. Normalerweise hat der auch seinen Stammplatz an der Bar. Nie lässt er Isabel aus den Augen. Vielleicht ist er verknallt in sie. Aber sie nicht in ihn, das sieht man sofort. Er fragt sich ohnehin, für wen sie sich überhaupt interessiert. Ist zu allen gleich freundlich. Auch er könnte sich was einbilden, denkt Gregor, wieso denn

nicht? Auch wenn er ihr Vater sein könnte. Alles schon vorge-
kommen.

Der Junge mit dem Bedford ist ihr bestimmt zu unscheinbar.
Hat eine frühe Glatze und an den Wangen narbige Haut. Wie
Rauputz. Unter den Augen dunkle Ringe, wahrscheinlich ver-
bringt er die Nächte am Computer. Haarfarbe? Irgendwas zwischen Blond und Braun. Isabel kann ganz was anderes haben.
Er hat den Jungen mal nach dem Bedford gefragt. Baujahr, PS,
wie's mit Ersatzteilen steht. Aber der hat kaum geantwortet,
seitdem haben sie sich nie wieder unterhalten. Er hat auch mal
im Computer nachgesehen, auf wen der Wagen läuft und ob was
vorliegt gegen den. Natürlich ist das nicht erlaubt, aus privatem
Interesse. Aber da war nichts. Ein Junge von fünfundzwanzig,
der keinen Job hat, Hundesteuer zahlt und in Mannheim geboren wurde. Ein richtiger Musterknabe. Nicht mal ein Strafzettel wegen Falschparken.

Jan Heinen

Was soll denn das verdammte Hupen? Er sieht durch den Seh-
schlitz. Vor dem Eingang ein Cabrio. Am Steuer eine Alte mit
Sonnenbrille im Haar. Sie klopft mit der Hand aufs Lenkrad.
Fotze.
Geht gleich los. Alles, was losgehen muss. Noch sieben Minuten.
Das war die Zeit. Nein, dauert zu lang. Viel zu lang. Niemand
sagt ihm, was die Zeit war. Boso ist auch schon im Himmel. Oder
Gott hat den Feigling zurückgeschickt als Reh.
Er hört sich lachen, obwohl er gar nicht lachen will. Die Sonne
spiegelt sich in den Scheiben. Er sieht nichts mehr von dem da
drinnen. Aber sie ist da. Gerade war sie's noch. Es ist nicht Wo-
chenende. Wird ihr noch leidtun, dass nicht Wochenende ist.

Nicht seine Schuld. Er würd es nicht machen, wenn's anders wäre. Geh, sagt die Fernsteuerung, geh und tu es, jetzt.

Bar, Platz 5

Er weiß nicht, was zuerst war. Dass ihm etwas Warmes ins Gesicht spritzte, auf die Stirn und bis in die Augen, oder dass er einen Schuss hörte. Es war ein Schuss. Kein Zweifel. Gregor hat selber oft geschossen auf dem Schießstand. Er weiß doch, wie ein Schuss klingt. Das Warme war Blut und von dem dicken Jungen. Die Mutter draußen im Cabrio. Dann fiel der zweite Schuss, und einem der drei Jungs an Tisch 6, der mit den schwarzen Locken, fiel der Kopf zwischen Servietten, Tassen und Teller. Unter dem Tisch trat er noch mit den Beinen aus, als wollte er eine Ratte vertreiben. Ein paar Sekunden nur, dann war es vorbei, und der Junge rutschte vom Stuhl und verschwand unter den Tisch.

Gregor wischt sich das Warme aus den Augen, er sieht durch eine blutbesudelte Scheibe. Schreie jetzt, von weit her, vom andern Ende der Welt. Bewegungen, Schatten, Licht, alles in Zeitlupe. Wieder ein Schuss. Er schreckt hoch, sein Blick klart auf, auch die Geräusche sind zurück. Da ist ein Schreien über etwas Unfassbares, Unmenschliches, Ungeheuerliches. Noch ein Schuss. Es ist der Junge, der den Bedford fährt, der das Gewehr hält und da schießt. Er hat der Frau an Tisch 7, die jeden Morgen einen Schokomuffin isst, von hinten ein Loch in den Schädel gemacht. Sie hat graue Haare. Wie das Fell einer Katze. Blut sprudelt daraus hervor. Der Alte kam hoch, wollte irgendwas machen gegen den Jungen, kriegte seine Kugel als drittes Auge in die Stirn. Fiel zurück auf die Sitzbank, blieb so für einen Augenblick, dann kippte er um und ist verschwunden jetzt.

Er muss was machen. Er ist doch Polizist. Er muss den Leuten helfen.

Der Junge geht zwei ruhige Schritte, dreht sich um neunzig Grad. Zielt auf Tisch 11. Der Mann und die Frau sehen ihn an, als hätten sie drauf gewartet. Als sähen sie es ein. Die Frau schreit auf, sackt auf der Bank zusammen, der Mann fällt schneller, als hätte ihm jemand den Stuhl weggetreten. Am Boden zucken ihm die Beine, der Kopf wirbelt noch ein paarmal hin und her, als wolle er die Kugel wieder ausspucken.

Dann ist Stille. Für eine Sekunde oder zwei, für drei Sekunden und noch mehr.

Isabel Oncina

Manche Gäste sind wirklich ekelhaft. Zwei Prosecco. Und dann hat er sie auch noch angefasst. Tisch 10. Unverschämt. Sie hat rote Flecken am Hals, so sehr ärgert sie sich. Jetzt macht sie Pause. Mal eine halbe Stunde früher als sonst. Wischt sich auf der Personaltoilette mit einem Feuchttuch das Gesicht ab, hat sich die Hände gewaschen, die Zähne geputzt, die Haare gekämmt und Lidschatten aufgetragen.

Als sie den Knall hört. Und dann gleich noch einen. Und Schreie. Sie hält die Luft an. Fasst an die Tür. Schiebt sie ein wenig auf. Sieht durch den Spalt. Sieht ihn. Sieht Jan. Das Gewehr. Wieso hat er ein Gewehr? Er lächelt. Sie schließt die Tür, dreht den Schlüssel. Noch zweimal knallt es. Weg. Du musst weg hier. Weg. Das Fenster ist schmal, ein Quadrat. Könnte gehen. Raus hier, nur raus. Sie steigt auf die Toilettenschüssel. Nein, so nicht. Zieht den Mülleimer ans Fenster. Ein Fuß ist abgebrochen. Noch ein Schuss, und dann noch einer. Und dieses Schreien. Jetzt näher als vorhin. Ihr wird heiß. Verdammt heiß. Der Mülleimer wackelt, als sie darauf steht. Halt dich fest. Sie zieht sich am Fenster hoch, stemmt sich in die Öffnung, zieht weiter, bleibt hängen, kriegt die Arme nach draußen, ist jetzt mit den Hüften auf dem Fensterbrett, sieht den Asphalt, die Müllcontainer hinterm Haus, lässt sich fallen. Jan. Wieder zwei Schüsse, diesmal metallischer, ein Zischen, ein Gasen, vom Fenster der Küche. Vlady, denkt Isabel, als sie fällt, mit der Schulter aufschlägt, der Hüfte abprallt und Kinn voran über den Asphalt rutscht. Hitze. Ein Schlag, heiß wie Feuer, der ihr durchs Bein pocht.

Tisch 10

Er hat wieder Dedic dran. Aus dem Baumarkt. Welchen Ventilator er nehmen soll. Da fällt der erste Schuss. Er hat sich zu Boden fallen lassen. Sofort. Ein Reflex. Er war mal beim Bund. Ist unsichtbar. Noch ein Schuss und noch einer. Schreie. Der nächste Schuss. Er sieht nur die untere Hälfte des Wahnsinnigen. Die schwarze Hose, schwarzen Stiefel, am Gürtel ein Messer, eine Knarre, eine Handgranate. Der Lauf eines Gewehrs, nach unten geneigt, dann wieder weg. Die Beine bewegen sich wie in Zeitlupe. Drehen sich, zu ihm, in seine Richtung. Laut. Der Schuss. Ein Pfeifen. Ein Knirschen. Ein Stöhnen. Noch einer. Etwas schlägt auf die Fliesen. Ein Kopf. Blut spritzt. Verdammt noch mal, so viel Blut. Nicht hinsehen. Nicht atmen, nicht bewegen, gar nichts machen. Tot stellen. Wer schon tot ist, wird nicht erschossen. Die Stiefel gehen weiter. Kommen näher. Ruhig bleiben, ganz ruhig bleiben. Jetzt bloß kein Fehler. Glas knirscht unter der Sohle des Stiefels. Ein Schuss, ein weiterer. Hallen, metallisches Klirren und hohes Pfeifen. Eine Frau schreit, ein Baby. Die Füße drehen sich. Schuss, Schuss. Das Baby auf dem Boden, die Frau auch. »Hilfe«, hört er sich schreien.

Nichts machen. Nicht schreien. Aber er schreit auch gar nicht. Hat gar keine Stimme mehr. Der Schrei steckt fest in seinem Hals. »Hilfe, Hilfe.«

Bar, Platz 5

Das Baby, die Frau. Das Paar in der Ecke. Die beiden Alten. Der dicke Junge, der mit den Locken. Gregor fühlt keine Zeit verge-hen, aber sein Verstand sagt ihm, es sind bloß Sekunden. Mach was. Du bist die Polizei. Steh auf, steh auf. Er kommt nicht hoch. Ist gelähmt. Kommt nicht weg. Der Boden unter dem Hocker ist in unendlicher Tiefe. Als sähe er vom Dach eines Wolkenkrat-zers in ein schwarzes Nichts, so tief. Sein ganzer Körper ist steif. Er hat das Glas zerquetscht. Blut. Überall ist Blut, sein Blut, das Blut der anderen. So mach doch was. Ein Knall. Ein unbarm-herzig lauter Knall. Dem Jungen mit dem Gewehr reißt es ein Loch in den Rücken, er dreht sich nach dem Knall, das leblose Lächeln im weißen Gesicht, dann noch ein Knall. Jetzt hat er ein Loch da in der Schläfe. Sofort kippt er um, fällt wie ein ge-schlagener Baum, knallt mit dem Kopf auf Tisch 7.
Der Rocker hat denselben Blick wie zuvor. Als hätte er kein an-deres Gesicht. Nur einen einzigen Ausdruck für alles. Seine Pis-tole hat einen eckigen Lauf. Zwei Schüsse. Er schiebt sie wieder in die Jacke. Hells Angels.

Isabel Oncina

Warm und dunkel rinnt das Blut in ihre Augen. Sie wischt es weg. Rennt, rennt, rennt. Immer weiter. Ist über den Zaun zum Autohaus geklettert, zwischen den Wagen hindurchgelaufen, am Sanitärfachhandel vorbei, auf der Wiese dahinter die Hochspannungsmasten wie riesige Gespenster, oberhalb der Böschung fegt der Fernverkehr über die Autobahn. Sie muss Aikaterini anrufen und es ihr sagen. Dass im Diner geschossen wird. Sie muss Papa anrufen, dass er sich keine Sorgen macht. Vor der Autowaschanlage stehen die Wagen an. Hier weiß niemand von den Schüssen. Sie läuft ins Möbelhaus, die Küchenabteilung, Menschen weichen ihr aus, sie läuft bis ins Obergeschoss, zu den Jugendzimmern. In ihren Ohren ein Rauschen, hell und weiß, auch ein Saxofon und eine Frauenstimme: Im Restaurant gibt es Möhreneintopf mit Schnittwurst, die Portion vier Euro achtzig.

Parkplatz/Tisch 6

Sie reißt die Tür auf, als sich der Riese mit der Glatze die Pistole unter die Jacke schiebt. Sie saß im Wagen, und Torben kam einfach nicht zurück. Sie hat Musik gehört, das Radio laut gemacht, ein Lied, das ihr gefiel, als drüben eine der Scheiben zerplatzte. Jetzt kniet sie bei ihrem Jungen. Torben hält das Handy in der Linken. Seine Hände sind so blutig wie der Kopf. Sie dreht ihn, jetzt sieht er sie an, ihr kleiner Junge. Ihr unschuldiger, kleiner Junge. Wieso schießt einer ihren kleinen Jungen tot?

»Es ist vorbei«, sagt der Mann, der geschossen hat, zu ihrem Rücken. Eine seltsam hohe Stimme, denkt sie. Sie dreht sich um, sieht einen Riesen mit bleicher Haut und blauer Farbe auf dem Kopf. Los, schieß doch. Schieß mich auch tot, denkt sie.

»Kommen Sie«, sagt er und streckt ihr die Hand entgegen. Nein, nicht anfassen. Bloß nicht anfassen. Es ist ein Frühstücksmesser, das sie vom Boden nimmt. Der Mann fasst ihren Arm, ist stark und zieht sie hoch. Und sie? Sie rammt ihm das Messer ins Hemd. Dass er sie loslässt. Lass los, Mörder, lass los.

Ein Ächzen, ein Stöhnen. Jetzt sieht der Mann sie an. Kann nicht glauben, dass ihm ein Messer bis zum Schaft im Bauch steckt. Die ganze Klinge. Dicht daneben tickert Blut in sein Hemd. Er schüttelt den Kopf, ganz langsam. Als hätte sie einen großen Fehler gemacht. Als hätte sie was falsch verstanden. Als sei ihr Junge gar nicht tot. Als sei das alles nur ein Witz. Ein Film. Dreharbeiten zu einem Film, wie Torben sie gerne sieht. Wo Blut spritzt und sie schreit, er soll das ausmachen. Nein, er will nicht sterben. Nur die anderen sollen sterben. Der Riese nimmt die Beine auseinander, er will auch nicht umfallen, er schwankt, schwankt vor und zurück. Er langt sich ans Herz, vielleicht auch nach der Pistole.

Bar, Platz 5

Endlich hat er die Hand in seiner Jackentasche, bekommt das Handy zu fassen, es rutscht ihm durch die Finger wie ein nasses Stück Seife. Seine Finger sind steif, dafür zittern ihm die Hände. Der Rocker hat zwei, drei kurze Schritte nach hinten getan, hat sich das Messer aus dem Bauch gezogen, sah es an wie ein wundersames Geschenk. Er wankte, der andere wollte ihn halten, aber da kippte der Riese schon, fiel gegen die Eingangstür, stieß sie im Fallen auf. Luft strömt herein, ein Auto hupt, das Cabrio vor dem Eingang versperrt die Zufahrt. Da ist auch der Bedford in der Parkbucht neben der Einfahrt. Gregor will die Nummer wählen, die Nummer der Polizei. Sie sollen kommen, das Böse aufhalten. Doch ihm fällt die verdammte Nummer nicht ein. Er hat sie vergessen. Irgendwo ist ein Heulen, ein einsames Jammern, ein Flüstern. »Hilfe, Hilfe, Hilfe.«
Ihm wird schwindlig. Er kann das Telefon nicht festhalten, es fällt auf den Boden, rutscht zu den beiden Jungs unter Tisch 6, die ne-

ben ihrem toten Freund kauern und zittern, als liefe Strom durch sie hindurch.

»Welche Nummer hat die Polizei?«, fragt er die zitternden Jungs unterm Tisch. Doch sie sagen nichts. Warum sagen sie denn nichts?

Tisch 10

Dass es vorbei ist, denkt er, als der Rocker in den Eingang kippt. Da sind Stimmen. Schreie. Der Mann, der da kniet bei dem Baby und der Frau. Er hält die beiden in den Armen, will sie nicht tot sein lassen. Er zieht sich am Tisch hoch. Vor dem Tresen sitzt noch immer dieser Kerl, der da vorhin schon saß. Sitzt dort auf dem Hocker, als sei gar nichts geschehen. Er sieht in die Küche, wo ein Mann im weißen Shirt an der Durchreiche steht. Vielleicht der Koch. Er blickt schweigend zwischen den Pfannen hindurch. Zwei Jungs kriechen neben der Frau unter dem Tisch hervor. Sie umarmen sich und bleiben so stehen. Der zweite Rocker kommt hoch, an seinen Händen klebt Blut. Im Durchgang zur Küche lehnt eine der Kellnerinnen. Nicht die, die ihn bedient hat, die andere. Immer wieder öffnet sie den Mund, als riefe sie etwas, aber da ist kein Ton. Sein Handy klingelt. Wahrscheinlich Dedic wegen dem Ventilator.

Isabel Oncina

In der Möbelabteilung gibt es einen Notausgang. Isabel zieht eine Eisentür auf, im Treppenhaus flackert Licht. Sie rennt die Treppen nach oben, bis es nicht mehr weitergeht. Sie schiebt die Tür auf, gelangt aufs Dach. Gartenhäuser, Kinderschaukeln, Rutschbahnen, Trampoline, Carports, Sandkisten. Die Schnauze des

Chevrolets ragt neben Katis Diner aus dem Boden auf und glitzert in der Sonne. Isabel hört Martinshörner, Sirenen, sieht Blaulichter flackern, Blaulichter aus allen Richtungen. Polizeiwagen schießen heran, Feuerwehrautos und Krankenwagen. Über der Autobahn taucht ein Hubschrauber auf, er fliegt einen Bogen, dreht bei, kommt noch einmal von der anderen Seite, als könnte er sich nicht entschließen, zu landen.

Dem Diner ist nicht anzusehen, was dort geschah. Sie weiß es ja auch nicht genau. Sie ahnt es nur. Jan. Sie hätte ihn nicht küssen dürfen. Aber er tat ihr leid. Und sie mochte Boso.

Einige Kunden des Möbelhauses stehen jetzt mit ihr am Geländer und beschirmen ihre Augen wegen der Sonne. Noch mehr Polizei und Feuerwehr. Eine ganze Armada. Der Hubschrauber geht tiefer und landet dann bei dem Chevrolet, als etwas Gewaltiges geschieht, etwas, das größer ist als alles andere. Da ist kein Wind mehr, kein Geräusch, als stünde nun alles still, um Energie zu sammeln für das, was jetzt passiert. Eine betäubende Detonation, ein riesiger dumpfer Schlag, größer und böser als alles, was sie je gehört hat. Ein Blitz zuckt auf, er schlägt nicht aus dem Himmel, er fährt vom Boden auf. Wirft etwas Schwarzes empor, als sei's ein Spielzeug. Der Blitz hebt das Spielzeug über das Dach, für einen lächerlich langen Moment schwebt es in der Luft, wie eine Schiffsschaukel am höchsten Punkt, bevor sie wieder in die Tiefe stürzt. Das Schwarze hat Räder, die sich lösen, Scheiben, die zerplatzen. Der schwarze Wagen, das Auto von Jan. Ein Feuerschwert jagt in den Himmel, eine Hitzewolke wallt herüber. Isabel spürt die Wärme auf ihrem Gesicht, aus dem Dach des Diners schlagen Flammen, die Schnauze des Chevis brennt wie eine Fackel, dann gibt es weitere Explosionen, kürzer und leiser, doch nicht weniger böse.

Vielleicht hat Gregor doch recht gehabt, denkt sie. Und es gibt gar keinen Gott. Wenn Gott auch Jan geliebt hätte, wenn wenigstens er ihn geliebt hätte, wo sie Jan schon nicht lieben konnte, wär es vielleicht ein ganz normaler Morgen geworden, drüben in Katis Diner.

MIX
Papier aus verantwor-
tungsvollen Quellen
FSC® C083411

© Berlin Verlag in der Piper Verlag GmbH, Berlin 2015
Alle Rechte vorbehalten
Umschlaggestaltung: ZERO Werbeagentur, München
Typografie: Birgit Thiel, Berlin
Gesetzt aus der Jenson von Fagott, Ffm
Druck & Bindung: CPI books GmbH, Leck
Printed in Germany
ISBN 978-3-8270-1265-4

www.berlinverlag.de